古典文獻研究輯刊

五　編

曾永義　主編

第 1 冊

〈五編〉總目

編輯部編

劉勰《文心雕龍》美學文質論

李德材著

國家圖書館出版品預行編目資料

劉勰《文心雕龍》美學文質論／李德材 著 — 初版 — 新北市：
花木蘭文化出版社，2012〔民101〕

　目 2+98 面；19×26 公分
（古典文學研究輯刊　五編：第 1 冊）
ISBN：978-986-254-922-3（精裝）
1. 文心雕龍 2. 研究考訂

820.8　　　　　　　　　　　　　　　101014707

ISBN-978-986-254-922-3

古典文學研究輯刊
五　編　第　一　冊　　　　　ISBN：978-986-254-922-3

劉勰《文心雕龍》美學文質論

作　　　者　李德材
主　　　編　曾永義
總 編 輯　杜潔祥
出　　　版　花木蘭文化出版社
發 行 所　花木蘭文化出版社
發 行 人　高小娟
聯 絡 地 址　新北市永和區中正路五九五號七樓
　　　　　　電話：02-2923-1455／傳眞：02-2923-1452
網　　　址　http://www.huamulan.tw 信箱 sut81518@gmail.com
印　　　刷　普羅文化出版廣告事業
初　　　版　2012 年 9 月
定　　　價　五編 20 冊（精裝）新台幣 33,000 元

〈五 編〉總 目

編輯部　編

《古典文學研究輯刊》五編　書目

文學思想與文論研究專輯

第 一 冊　李德材　劉勰《文心雕龍》美學文質論

第 二 冊　蔡明玲　文姬歸漢之離散精神原型的跨藝術論述

第 三 冊　林佳瑩　以悲為美：詞學中的審美意識抉微

文學家與文學史研究專輯

第 四 冊　李孟芳　家國徵兆與理想寄託──兩漢夢喻研究

第 五 冊　謝旻琪　李維楨文學思想研究

古典小說研究專輯

第 六 冊　陳韻靜　唐人小說示現之生命困境及其對治方法

第 七 冊　林珊妏　宋元話本小說的時間觀研究

　　　　　蕭鳳嫻　從思維方式剖析《封神演義》中「封神」的意義

第 八 冊　蔡蕙如　《三言》與《十日譚》婚姻愛情故事之比較研究

古典戲曲研究專輯

第 九 冊　鄭柏彥　中國古典戲曲文體論

第 十 冊　鄭柏彥　元雜劇敘事研究

第十一冊　謝俐瑩　《消寒新詠》研究

第十二冊　丘慧瑩　清代楚曲劇本及其與京劇關係之研究（上）

第十三冊　丘慧瑩　清代楚曲劇本及其與京劇關係之研究（下）

古代散文研究專輯

第十四冊　李純瑀　柳宗元與蘇軾山水遊記研究

　　　　　蔡振璋　柳宗元山水文學研究

第十五冊　趙鴻中　歐陽脩序跋文研究

第十六冊　楊子儀　歐陽脩建物記研究

第十七冊　廖卓成　梁啟超的傳記學

　　　　　廖卓成　自傳文研究

民間文學研究專輯

第十八冊　許秀美　杜宇神話與唐詩中杜宇意象之研究

第十九冊　孫敏惠　擬人傳體寓言析論──以《廣諧史》為研究對象

第二十冊　鄭美茹　吳趼人諧趣文學研究

《古典文學研究輯刊》五編
各書作者簡介・提要・目次

第一冊　劉勰《文心雕龍》美學文質論+總目

作者簡介

李德材，台灣彰化人。1961年生。台中師專畢業（1981），台灣大學中文系學士（1987），東海大學哲學碩士（1991）、博士（1997）。現任朝陽科技大學通識教育中心專任副教授。主授「人生哲學」、「心靈經典導讀」、「電影與生命教育」等通識課程，主要學術領域為先秦儒道哲學之現象學詮釋。

提　要

本文是以《文心》之文質彬彬論，作為探討之核心，并緊扣此核心，逐層逐次地展開對《文心》美學理論系統之探討。本文論述之程序為：首章將闡明、釐清劉勰在文學作品這一範疇上使用「文」、「質」二字之三層次意涵，及其在理論上之效互關聯，并以指稱作品形式與內容這一層意涵的文質論作為論述之主軸，繼而在第二章探討文學作品文質（形式與內容）問題，以闡述劉勰論作品中文質應有之合理關係，及其所面對的文質關係脫落之時代課題。第三章探討文學本質、創作問題及其與文質之關係，以闡明劉勰如何以文質彬彬論貫穿、延伸於《文心》之理論系統。第四章將以前三章之結論為基礎，細部論述創作歷程中之文質彬彬問題，以探析劉勰論「如何」使作品文質彬彬結合之原理和方法。最後，第五章將以整體性的觀點，探討文質彬彬論與文體品監的關係，并且回到本文論題的出發點：劉勰使用文質二字意涵所形成的三層次之文

質彬彬論，通過對本文論述之簡要回顧，檢視其本身是否具備理論之系統性、圓融性？并從「常」與「變」的觀點。略述其與中國美學發展特質之關係，以作為本文之結論。

目 次

緒 言……………………………………………………………………………1
　壹、研究動機及目的…………………………………………………………1
　貳、研究方法及論文設計……………………………………………………2
第一章 導 論…………………………………………………………………5
　第一節 孔子的文質彬彬論及其轉化………………………………………5
　　一、孔子論文、質關係——先質後文……………………………………5
　　二、孔子論文質的統一：克己復禮為仁…………………………………7
　　三、孔子文質論之後續發展及其轉化——兩漢、魏晉…………………9
　第二節 劉勰使用「文」、「質」二字之意涵……………………………12
　　一、劉勰就「人」而論文質………………………………………………12
　　二、在文學作品這一範疇文質之意涵……………………………………12
第二章 劉勰論文質關係……………………………………………………19
　第一節 文質之區分…………………………………………………………19
　　一、文質區分之理論根源…………………………………………………19
　　二、文質之特質……………………………………………………………22
　第二節 文學作品文質應有之合理關係……………………………………24
　　一、質待文…………………………………………………………………25
　　二、文附質…………………………………………………………………28
　　三、先質後文………………………………………………………………29
　第三節 文學作品中文質關係之脫落………………………………………31
　　一、劉勰的時代課題——文質關係之脫落………………………………31
　　二、文質關係脫落之解決途徑……………………………………………32
第三章 劉勰論文學本質和創作及其與文質之關係………………………35
　第一節 文之樞紐論…………………………………………………………35
　　一、道與文之關係…………………………………………………………35
　　二、徵聖宗經的美學意義…………………………………………………38
　第二節 文之樞紐與文質之關係……………………………………………40

一、文本於道與文質之關係 40

二、正緯辨騷與文質之關係 42

第三節 藝術精神之主體──神思之意涵及特質 43

一、神思之意涵 43

二、神思之藝術特質──神與物遊及作品之完成 44

第四節 創作歷程與文質之關係 47

一、思、意、言之結構關係 47

二、創作歷程與文質之關係 49

第四章 劉勰論創作歷程中之文質彬彬 51

第一節 質之營構 51

一、緣情與感物的發生歷程 51

二、藝術感發的本質 53

第二節 文之運用 54

第三節 文質之彬彬 59

一、情文與質之結合要則 59

二、形文運用與質之關係及其結合要則 60

三、聲文運用之本質及與質之結合要則 62

第五章 結 論 65

第一節 文質彬彬與文體品鑑之關係 65

一、文質彬彬與文體形構之關係 65

二、文體品鑑之原理及方法 66

三、文質彬彬與文體美感價值之關係 67

第二節 對劉勰文質彬彬論之評價 69

一、文質彬彬論之系統性 69

二、從「常」「變」觀看文質彬彬論與中國美學發展的特質之關係 71

參考書目 75

附錄 從海德格的「時間」現象學解讀陶淵明「孤獨」之美學向度 79

第二冊 文姬歸漢之離散精神原型的跨藝術論述

作者簡介

蔡明玲,高雄市人,國立政治大學中國文學系畢業,國立臺灣師範大學音

樂研究所碩士，私立輔仁大學比較文學博士，現任長庚科技大學通識教育中心人文社會學科專任副教授。學術研究項目：音樂與文學、跨藝術研究、中國文學、音樂學、主題學。授課科目：音樂、國文、音樂與文學、藝術與人生。鋼琴師事汪多惠老師、孫適老師、張彩湘老師，1977 年起擔任政大校友合唱團鋼琴伴奏。

提　要

　　文姬歸漢是發生在東漢末年（約西元 192～203 年）的史實，此一史實最早見載於《蔡琰別傳》和《後漢書‧列女傳》，迄今一千八百多年以來，文姬歸漢的史實被後來歷代的文學家和藝術家看視爲一個主題，不斷地被攝入詩歌、小說、音樂、繪畫和戲曲五種藝術表現形式中反覆地呈現。本文的寫作即是在材料與理論整合的思考中回答此一史實反覆呈現的藝術現象，並且把此一藝術現象在本文的寫作中還原於歷史，同時還原於華夏文明的集體無意識之心理結構中，從中總納出積澱於中華民族文化心理結構中的一個原型，即本文集中討論的問題：離散精神原型。

　　本文將這個離散精神原型做爲文姬歸漢系列作品的意義整體（meaningful whole），這個意義整體是指在「離鄉、別子、歸漢」的敘事模子之中承載了情感張力，這份情感張力指向擺盪在「離」與「歸」之間的心靈原鄉追尋。不同時代的創作者在凝視這個意義整體而進行文姬歸漢歷史事件的詮釋過程中，創作者開顯了自身當下的心靈原鄉或生存意義，換言之，創作者和作品共享此一意義整體的同時，不同時代的創作給出了文姬歸漢歷史事件的眾聲化意義。

　　以文姬歸漢做爲題材所創作的各式文類作品都不能逸開離散精神原型這個意義整體，也無法迴避不同時代的創作給出了文姬歸漢歷史事件的意義眾聲化現象。因此，本文將離散精神原型置回作品的結構形式中，通過文學作品和音樂相關作品的分析，論證結構形式和離散情感的異質同構現象，也就是「回到自己」這樣的離散情感的終極思考內化在不同文類和不同時代的敘事結構中。

　　進行分析不同文類和不同時代的敘事結構的過程中，本文發掘古琴聲情以直指知識份子追尋心靈家園的音響特質，無一例外地被安置在所有作品的結構織體中，然而，文姬歸漢題材中的標的物「胡笳」此一樂器並沒有因爲「笳聲入琴」的現象而在離散聲情裡絕響，本文因此論述笳聲入琴的脈絡，並且揭示古琴和胡笳能夠外象離散精神原型的緣由。

　　本文做爲主題研究的成果，在於提取原型理論做爲有效的研究透鏡，以此分析和研究文姬歸漢史實與諸種門類的材料，讓原型的「不變的本質」和「再現時的變形」兩大特色可以充分說明文姬歸漢系列作品中關於「離鄉、別子、歸漢」敘事模子的不可抗拒性，以及合理解釋這個敘事模子之中蠢動的情感張力與歷代不同形式作品之間的關係。

目　次

序　楊乃喬
第一章　緒　論 ……………………………………………………… 1
　第一節　研究動機與研究目的 ………………………………… 1
　第二節　研究現況 ……………………………………………… 12
　第三節　研究方法與研究範圍 ………………………………… 16
第二章　離散精神原型的名義考述 …………………………… 21
　第一節　華夏離散精神原型的追尋 ………………………… 22
　　一、追尋沈澱在文姬歸漢歷史事件之前的離散精神原型 … 22
　　二、文姬歸漢歷史事件中自覺的離散精神原型 …………… 31
　第二節　離散精神原型的名義 ……………………………… 37
　　一、蔡琰的離散經驗與離散論述研究 ……………………… 38
　　二、離散精神是文學與藝術創作者的心靈對位旋律 ……… 46
　　三、離散精神做爲原型的理由 ……………………………… 48
　　四、型塑離散精神原型的推手：華夷之辨觀 ……………… 56
　第三節　離散精神原型和文姬歸漢意義眾聲化的關係 …… 62
　　一、文姬歸漢歷史敘事和人類情感認知的縫隙 …………… 62
　　二、離散精神原型和創作者的心理期待 …………………… 63
　　三、文姬歸漢歷史事件意義眾聲化的關鍵之作：劉商〈胡笳十八拍〉
　　　　……………………………………………………………… 67
　　四、從四部劇作見證文姬歸漢意義眾聲化的實踐 ………… 77
　小結 …………………………………………………………… 84
第三章　離散精神原型體證形式和內容的同構關係 ……… 87
　第一節　離散精神原型的存有性格 ………………………… 89
　　一、視域融合中的意義整體是一種「回到自己」的概念 … 89
　　二、從怖慄現象論離散經驗中開顯的存有 ………………… 96

第二節　離散精神原型是結構形式和情感內容的同構·············101

一、結構形式和情感內容的關係從辯證走向同構··········102

二、離散精神原型體證形式內容同構的理論基礎··········108

第三節　音樂作品中的同構現象：黃友棣、李煥之和林品晶的作品·····118

一、結構形式中的音樂事件分析·················118

二、音樂事件和原鄉追尋的同構：古琴聲情是離散情結的語言··132

第四節　戲曲作品中的同構現象：陳與郊、郭沫若和徐瑛的作品····136

一、陳與郊《文姬入塞》的穿關和曲牌·············138

二、郭沫若《蔡文姬》的話劇民族化實踐············142

三、徐瑛《胡笳十八拍》的歌唱語言和敘事結構········144

小結··································149

第四章　胡笳的離散聲情·························151

第一節　胡笳傳入中原的歷史場景：漢匈文化交流········153

第二節　胡笳的形制·······················154

第三節　兩漢政局轉變與藝術人文精神自覺中的胡笳······163

第四節　笳聲入琴的脈絡····················167

第五節　「荒遠」的概念與「笳聲悲涼」的聲情·········172

小結··································173

第五章　結　論····························175

附　錄·······························185

附錄一　文姬歸漢系列作品··················185

附錄二　黃友棣的生平與創作·················189

附錄三　李煥之的生平與創作·················193

附錄四　林品晶的生平與創作·················197

附錄五　徐瑛的生平與創作··················199

參考資料······························201

第三冊　以悲爲美：詞學中的審美意識抉微

作者簡介

林佳瑩，1981 年生於台中市，靜宜大學中文系、中興大學中文所畢業。撰有〈吳澄之爲學工夫探析〉一文，刊載於《東方人文學誌》。喜愛中國文學

所展現之對天地萬物的關懷，以及對自我內在的觀照省察。對與人之心理活動相關的範疇具備濃厚興趣，如心理學、美學、讀者接受與反應等。在文學之外，也閱讀社會歷史、數理科學、教育學習、音樂藝術、旅遊地理等作品，屬雜食性讀者。對世界充滿好奇心，以觀察生活見聞，探究與分析事物現象與理則爲樂趣。

提　要

　　「以悲爲美」是中國文學於審美批評傳統的一個明顯傾向，此種特色在「詞」中的表現更是突出，然而「詞」在這方面的研究成果尚呈現待挖掘的情況。本研究即懷抱著開發此領域的精神，以唐圭璋所編之《詞話叢編》爲文本範圍，藉著讀者對作者、作品之悲的感動與紀錄，考察詞「以悲爲美」的內容，並期望透過讀者的審美評鑑，梳理出「以悲爲美」的發展過程。本文共分六章進行，第一章爲緒論，說明主題的研究動機與所要解決的問題，回顧前人的研究成果以作爲本研究前進的依據，界定研究內容並闡述進行之方式與方法。第二章根據詞學中對詞人作者的記載，以創作出悲詞的「作者」爲首要研究方向，了解文人爲什麼要以詞寫悲。第三章根據詞學中讀者對詞作的讀後感受，以展現出悲情的「作品」本身爲研究方向，了解詞人是怎麼安排內容，使作品能確實呈現心中抽象的悲情。第四章根據詞學中讀者對作者、作品的反應，以體會詞中悲情的「讀者」主體爲研究方向，了解讀者爲什麼能夠感受詞人的心意，並從靜態的文字作品獲得心靈的觸動。第五章根據詞學中之審美主體的立論主張，由作爲讀者的「審美主體」出發，了解「以悲爲美」之審美意識的發展情形。第六章爲結論，提出通過研究所對預設問題的獲得並總結全文。

目　次

第一章　緒　論 …………………………………………………………… 1
　第一節　研究動機與問題意識 ………………………………………… 1
　第二節　研究現況 ……………………………………………………… 5
　　一、對悲的審美觀照 ………………………………………………… 5
　　二、「以悲爲美」主題的研究 ……………………………………… 12
　　三、對詞之「悲」的注意 …………………………………………… 14
　　四、「以悲爲美」主題於「詞」領域中的待開發 ………………… 19
　第三節　研究範圍、進路與方法 …………………………………… 20

一、研究範圍 …………………………………………………………20

二、研究進路 …………………………………………………………21

三、研究方法 …………………………………………………………22

第二章 作者表述：詞人悲傷情懷之發抒 …………………………27

第一節 有情人生的悲感來源 ……………………………………27

一、人生而有情 …………………………………………………27

二、個人生命歷程的悲感 ………………………………………29

三、外在偶然觸動的悲感 ………………………………………39

第二節 抒情治療的創作需要 ……………………………………49

一、從詞體抒情特性進入 ………………………………………49

二、由生命書寫獲得治療 ………………………………………51

第三節 推己及人的生命美學 ……………………………………56

一、超越痛苦、對抗衝突的堅韌美 ……………………………56

二、關懷萬物、同情他人的人情美 ……………………………60

本章小結 ……………………………………………………………64

第三章 作品呈現：悲情詞之內容底蘊與藝術美感 ………………67

第一節 人生悲感的主題內容 ……………………………………67

一、興衰與往復的自然規律 ……………………………………67

二、聚散與分合的社會關係 ……………………………………70

三、追求與幻滅的自我調節 ……………………………………76

第二節 化抽象悲情爲具體化的藝術美 …………………………79

一、突出悲情的謀篇技巧 ………………………………………79

二、多元豐富的風格品類 ………………………………………87

第三節 沉溺與超拔的生命美學 …………………………………98

一、因憂患意識的感知而沉溺 …………………………………98

二、借物我同一的移情以超拔 …………………………………102

本章小結 ……………………………………………………………106

第四章 讀者回饋：與悲情詞的作者、作品三維並生 ……………109

第一節 讀者與作品的關係交流 …………………………………109

一、多樣化的讀者身分 …………………………………………109

二、讀者的融入過程 ……………………………………………113

第二節　讀者創造的審美影響 ································ 120

　　一、拓展審美面向 ································ 120

　　二、確立風格典範 ································ 128

　　三、影響詞的流傳 ································ 133

第三節　以悲爲美的理想建構 ································ 138

　　一、寄情求眞的滿足 ································ 138

　　二、詩騷精神的展現 ································ 141

　　三、情性道德的光輝 ································ 143

本章小結 ································ 146

第五章　以悲為美的審美意識遞嬗 ································ 147

第一節　「以悲爲美」的審美主體自覺 ································ 147

　　一、娛樂與抒情由分立到互涉 ································ 147

　　二、讀者的感受爲價值的來源 ································ 149

　　三、作品須合多數讀者的需要 ································ 152

第二節　「以悲爲美」的審美內容重點 ································ 154

　　一、早期對詞作的審美偏重形式 ································ 154

　　二、宋代由隨順自然至期待教化 ································ 154

　　三、宋末元初論詞強調性情自然 ································ 157

　　四、明代爲近情主張的極度發揚 ································ 159

　　五、清代因模仿風氣再提倡性情 ································ 161

　　六、清末後以性情之眞超越正變 ································ 165

第三節　「以悲爲美」的審美客體價值 ································ 169

　　一、視詞爲小道至特質的重視 ································ 169

　　二、地位提升與價值建立方式 ································ 170

　　三、以寄託悲情達到詩詞合流的歸趨價值 ································ 178

　　四、悲、美、詞的融合爲一 ································ 180

本章小結 ································ 183

第六章　結　論 ································ 185

參考暨徵引書目 ································ 189

附錄　臺灣地區古典詞學學位論文彙編 ································ 199

表　次

表 1-2-1 「悲之審美」相關內涵之臺灣地區學位論文一覽表 ················ 5
表 1-2-2 臺灣地區 1978～2009「示悲、美」之期刊論文一覽表 ············ 7
表 1-2-3 大陸地區 1994～2009「示悲、美」之相關期刊論文一覽表 ······ 11
表 1-2-4 大陸地區 1994～2009「示以悲爲美」之期刊論文一覽表 ········ 12
表 1-2-5 臺灣地區「寓悲」之相關學位論文一覽表 ······················· 14
表 1-2-6 臺灣地區 1981～2009「示悲」之相關期刊論文一覽表 ·········· 15
表 1-2-7 大陸地區 1994～2009「示悲」之相關期刊論文一覽表 ·········· 16
表 1-2-8 「以悲爲美」主題於「詞」領域的研究數量統計表 ·············· 19
表 1-3-1 由悲與美至「以悲爲美」的組織表 ····························· 21
圖　次
圖 1-3-1 本研究架構圖 ··· 21
圖 2-4-1 詞人人生歷程圖 ··· 65
圖 3-2-1 悲之風格品類象限圖 ··· 88
圖 3-2-2 悲詞之風格品類圖 ··· 98
圖 4-1-1 論詞與作詞關係圖 ·· 112
圖 4-1-2 冷漠、快感、痛感之界閾關係圖 ······························ 114

第四冊　家國徵兆與理想寄託──兩漢夢喻研究

作者簡介

　　李孟芳，一九八一年生，台灣省台中市人，現任職於新北市板橋重慶國中擔任國文科教師。本著行萬里路勝於讀萬卷書的信念，期許自己遊覽各地風光，把握當下，體驗人生。二○一○年取得國立中興大學中國文學系碩士學位。因對神祕事物極富興趣，特於碩士論文中探索漢代文學中的夢境書寫，冀望更深入了解夢文化的發展，一窺神秘國度的面紗。

提　要

　　夢的思想源遠流長，影響深遠，不論在史傳、詩詞、小說，甚至戲劇，都能見其蹤跡，夢文學亦越來越受重視。綜觀夢研究者，除研究先秦豐富夢文化外，其次是對唐代或之後的夢詩及夢戲劇等做研究，從兩漢迄六朝中間斷層甚鉅，無法完整了解其中夢文學的發展。因此，本文以兩漢夢喻爲題，擬探究其中的奧秘。所謂夢喻，即是以夢達成預示、曉諭道理及以夢爲譬喻等功能。蒐

羅兩漢文史，歸納漢代夢喻有三大類型，其一、史傳中主要視夢爲天、祖先傳遞訊息的管道，具有預示禍福的功能。其二、兩漢諸子，則發揮夢的影響力，以夢例曉論道理，說明誠信、修德之理。其三、兩漢詩、賦，更跳脫夢預示的窠臼，以夢爲譬，發展出虛無、令人不可置信等抽象的夢意義。

本文先以敘事學的方式分析兩漢夢喻的形式及敘寫模式，呈現形式的特點及意義。再就其內容表徵，以分類、歸納方式，將夢喻的表層意涵展現，透露出夢喻中寓含公我及私我的關懷。復次，探討夢喻中的夢者、解夢者及敘寫者的心理，了解其中作夢者、解夢者、敘寫夢境的原因。然後，探究先秦的夢發展，瞭解漢代夢敘寫的傳承與創發，並析論後代夢的沿襲與發展。最後，深入探究夢喻的深層文化與心理因素，突顯夢文化影響人認知之深遠，進而造就漢代夢文化興盛。

由兩漢夢喻探究中，可歸結出幾個特點：一、夢喻在各文體中展現不同的功用及特點。二、夢喻離不開公我及私我的關懷。三、夢喻的發展源於中國傳統宗教，興盛於漢代讖緯、神學社會。四、從王充、王符等夢論述中看出其對迷信、天命思想的反省，顯示自覺意識的提升。五、各文體因目的不同發展出不同的夢喻敘事結構與意涵。六、夢喻可透析夢者及敘寫者的思想及心理。七、以夢爲譬等抽象意涵的創新與意象沿襲。

經由深入探討兩漢夢喻，了解到兩漢夢喻雖然不似先秦夢寓言如煙火般絢爛奪目，卻是暧暧內含光的穩定滋長著，使夢文化能更多元且意涵明確的傳承下去。

目　次

第一章　緒　論 ……………………………………………………………1

　第一節　研究動機 ……………………………………………………1

　第二節　研究背景與漢代背景概述 ………………………………3

　　一、研究背景介紹 ………………………………………………3

　　二、漢代背景概述 ………………………………………………5

　第三節　研究範圍與方法 …………………………………………10

　　一、文本範圍 ……………………………………………………10

　　二、方法與章節安排 ……………………………………………11

　　三、定義 …………………………………………………………12

第二章　兩漢夢喻的表述方式 ……………………………………13

第一節　史傳夢喻的表述方式⋯⋯⋯⋯⋯⋯⋯⋯⋯⋯⋯15

一、從敘述者及視角分析：異敘述者、非聚焦型及內聚焦型⋯15

二、夢時間敘述與情節：順序、閃回（倒敘）、閃前（預敘）⋯18

三、史傳夢境敘寫模式⋯⋯⋯⋯⋯⋯⋯⋯⋯⋯⋯⋯⋯⋯23

四、比象法：民族心理的積澱和約定俗成的民俗⋯⋯⋯⋯28

第二節　諸子散文夢喻的表述方式⋯⋯⋯⋯⋯⋯⋯⋯⋯⋯29

一、敘述者類型與視角呈現⋯⋯⋯⋯⋯⋯⋯⋯⋯⋯⋯⋯29

二、時間的表述與情節：非時序中的塊狀⋯⋯⋯⋯⋯⋯⋯31

三、諸子散文夢敘寫模式⋯⋯⋯⋯⋯⋯⋯⋯⋯⋯⋯⋯⋯33

四、藝術手法：以彼喻此及設問法的運用⋯⋯⋯⋯⋯⋯⋯35

第三節　詩、賦夢喻的表述方式⋯⋯⋯⋯⋯⋯⋯⋯⋯⋯⋯37

一、敘述者類型與引言方式⋯⋯⋯⋯⋯⋯⋯⋯⋯⋯⋯⋯37

二、時間的表述與情節：順時序、逆時序中的閃回（倒敘）⋯38

三、詩、賦夢敘寫模式⋯⋯⋯⋯⋯⋯⋯⋯⋯⋯⋯⋯⋯⋯39

四、藝術手法：以夢設譬，抽象表述⋯⋯⋯⋯⋯⋯⋯⋯⋯41

本章小結⋯⋯⋯⋯⋯⋯⋯⋯⋯⋯⋯⋯⋯⋯⋯⋯⋯⋯⋯⋯45

第三章　夢喻之內容與表徵：公我與私我的關懷⋯⋯⋯⋯⋯47

第一節　公我：家國意識的展現⋯⋯⋯⋯⋯⋯⋯⋯⋯⋯⋯47

一、王、后：家國興衰—吉凶夢徵，兆應國事⋯⋯⋯⋯⋯48

二、臣：政事論說—藉史夢論述、說明道理⋯⋯⋯⋯⋯⋯56

三、臣之愛國情懷—夙夜夢寐，盡心所計⋯⋯⋯⋯⋯⋯⋯59

第二節　私我：個人思維的呈現⋯⋯⋯⋯⋯⋯⋯⋯⋯⋯⋯60

一、個人禍福—人事夢兆，死亡關懷⋯⋯⋯⋯⋯⋯⋯⋯⋯60

二、陳述思想—闡揚思想、批判夢徵⋯⋯⋯⋯⋯⋯⋯⋯⋯66

三、抒發情感—愛情、友情、親情等⋯⋯⋯⋯⋯⋯⋯⋯⋯72

本章小結⋯⋯⋯⋯⋯⋯⋯⋯⋯⋯⋯⋯⋯⋯⋯⋯⋯⋯⋯⋯77

第四章　夢喻敘述心理意圖探析⋯⋯⋯⋯⋯⋯⋯⋯⋯⋯⋯⋯79

第一節　作夢者的心理⋯⋯⋯⋯⋯⋯⋯⋯⋯⋯⋯⋯⋯⋯⋯80

一、內心期待，預期心理⋯⋯⋯⋯⋯⋯⋯⋯⋯⋯⋯⋯⋯⋯80

二、死亡的恐懼，憂慮敗亡⋯⋯⋯⋯⋯⋯⋯⋯⋯⋯⋯⋯⋯81

三、良心譴責⋯⋯⋯⋯⋯⋯⋯⋯⋯⋯⋯⋯⋯⋯⋯⋯⋯⋯⋯82

第二節　解夢者的意向 ……………………………………… 83

　一、解夢者的身分 ………………………………………… 83

　二、吉、凶／真、假：解夢者的內心掙扎 …………… 84

第三節　敘寫者的觀點 ……………………………………… 88

　一、作者的意圖的完成程度：晉武王夢天賜位予虞 … 88

　二、強調夢徵驗的必然性，既鞏固亦抑制君權，使權力達到平衡 … 89

　三、敘寫者委婉批評、評價 ……………………………… 90

　四、展現人物精神特性、形象 …………………………… 91

本章小結 ……………………………………………………… 92

第五章　兩漢夢喻的文化意涵 ……………………………… 95

第一節　夢魂觀／天命思想／象徵意義 ………………… 95

　一、夢魂觀：人與靈魂的溝通管道／祭祀儀式 ……… 96

　二、天命思想與政權轉移 ………………………………… 100

　三、夢象徵：符象與夢徵之關聯 ……………………… 105

第二節　諸子勸諫與夢文化反省 ………………………… 107

　一、以夢為諫 ……………………………………………… 107

　二、夢文化的反省：天命論等醒思 …………………… 109

　三、自覺意識的提升 ……………………………………… 113

第三節　意象沿襲：理想夢、神女夢 …………………… 114

本章小結 …………………………………………………… 118

第六章　兩漢夢喻之傳承與創發 ………………………… 121

第一節　先秦夢之發展 …………………………………… 121

　一、經、史中的徵兆夢 ………………………………… 121

　二、子部寓言夢：散播思想之利器 …………………… 123

　三、夢的本質探索：荀子、列子 ……………………… 126

第二節　漢代夢喻之傳承與創發 ………………………… 128

　一、史傳夢功能及對象的漸移 ………………………… 128

　二、諸子散文改夢寓為論述，深入分析夢分類 ……… 130

　三、詩、賦夢發展出抽象意涵，由徵兆變成寄託、抒情 … 130

第三節　對魏晉六朝以下之影響 ………………………… 131

　一、魏晉六朝記載史夢達到高峰，後漸沒落 ………… 131

二、夢魂／夢想、如夢詞彙運用的發展 ……………………………132

三、夢滲透入各時代文學體裁，在文學中大放異彩 ……………………133

四、夢分類繼續發展：九夢、十五夢 ……………………………………134

本章小結 ………………………………………………………………135

第七章 結 論 …………………………………………………………137

參考書目 …………………………………………………………………145

附錄一 台灣地區「夢」研究學位論文一覽表 ………………………151

附錄二 台灣地區「兩漢」學位論文研究一覽表 ……………………155

第五冊 李維楨文學思想研究

作者簡介

謝旻琪，台灣苗栗人，出生於台北市。淡江大學中文系畢業，東吳大學碩士，目前就讀於淡江大學中文系博士班（2004─）。曾任開南大學通識中心講師，現任教淡江大學中文系。

提 要

李維楨（1547-1626）是晚明王世貞所選定的「末五子」之一。李維楨並不是個一流的理論家，他對於晚明文學研究的學者來說，也是相對比較陌生的人物。但是他的生存年代，以及他的文壇地位，都有其特殊性。

關於晚明文壇的研究，有兩個可再思考的問題：第一，論述常常陷入一種過度簡單二分的框架當中──亦即「復古」與「反復古」的對局──，其立場多半是將復古派認定爲落後、保守的一端，而反復古則是創新、進步，代表人物除了公安三袁之外，再推至李贄、徐渭、湯顯祖等；第二，文學史的論述，久而久之，累積出所謂「重要的」作家。如此雖無可厚非，但是學術上的「重點」一旦確立、強化，細部很容易就被掩蓋了。若對此重新思考，那麼，李維楨這種具有鮮明的折衷色彩、處於流派過度之間，在當時具有文名，卻在後世較少爲人所注意的論者，似乎有再重新衡定的必要。他的論點儘管未必多強悍偉大，但是他參與了晚明文壇的轉變，他既指出晚明文人的時代議題，也代表復古派後期文學觀念的轉向。

關於李維楨的文學思想，本論文分爲三個部分來探討：第一部分是李維楨的文學歷史意識。復古派文人非常重視對傳統的省察，李維楨認爲文學創作具

有歷史責任，他延續復古派「格以代降」的說法而有所修正，提出「一代之才即有一代之詩」，並從文學發展的規律，說明明代在文學史上的極盛地位。第二個部分是李維楨的創作論，他提出的情感與性靈論述，以及才、學、識三個創作條件，調和了「師古」與「師心」兩個路向。第三個部分是李維楨的批評論，他論析復古派所要求的「兼長」理想，同時他也承認人有才性的侷限，「兼長」未必能達成，故他提出「適」的觀念，轉而欣賞「偏至」。他並分析各文體的藝術樣貌、時代風格，以便掌握創作之法。

　　本論文所拈出的議題，都不是單純的拆解李維楨的寫作文本，而是期望以此作為考察晚明文壇的切入點之一，並提供晚明文學研究的參照與輔助。

目　次

第一章　緒　論 ……………………………………………………… 1
　第一節　對晚明文學史論述的反思 ………………………………… 2
　第二節　本論題的研究意義 ………………………………………… 12
　第三節　對當前研究成果的檢討 …………………………………… 14
　第四節　研究進路 …………………………………………………… 22
第二章　李維楨生平與晚明文壇概況 ……………………………… 25
　第一節　李維楨生平概述 …………………………………………… 26
　第二節　李維楨與復古派的結盟關係 ……………………………… 33
　第三節　結語 ………………………………………………………… 47
第三章　李維楨的文學歷史意識 …………………………………… 49
　第一節　詩與史的關係 ……………………………………………… 49
　第二節　「代變」的歷史觀 ………………………………………… 55
　第三節　明代文學在文學史的地位 ………………………………… 65
　第四節　結語 ………………………………………………………… 72
第四章　李維楨的創作論 …………………………………………… 73
　第一節　從「師古」與「師心」的調和談起 ……………………… 73
　第二節　創作的起源——情感與性靈 ……………………………… 76
　第三節　創作的條件——才、學、識 ……………………………… 93
　第四節　創作的呈現 ………………………………………………… 101
　第五節　結語 ………………………………………………………… 104
第五章　李維楨的批評論 …………………………………………… 105

第一節　兼長的理想……………………………………………105

第二節　對各體的掌握…………………………………………112

第三節　結語……………………………………………………135

第六章　結論……………………………………………………137

第一節　李維楨的論述立場……………………………………138

第二節　指出復古派轉向的路徑………………………………141

第三節　本文的回顧、檢討和展望……………………………146

附錄一　李維楨簡要年表………………………………………149

附錄二　重要理論繫年…………………………………………153

主要參考書目……………………………………………………161

第六冊　唐人小說示現之生命困境及其對治方法

作者簡介

陳韻靜，彰化鹿港人，1963 年生，台中師專畢業，中興大學中文系學士、碩士。任教於國小將近三十年。撰有〈《嫁粧一牛車》評析〉、〈西周營建東都雒邑始末探究——以《尚書》中〈大誥〉、〈召誥〉、〈洛誥〉、〈多士〉、〈多方〉為核心〉、《唐人小說示現之生命困境及其對治方法》。

提　要

唐代小說為中國文言小說史上的盛宴，較六朝小說之粗陳梗概，演進之甚明。由於唐人小說之「敘述宛轉、文辭華豔」，承載了作家對人生之感慨與理想之企望。作家不論是因事成文，或因感構文，率皆有所寄託。其中大抵呈現人物之遭逢生命困境，由於唐人小說敘述之宛轉與描繪較六朝更為詳盡細膩，是以人物心緒之掙扎轉變，得以流露於文本中，遂見出人物面對困境時所採取的對治方法。因此，本論文集中論述唐人小說中示現之生命困境與人物面對困境時所採取之對治方法。

正文分為上下二篇，上篇呈現唐人小說中所示現之生命困境，由四個不同面向於四章分論：第一章論述死亡威脅的壓力，探究造成死亡威脅的原因，與當事者面臨死亡威脅時的情緒反應，再探究死亡場景於文本中產生之效能。第二章探析唐代士人仕途難登的處境，先述求仕之於士人的意義，再探析仕途難登的原因，後論官場的景況。第三章論述身分、性別與位階的哀歌，就眾生之

中異類、女性與相對之卑微位階遭受來自於傳統、政治、社會等的差別待遇之處境。第四章就唐人小說中探究愛情世界中遭逢愛情難遂之悲傷，先說明男女兩性對愛情之企望，再述其由相識至分手之過程，其後述其愛情難遂的傷痛情緒，再予以分析導致愛情難遂的原因。

下篇則分析遭逢生命困境的小說人物所採取的對治方法及其產生的結果：第一章呈現遭逢生命困境者，執迷沉陷於困境之中及最終之結果。第二章則述遭逢困境者以尋求歸宿與接受命運的方式作心態上的轉變，雖未能改變事實，但卻可超越困境帶來的負面情緒，而走出困境。第三章則述小說中遭逢生命困境的人物與伸出援手者，面對事實、力挽狂瀾的作為。

目 次

緒　論 ………………………………………………………………… 1
　　一、研究動機與問題意識 ………………………………………… 1
　　二、前人研究成果概述 ……………………………………………… 2
　　三、取材範圍 ………………………………………………………… 5
　　四、研究進路 ………………………………………………………… 8
上篇　生世不諧，盍言適志：唐人小說中所示現的生命困境 …… 13
第一章　死亡威脅的壓力 …………………………………………… 15
　第一節　小說人物之死亡原因 …………………………………… 16
　　一、自然死亡 ……………………………………………………… 16
　　二、非自然死亡 …………………………………………………… 19
　第二節　面臨死亡威脅時的情緒 ………………………………… 26
　　一、怨望憤恨憂傷難抑 …………………………………………… 26
　　二、無力挽回無聲就死 …………………………………………… 28
　　三、預知宿命泫泣良久 …………………………………………… 29
　　四、面臨深愛不捨其死 …………………………………………… 29
　第三節　死亡場景之鋪寫內容 …………………………………… 30
　　一、烘托悲悽情緒 ………………………………………………… 30
　　二、對比蕭索心緒 ………………………………………………… 31
　　三、表現人物冷酷 ………………………………………………… 31
　　四、呈現惝慄感受 ………………………………………………… 32
　　五、突顯貪婪行為 ………………………………………………… 32

本章小結 ·· 33
第二章　仕途難登的處境 ······························· 35
　第一節　唐代士人企望出仕之探究 ················ 35
　　一、改善經濟狀況 ································· 35
　　二、提升家族地位 ································· 40
　　三、實現自我理想 ································· 41
　第二節　仕途難登的原因 ··························· 43
　　一、唐代開科取士途徑狹窄 ···················· 44
　　二、上榜關涉人爲因素 ·························· 48
　第三節　官場與宦途之景況 ························ 56
　　一、及第後短暫的歡慶 ·························· 57
　　二、登第之後的等待 ···························· 58
　　三、仕途蹇滯與險惡 ···························· 59
　本章小結 ·· 70
第三章　身分性別與位階的哀歌 ····················· 71
　第一節　異類處境與幻變爲人之象徵意義 ·········· 71
　第二節　傳統禮法對女性之壓抑 ··················· 77
　　一、歷史背景與社會背景 ······················ 77
　　二、唐人小說中女性處境 ······················ 82
　第三節　社會位階的產生原因與升沉之勢 ·········· 91
　　一、宗法制度與徵才方式 ······················ 91
　　二、位階升沉繫乎勢之得失 ···················· 94
　第四節　相對位階之卑下者的處境 ················· 97
　第五節　奴婢賤民，哀哀無告 ····················· 103
　　一、奴婢產生之歷史背景 ······················ 103
　　二、唐律對奴婢之規定 ·························· 104
　　三、唐人小說中的奴婢處境 ···················· 108
　本章小結 ·· 112
第四章　愛情難遂的憂傷 ······························ 113
　第一節　男女愛情崎嶇路 ··························· 113
　　一、愛情企望的模式 ···························· 113

二、男女初識的欣喜 119

三、愛情難遂的傷痛情緒 125

第二節　導致愛情難遂之原因 129

一、內在因素 130

二、外在因素 133

本章小結 142

下篇　陷溺、轉化與承擔：唐人小說中面臨生命困境之對治 ... 145

第一章　現世之執迷 147

第一節　雄才難展轉為戾氣：仕途難登之陷溺 148

一、累舉不第慨嘆困窮 149

二、久舉不第出言不遜 149

三、求仕無門投藩入幕 150

四、銓選受挫伺機報復 151

第二節　身分位階之遵循與突破：身分位階之陷溺 154

第三節　愛情難遂不悔的求索：愛情難遂之陷溺 155

本章小結 157

第二章　轉化超越──尋求歸宿與接受命運 159

第一節　尋找心靈歸宿 159

一、仕途未能遂願，棲道歸隱 160

二、派任處非所願，游心於藝 163

三、仕宦不如意，善待物我生命 164

四、神仙長生幻想與追求 164

第二節　接受命運安排 170

一、天命、定命與宿命觀念之意義與釐清 171

二、唐人小說中以定命觀消解人生困境 177

本章小結 185

第三章　扭轉事實──合義承擔 187

第一節　力挽狂瀾之行動：對治死亡威脅之積極作為 ... 188

一、救人危難 188

二、實現承諾 195

三、誠心與信任 197

　第二節　堅持志業的努力：對治仕途志業未果之積極作為⋯⋯⋯198
　　一、建功未果捲土重來⋯⋯⋯⋯⋯⋯⋯⋯⋯⋯⋯⋯⋯⋯⋯⋯199
　　二、生命志業的追求與傳承⋯⋯⋯⋯⋯⋯⋯⋯⋯⋯⋯⋯⋯⋯200
　第三節　掙脫枷鎖之勇氣：對治身分位階枷鎖之積極作為⋯⋯⋯201
　第四節　追求珍惜與期許：對治愛情難遂之積極作為⋯⋯⋯⋯⋯202
　　一、良禽擇木⋯⋯⋯⋯⋯⋯⋯⋯⋯⋯⋯⋯⋯⋯⋯⋯⋯⋯⋯⋯203
　　二、深情求索⋯⋯⋯⋯⋯⋯⋯⋯⋯⋯⋯⋯⋯⋯⋯⋯⋯⋯⋯⋯204
　　三、他人義助⋯⋯⋯⋯⋯⋯⋯⋯⋯⋯⋯⋯⋯⋯⋯⋯⋯⋯⋯⋯205
　　四、珍惜相聚⋯⋯⋯⋯⋯⋯⋯⋯⋯⋯⋯⋯⋯⋯⋯⋯⋯⋯⋯⋯206
　　五、割捨情愛化為期許⋯⋯⋯⋯⋯⋯⋯⋯⋯⋯⋯⋯⋯⋯⋯⋯209
　本章小結⋯⋯⋯⋯⋯⋯⋯⋯⋯⋯⋯⋯⋯⋯⋯⋯⋯⋯⋯⋯⋯⋯⋯209
結　論⋯⋯⋯⋯⋯⋯⋯⋯⋯⋯⋯⋯⋯⋯⋯⋯⋯⋯⋯⋯⋯⋯⋯⋯⋯211
參考暨徵引資料⋯⋯⋯⋯⋯⋯⋯⋯⋯⋯⋯⋯⋯⋯⋯⋯⋯⋯⋯⋯⋯215
　一、古籍（按時代先後排序）⋯⋯⋯⋯⋯⋯⋯⋯⋯⋯⋯⋯⋯⋯215
　二、專著（按作者姓氏筆劃排序）⋯⋯⋯⋯⋯⋯⋯⋯⋯⋯⋯⋯216
　三、學位論文（按作者姓氏筆劃排序）⋯⋯⋯⋯⋯⋯⋯⋯⋯⋯218
　四、期刊論文與專書論文（按作者姓氏筆劃排序）⋯⋯⋯⋯⋯219
　五、網站資料⋯⋯⋯⋯⋯⋯⋯⋯⋯⋯⋯⋯⋯⋯⋯⋯⋯⋯⋯⋯⋯221

第七冊　宋元話本小說的時間觀研究

作者簡介

　　林珊妏，1969 年生，臺灣省臺北縣人。中國文化大學中文研究所文學博士（2002.1），任職於德霖技術學院通識教育中心副教授。著有〈談《三教開迷歸正演義》小說中的林兆恩思想〉（2000.12 漢學研究第十九卷第二期）、〈談《東度記》小說中的矛盾──從作者試圖融合宗教立意與娛樂效果角度分析〉（2000.12 國家圖書館館刊第二期）、〈明代知篇小說中之僧犯戒故事探討〉（2005.4 南大學報三九卷一期）。

提　要

　　宋元話本小說為中國白話小說之開創先驅，為後代明清擬話本和長篇白話章回小說奠定基礎，其現實主義的手法和藝術技巧的創作，深深影響了後世的

文學創作。其獨特的敘述角度和故事情節，足以作為結構主義評析文本之典型範例，基於小說組織之內外結構，本論文從敘事時間和故事時間兩方面，進行宋元話本小說之時間觀分析。敘述時間包括自然流動的順時性、韻律感的時間重複性、舞台效果的時間凝縮性、詩詞諺語的時間延續性、話本術語的瞬時性等。而故事時間則有夢之完整流動時間區段、純展示插序之靜止時間、離魂性之時差時間、仙鄉時差等各式各樣的故事時間類型。從敘事時間和故事時間的觀點與角度，可以理解原本潛藏在宋元話本小說平靜故事表層底下的時間意識，進而開發出眾多的時間意義和特殊的時間性質，藉以呈現出豐富多姿的宋元話本小說的時間觀。因此本論文藉由各種時間觀之研究成果，解讀此期小說文本之時間意象，探究文學作品的時間觀運用，從現代哲學研究觀點切入古典白話小說領域，突顯宋元話本小說的文學特色，賦予其深刻之內涵意義。

目　次

第一章　緒　論 …………………………………………………………… 1
　第一節　宋元話本小說概述 …………………………………………… 1
　第二節　本論文的研究範圍及方向 …………………………………… 5
第二章　時間觀的概念 …………………………………………………… 11
　第一節　西方哲學的時間觀 …………………………………………… 11
　　一、時間的意義 ……………………………………………………… 12
　　二、哲學家的意見 …………………………………………………… 13
　第二節　中國的時間觀 ………………………………………………… 18
　　一、《管子》的時空觀念 …………………………………………… 18
　　二、道家的時間觀念 ………………………………………………… 19
　　三、中國古代醫學的陰陽時間觀 …………………………………… 22
　　四、朱熹的時空學說 ………………………………………………… 25
　　五、現代學者對中國時間觀的論述 ………………………………… 26
　第三節　小說的時間觀 ………………………………………………… 28
　　一、金健人 …………………………………………………………… 29
　　二、傅修延 …………………………………………………………… 30
　　三、任世雍 …………………………………………………………… 33
　　四、唐躍 ……………………………………………………………… 34
　　五、柯立 ……………………………………………………………… 35

第三章　宋元話本小說的敘事時間 ……………………………………39

　第一節　敘事學概論 ……………………………………………………39

　　一、巴特 ………………………………………………………………40

　　二、傑晶 ………………………………………………………………42

　　三、查特曼 ……………………………………………………………44

　第二節　敘述方式的時間安排 …………………………………………48

　　一、展示型敘述的時間安排 …………………………………………49

　　二、解說型敘述的時間安排 …………………………………………50

　　三、議論型敘述的時間安排 …………………………………………53

　第三節　敘述技巧的時間 ………………………………………………58

　　一、空間敘述時間化 …………………………………………………58

　　二、設問手法的時間處置 ……………………………………………63

　　三、頃刻間捏合的敘述技巧 …………………………………………65

第四章　宋元話本小說的故事時間 ……………………………………69

　第一節　夢的時間觀 ……………………………………………………72

　　一、具情節時間的夢 …………………………………………………73

　　二、純展示插序的夢 …………………………………………………74

　第二節　他界故事的時間觀 ……………………………………………74

　　一、他界的定義及類型 ………………………………………………74

　　二、神仙界故事的時間觀 ……………………………………………77

　　三、妖界故事的時間觀 ………………………………………………82

　　四、鬼界故事的時間觀 ………………………………………………85

　第三節　命運故事的時間觀 ……………………………………………89

　　一、神諭論故事的時間觀 ……………………………………………90

　　二、無因式宿命故事的時間觀 ………………………………………93

　　三、偶然論故事的時間觀 ……………………………………………94

　　四、果報故事的時間觀 ………………………………………………96

　　五、德命故事的時間觀 ………………………………………………97

第五章　結　論 …………………………………………………………99

參考書目 …………………………………………………………………103

從思維方式剖析《封神演義》中「封神」的意義

作者簡介

蕭鳳嫻，輔仁大學中國文學博士，現任慈濟大學東方語文學系中文組專任助理教授。學術專長：近代學者紅學論述、新儒家文學論述、文學史中小說論述。著作出版：《渡海新傳統——來台紅學四家論》（台北：秀威資訊公司，2008年12月）、《民國學者文論研究》（台北：大安出版社，2009年8月）、《中國文學概論研究——以政府遷台後、國人著作為範圍》（高雄：復文圖書出版社，2009年9月）等書。

提 要

本論文研究動機；是以過去研究《封神演義》資料及個人學思歷程為基礎，試著找出書中的意義結構，以便瞭解書中封神的意義何在？及思想體系。所採用之方法是：思維方式的分析，並以此展開主題論證，期望能對《封神演義》本身所呈現的思想與意義，有合理性的解釋，及提出有意義的思考方向，能找尋出人生的價值、人生的意義、人生的問題；和可能的解決方向。

第二章指出：《封神演義》的思維基調是天人問題，書中對「天」的看法；就其本體而言：是由一最高主宰至上神，所構成之整體性「天」，其形體為神所化生或分裂，其化生分裂之根源為「道」之分裂化生，而天的作用則經由氣的流通，得以不限時空、地點、自然、人文，而貫通於宇宙萬有。《封神演義》對於「天」的定義，其重點不在於「天」的自然義，即「天」是由什麼元素、物質構成？而是落在人事的角度，以建立社會秩序為目的。基本上，所探討的是人的問題，從人的問題涉及到天的意義，其基本架構是天人之間如何關聯的問題！以達成「天人合一」的理想境界！

第三章指出：在天人同源同感觀念之下，《封神演義》以神為主體，將人間的制度類比之宇宙結構，構成了「天人類比」宇宙世界。此宇宙世界共有天上、人間、地下三大部份，神仙、凡人、鬼等生活於其間；「天命」主宰此宇宙世界秩序，此宇宙世界組織結構、神明名稱、神明由來及作用；多本於民間傳統諸神，再重新以分封，《封神演義》一書中的宇宙觀，反映出中國民間對宇宙結構、宇宙秩序的共識。

第四章指出：《封神演義》建立一個以「天人合一」的理念系統，及天人類比宇宙解釋系統，構成的以神靈為主的天命世界，其範圍包括了天上、人間、

地下三個世界，仙、神、凡、聖、鬼的各類「人」等生活其中，書中認為生活世界的異化，是成員不遵守「道」（宇宙創生之源）的命令行事，要克服社會的失序，人心的異化，須達成與「道」（宇宙創生之源）的契合，才能重建生活世界的秩序。因此，書中描述了違反天命而行的現實世界（紂王）、遵守天命而行的理想世界（文王），藉由雙方的鬥法，強調天命的絕對權威，達成意識型態的植入。

第五章則綜合前文分析，指出《封神演義》理論基礎是：「天命」為核心的總體思維；「神人共存」的世界觀；「存天命，去人欲」的行為價值觀。至上神化的「天」，所形成的「天命」，是社會組織構成原則，由神與人所共同構成。也是人人都應遵守的行為法則，制約每個人行動的價值標準，社會組織更替的標準，從之則吉違之則凶。三者構成一個完整和諧的思想體系。

在這個思維方式之下；《封神演義》得以大肆「封神」，一方面建立起人神溝通管道的優先權，另一方面維持自認的「天命」秩序。進行一連串神祇的重整工作，將公認靈驗的神祇納入系統、編排組織順序，達成「天人合一」後個人生命、生活世界的秩序和諧。

目　次

第一章　導論：研究動機、方法及主題的展開⋯⋯⋯⋯⋯⋯⋯⋯⋯⋯⋯⋯1

　　一、前言⋯⋯⋯⋯⋯⋯⋯⋯⋯⋯⋯⋯⋯⋯⋯⋯⋯⋯⋯⋯⋯⋯⋯⋯2

　　二、研究動機與目的⋯⋯⋯⋯⋯⋯⋯⋯⋯⋯⋯⋯⋯⋯⋯⋯⋯⋯⋯⋯3

　　三、研究方法⋯⋯⋯⋯⋯⋯⋯⋯⋯⋯⋯⋯⋯⋯⋯⋯⋯⋯⋯⋯⋯⋯⋯7

　　四、研究主題之展開⋯⋯⋯⋯⋯⋯⋯⋯⋯⋯⋯⋯⋯⋯⋯⋯⋯⋯⋯⋯10

　　五、結論⋯⋯⋯⋯⋯⋯⋯⋯⋯⋯⋯⋯⋯⋯⋯⋯⋯⋯⋯⋯⋯⋯⋯⋯⋯11

第二章　天命世界的思維基調——天人合一⋯⋯⋯⋯⋯⋯⋯⋯⋯⋯⋯⋯13

　　一、前言⋯⋯⋯⋯⋯⋯⋯⋯⋯⋯⋯⋯⋯⋯⋯⋯⋯⋯⋯⋯⋯⋯⋯⋯14

　　二、《封神演義》中「天」的意義⋯⋯⋯⋯⋯⋯⋯⋯⋯⋯⋯⋯⋯⋯14

　　三、《封神演義》天人架構⋯⋯⋯⋯⋯⋯⋯⋯⋯⋯⋯⋯⋯⋯⋯⋯⋯19

　　四、天命流行與人自處之道⋯⋯⋯⋯⋯⋯⋯⋯⋯⋯⋯⋯⋯⋯⋯⋯⋯22

　　五、結論⋯⋯⋯⋯⋯⋯⋯⋯⋯⋯⋯⋯⋯⋯⋯⋯⋯⋯⋯⋯⋯⋯⋯⋯25

第三章　天人類比的宇宙結構⋯⋯⋯⋯⋯⋯⋯⋯⋯⋯⋯⋯⋯⋯⋯⋯⋯27

　　一、前言⋯⋯⋯⋯⋯⋯⋯⋯⋯⋯⋯⋯⋯⋯⋯⋯⋯⋯⋯⋯⋯⋯⋯⋯28

　　二、天的結構及天上諸神⋯⋯⋯⋯⋯⋯⋯⋯⋯⋯⋯⋯⋯⋯⋯⋯⋯29

三、人間地理及人間諸神 ··· 33

四、地下結構及地下神祇 ··· 39

五、結論 ··· 40

第四章　生活世界的異化及復歸之道 ······························· 43

一、前言 ··· 44

二、《封神演義》中的現實世界與理想世界 ························· 45

三、《封神演義》的世界觀 ··· 53

四、奧秘性感通的復歸之道 ··· 55

五、結論 ··· 57

第五章　結論：封神的意義 ··· 61

一、前言 ··· 62

二、《封神演義》的思維結構 ······································· 62

三、以「與道合一」思想型態解決社會人生問題 ····················· 66

四、「天命規範」的植入 ··· 70

五、結論 ··· 73

參考書目 ··· 75

第八冊　《三言》與《十日譚》婚姻愛情故事之比較研究

作者簡介

蔡蕙如

現職：高雄醫學大學通識教育中心專任副教授兼秘書室秘書

學歷：國立高雄師範大學　國文系　博士班畢

　　　國立高雄師範大學　國文系　碩士班畢

　　　東海大學　中國文學系畢

　　　文藻外國語文專科學校　英文科畢

經歷：高雄醫學大學通識教育中心專任副教授兼秘書室秘書

　　　高雄醫學大學通識教育中心專任助理教授兼中心人文及社會科學
　　　　組組長

　　　高雄醫學大學教務處課務組組長

　　　大仁技術學院通識教育中心專任助理教授兼教學品質組組長

　　　國立高雄師範大學國文系兼任助理教授

國光中學 國文科專任教師兼導師

文藻外國語文專科學校 國文科 兼任講師

專長：古典通俗小說、應用文

著作：《三言》與《十日譚》婚姻愛情故事之比較研究、《三言》中的婚姻
　　　與戀愛

期刊論文：〈《三言》與《十日譚》巧女人物類型比較〉

　　　　　〈「點燃生命之海」與生死教育〉

　　　　　〈從儒家思想建構醫療專業人才之倫理教育〉

　　　　　〈電影於人文教育教學中之應用——以「金法尤物」在女性文
　　　　　　學課程上的啟示爲例〉

　　　　　〈「臺灣文學」通識課程之教學兼論「去中國化」——以高雄醫
　　　　　　學大學課程設計爲例〉（載於國立嘉義大學中文系出版之《文
　　　　　　思與創意》）

　　　　　〈電影於大一國文教學上之應用——當屈原遇上勝元〉

　　　　　〈從科幻電影「絕地再生」論所關涉之生命議題及反思〉

提　要

　　明代通俗文學家馮夢龍所蒐集、整理而成的《三言》(《喻世明言》、《警世通言》與《醒世恆言》)，與義大利近代散文先驅薄伽邱所撰寫的《十日譚》，二書之篇數相近，成書年代雖然相差了近三百年，但是《三言》裡所收錄的故事約有三分之一的發生時代早於或與《十日譚》同時，還有三分之二比《十日譚》晚了兩個世紀。所以，就其中故事的發生時代而言，也是略有相近的部分。

　　另就文體形式來看，兩者分別是中國和義大利的白話短篇小說集，而且這兩部著作都對後世產生了深遠的影響，分別爲中國和西歐的短篇小說立下了開創性的里程碑。二書之故事內容涉及人生百態，反映的社會生活層面頗爲廣泛，尤其是關於愛情婚姻的故事，更是二書的重心。

　　基於上述之理由，所以，筆者選擇這兩部作品中的婚姻愛情故事來進行比較研究，使能更深入地認識和了解《三言》與《十日譚》這兩部中西通俗小說在愛情婚姻主題上的異同；並就作者的創作動機、敘寫模式、表現手法、人物類型之塑造與悲劇故事加以比較，以期更進一步釐析馮夢龍與薄伽邱的婚戀思想。藉由相互之比較來探討中西方對愛情與婚姻的態度，以及人類的婚姻與愛情能否合一？企盼能從研究中得到一些啟發，讓《三言》與《十日譚》的戀愛

婚姻故事發揮更積極的指導作用，對現代人的愛情和婚姻生活產生助益。

目　次

第一章　緒　論 …………………………………………………… 1
　第一節　研究動機與目的 ……………………………………… 1
　第二節　研究範圍與方法 ……………………………………… 3
第二章　《三言》婚姻愛情故事之剖析 ………………………… 7
　第一節　指腹為婚與自幼訂親 ………………………………… 7
　第二節　先友後婚 ……………………………………………… 9
　第三節　騙婚 …………………………………………………… 11
　第四節　徵婚、贈賜婚、買賣婚、童養婚、贅婚與離婚再婚 … 14
　第五節　異類通婚 ……………………………………………… 22
　第六節　寡婦再醮或守節 ……………………………………… 24
　第七節　私訂終身與私奔 ……………………………………… 32
　第八節　婚外情與其他 ………………………………………… 37
　第九節　宮闈亂倫與僧尼違律偷情 …………………………… 45
第三章　《十日譚》婚姻愛情故事之剖析 ……………………… 51
　第一節　自由戀愛 ……………………………………………… 51
　第二節　求愛 …………………………………………………… 55
　第三節　試妻、馴妻、讓妻 …………………………………… 59
　第四節　搶婚、賜婚 …………………………………………… 68
　第五節　桃色交易 ……………………………………………… 72
　第六節　寡婦再醮與偷情 ……………………………………… 74
　第七節　私訂終身與私奔 ……………………………………… 80
　第八節　婚外情與其他 ………………………………………… 85
　第九節　神職人員違律偷情 …………………………………… 105
第四章　敘寫模式、人物塑造、悲劇之比較 …………………… 113
　第一節　敘寫模式之比較 ……………………………………… 113
　第二節　人物塑造之比較 ……………………………………… 146
　第三節　婚姻愛情悲劇之比較 ………………………………… 256
第五章　婚戀思想之比較 ………………………………………… 263
　第一節　《三言》所反映的婚戀觀 …………………………… 264

第二節　《十日譚》所反映的婚戀觀⋯⋯⋯⋯⋯⋯⋯⋯⋯⋯296

第三節　《三言》與《十日譚》婚戀思想之比較⋯⋯⋯⋯⋯317

第六章　結語⋯⋯⋯⋯⋯⋯⋯⋯⋯⋯⋯⋯⋯⋯⋯⋯⋯⋯⋯⋯323

參考書目⋯⋯⋯⋯⋯⋯⋯⋯⋯⋯⋯⋯⋯⋯⋯⋯⋯⋯⋯⋯⋯⋯327

第九冊　中國古典戲曲文體論

作者簡介

鄭柏彥，東華大學中國語文學系博士班畢業，主要研究領域爲古典戲曲、中國文體學、文學史理論、民間文學等。曾任教於東華大學、高雄大學、文藻外語學院、屏東科技大學、輔英科技大學、美和科技大學等校，現爲淡江大學中文系專任助理教授。著有《中國古典戲曲文體論》、《元雜劇敘事研究》，另有〈論「韓孟詩派」在文學史論述中的建構方法及其意義〉、〈界義「民間文學」的論述方法及其相關問題〉、〈中國古代文學史源流論述中的「文統」與「道統」〉、〈中國古代選本中「古」義的內涵、特性及其所衍生的批評效用〉等多篇論文與教材編纂數種。

提　要

本論文以「古典曲論」爲對象，通過既有之「中國古典文體論」所揭示的議題與內涵爲詮釋視域，以中國古典之文體論述及其相關研究成果做爲理解預設，將曲論置於古典詩學脈絡系統下進行理解，將隱含於各曲論中的「文體論」知識予以系統化。本文擇以「名實論」、「結構論」、「源流論」與「體式論」等四者爲綱目，進行「中國古典戲曲文體論」之建構。「名實論」探討曲體、劇體、北劇、南雜劇、南戲、南傳奇的分類與名號，進而探討曲體、劇體及其次文類的兩層相對性關係，並追索分類之現象、意義與構詞模式；「結構論」探討戲曲文體構成之四因要素的內涵、應然關係與常變原則；「源流論」探討戲曲文學史「擇實描構式」與「應然創構式」的起源建構模式，以及其文學史觀與價值觀念；「體式論」則探討總體藝術形相及典範建構、形成與轉變。

目　次

序　言

第一章　緒　論⋯⋯⋯⋯⋯⋯⋯⋯⋯⋯⋯⋯⋯⋯⋯⋯⋯⋯⋯⋯⋯1

第一節　問題導出與題目釋義⋯⋯⋯⋯⋯⋯⋯⋯⋯⋯⋯⋯⋯⋯3

壹、問題意識說明⋯⋯⋯⋯⋯⋯⋯⋯⋯⋯⋯⋯⋯⋯⋯⋯⋯⋯3

貳、研究層位說明⋯⋯⋯⋯⋯⋯⋯⋯⋯⋯⋯⋯⋯⋯⋯⋯⋯⋯4

參、核心議題與「文體」相關術語概念說明⋯⋯⋯⋯⋯⋯⋯4

肆、研究目的與限制說明⋯⋯⋯⋯⋯⋯⋯⋯⋯⋯⋯⋯⋯⋯⋯7

伍、題目釋義⋯⋯⋯⋯⋯⋯⋯⋯⋯⋯⋯⋯⋯⋯⋯⋯⋯⋯⋯⋯7

第二節　研究範圍、對象、方法、步驟及關鍵性術語概念說明⋯⋯10

壹、研究範圍與對象⋯⋯⋯⋯⋯⋯⋯⋯⋯⋯⋯⋯⋯⋯⋯⋯⋯10

貳、研究方法與步驟⋯⋯⋯⋯⋯⋯⋯⋯⋯⋯⋯⋯⋯⋯⋯⋯⋯12

參、關鍵性術語概念說明⋯⋯⋯⋯⋯⋯⋯⋯⋯⋯⋯⋯⋯⋯⋯15

第三節　文獻資料回顧與評析⋯⋯⋯⋯⋯⋯⋯⋯⋯⋯⋯⋯⋯⋯17

壹、文體論研究資料評述⋯⋯⋯⋯⋯⋯⋯⋯⋯⋯⋯⋯⋯⋯⋯17

貳、戲曲文體論研究資料評述⋯⋯⋯⋯⋯⋯⋯⋯⋯⋯⋯⋯⋯22

參、古代曲論資料簡述⋯⋯⋯⋯⋯⋯⋯⋯⋯⋯⋯⋯⋯⋯⋯⋯25

第二章　戲曲文體名實論⋯⋯⋯⋯⋯⋯⋯⋯⋯⋯⋯⋯⋯⋯⋯⋯27

第一節　劇體的分類及其名號⋯⋯⋯⋯⋯⋯⋯⋯⋯⋯⋯⋯⋯⋯29

壹、曲體⋯⋯⋯⋯⋯⋯⋯⋯⋯⋯⋯⋯⋯⋯⋯⋯⋯⋯⋯⋯⋯⋯30

貳、劇體⋯⋯⋯⋯⋯⋯⋯⋯⋯⋯⋯⋯⋯⋯⋯⋯⋯⋯⋯⋯⋯⋯34

參、北劇⋯⋯⋯⋯⋯⋯⋯⋯⋯⋯⋯⋯⋯⋯⋯⋯⋯⋯⋯⋯⋯⋯37

肆、南雜劇⋯⋯⋯⋯⋯⋯⋯⋯⋯⋯⋯⋯⋯⋯⋯⋯⋯⋯⋯⋯⋯42

伍、南戲⋯⋯⋯⋯⋯⋯⋯⋯⋯⋯⋯⋯⋯⋯⋯⋯⋯⋯⋯⋯⋯⋯43

陸、傳奇⋯⋯⋯⋯⋯⋯⋯⋯⋯⋯⋯⋯⋯⋯⋯⋯⋯⋯⋯⋯⋯⋯44

第二節　曲體、劇體及其次文類之關係及其他分類現象⋯⋯⋯⋯45

壹、曲體、劇體及其次文類的兩層相對性關係⋯⋯⋯⋯⋯⋯46

貳、曲論中之分類現象及其意義⋯⋯⋯⋯⋯⋯⋯⋯⋯⋯⋯⋯48

第三節　名號混淆現象之原因及其構詞模式⋯⋯⋯⋯⋯⋯⋯⋯53

壹、一詞多義與多詞一義現象的原因⋯⋯⋯⋯⋯⋯⋯⋯⋯⋯53

貳、名號的構詞模式⋯⋯⋯⋯⋯⋯⋯⋯⋯⋯⋯⋯⋯⋯⋯⋯⋯55

第四節　小結⋯⋯⋯⋯⋯⋯⋯⋯⋯⋯⋯⋯⋯⋯⋯⋯⋯⋯⋯⋯59

第三章　戲曲文體結構論⋯⋯⋯⋯⋯⋯⋯⋯⋯⋯⋯⋯⋯⋯⋯⋯63

第一節　結構要素之內涵⋯⋯⋯⋯⋯⋯⋯⋯⋯⋯⋯⋯⋯⋯⋯⋯65

壹、材料因⋯⋯⋯⋯⋯⋯⋯⋯⋯⋯⋯⋯⋯⋯⋯⋯⋯⋯⋯⋯⋯66

　　　貳、形式因……………………………………………73
　　　參、動力因……………………………………………84
　　　肆、目的因……………………………………………88
　　第二節　結構要素之應然關係…………………………91
　　　壹、以功能性目的為中心建立之應然關係…………92
　　　貳、以藝術性目的為中心建立之應然關係…………99
　　第三節　結構要素的常與變……………………………103
　　　壹、從三重概念層次論結構要素的常與變…………104
　　　貳、結構要素的常與變中所隱含之意義……………108
　　第四節　小結……………………………………………109
第四章　戲曲文體源流論……………………………………117
　　第一節　源流論的建構模式……………………………119
　　　壹、「擇實描構式」的起源建構模式………………120
　　　貳、「應然創構式」的起源建構模式………………137
　　　參、劇體源流的三系…………………………………139
　　第二節　源流論所隱含的文學史觀……………………140
　　　壹、代變觀與正變觀…………………………………141
　　　貳、通變觀……………………………………………147
　　第三節　源流論所隱含的價值觀念……………………148
　　　壹、宗詩……………………………………………148
　　　貳、重樂……………………………………………150
　　　參、正韻……………………………………………151
　　　肆、崇古……………………………………………154
　　　伍、振體……………………………………………155
　　第四節　小結……………………………………………158
第五章　戲曲文體體式論……………………………………163
　　第一節　體式的概念類型………………………………164
　　　壹、文字修辭…………………………………………165
　　　貳、格律音韻…………………………………………176
　　　參、歌樂形式…………………………………………178
　　第二節　典範的形成與轉變……………………………179

　　壹、「元人」的典範化 ⋯⋯⋯⋯⋯⋯⋯⋯⋯⋯⋯⋯⋯⋯ 180

　　貳、「元代大家」的典範化 ⋯⋯⋯⋯⋯⋯⋯⋯⋯⋯⋯⋯ 183

　　參、《琵琶》、《拜月》、《西廂》的典範化 ⋯⋯⋯⋯ 186

　　肆、湯顯祖、沈璟的典範化 ⋯⋯⋯⋯⋯⋯⋯⋯⋯⋯⋯ 195

　第三節　體式論中所隱含的文體論意義 ⋯⋯⋯⋯⋯⋯⋯ 199

　　壹、體式論述中所隱含的「辨體」觀 ⋯⋯⋯⋯⋯⋯⋯ 200

　　貳、「辨體」意識的考掘 ⋯⋯⋯⋯⋯⋯⋯⋯⋯⋯⋯⋯ 206

　第四節　小結 ⋯⋯⋯⋯⋯⋯⋯⋯⋯⋯⋯⋯⋯⋯⋯⋯⋯ 209

第六章　結　論 ⋯⋯⋯⋯⋯⋯⋯⋯⋯⋯⋯⋯⋯⋯⋯⋯⋯ 213

　第一節　中國古典戲曲文體論之架構 ⋯⋯⋯⋯⋯⋯⋯⋯ 213

　第二節　中國古典戲曲文體論的開展與論題延伸 ⋯⋯⋯ 217

後　記 ⋯⋯⋯⋯⋯⋯⋯⋯⋯⋯⋯⋯⋯⋯⋯⋯⋯⋯⋯⋯⋯ 221

引用資料 ⋯⋯⋯⋯⋯⋯⋯⋯⋯⋯⋯⋯⋯⋯⋯⋯⋯⋯⋯⋯ 223

第十冊　元雜劇敘事研究

作者簡介

　　鄭柏彥，東華大學中國語文學系博士班畢業，主要研究領域為古典戲曲、中國文體學、文學史理論、民間文學等。曾任教於東華大學、高雄大學、文藻外語學院、屏東科技大學、輔英科技大學、美和科技大學等校，現為淡江大學中文系專任助理教授。著有《中國古典戲曲文體論》、《元雜劇敘事研究》，另有〈論「韓孟詩派」在文學史論述中的建構方法及其意義〉、〈界義「民間文學」的論述方法及其相關問題〉、〈中國古代文學史源流論述中的「文統」與「道統」〉、〈中國古代選本中「古」義的內涵、特性及其所衍生的批評效用〉等多篇論文與教材編纂數種。

提　要

　　本論文先從文體的角度將元雜劇進行分析，探究其敘事本質與抒情、言志相互因依的特性，說明元雜劇本質中敘事與抒情、言志的不可分割性。然後，以此本質與內涵為基礎，討論元雜劇外在的敘事表現，主要將元雜劇的敘事表現分為「敘」與「事」兩方面進行探究。在「敘」方面，主要從「代言體與敘事體同構的敘事角度」、「情節推展的敘述特徵」、「深化與蓄勢」、「敘事時間」

等方面進行分析。在「事」方面，主要從用事的「虛實」與「熟奇」兩方面進行論述。釐清戲曲中「虛實」概念之內涵與元雜劇的「虛實」表現；分析「熟」與「奇」的內涵與作用，並深入探討「熟」與「奇」的矛盾與互融。最後綜合元雜劇敘事文體、本質的內在之「體」與外在表現之「用」嘗試建構元雜劇的敘事體系。

目　次

序

第一章　緒　論 ……………………………………………………………… 1

　第一節　題名釋義與研究動機、方法 ……………………………………… 1

　　壹、題名釋義 ……………………………………………………………… 1

　　貳、研究動機 ……………………………………………………………… 8

　　參、研究方法 ……………………………………………………………… 10

　第二節　前行研究成果概述 ……………………………………………… 12

　第三節　研究對象與範圍 ………………………………………………… 14

第二章　元雜劇文體架構中的敘事要素及與敘事相關的本質內涵 …… 19

　第一節　元雜劇的文體架構 ……………………………………………… 20

　　壹、「文體」一詞釋義 …………………………………………………… 21

　　貳、元雜劇文體架構中的材料因素 …………………………………… 25

　　參、元雜劇的形式因素 ………………………………………………… 28

　　肆、元雜劇的體要 ……………………………………………………… 31

　　伍、元雜劇的體貌與體式 ……………………………………………… 34

　第二節　元雜劇文體要素的敘事功能與特徵 ………………………… 40

　　壹、曲、白、科的敘述功能 …………………………………………… 40

　　貳、腳色與人物所具備的敘述功能與特徵 …………………………… 45

　　參、元雜劇文體要素中「事」的特徵 ………………………………… 52

　第三節　元雜劇本質中的敘事、抒情與言志 ………………………… 56

　　壹、情事相依 …………………………………………………………… 57

　　貳、志事相依與情志融合 ……………………………………………… 65

　第四節　小結 …………………………………………………………… 67

第三章　元雜劇的敘述表現 …………………………………………… 73

　第一節　代言體與敘事體同構的敘事角度 ………………………… 74

　　　壹、「代言體」與「敘事體」的敘事人稱與受述者 ·············· 75

　　　貳、「代言體」與「敘事體」的敘事視角與聚焦 ················· 83

　　第二節　元雜劇在情節推展上的敘述特徵 ······················· 89

　　　壹、「敘事體」在情節推展上的效用 ··························· 90

　　　貳、敘述的鋪張與重複 ······································ 102

　　　參、二分敘述 ··· 113

　　第三節　抒情在敘述表現上的「深化」與「蓄勢」 ··············· 116

　　　壹、抒情的「深化」功能 ···································· 117

　　　貳、抒情的「蓄勢」功能 ···································· 121

　　第四節　元雜劇敘事中的時間表現 ····························· 128

　　　壹、「表面時間」的表現方式 ································· 130

　　　貳、「抒情時間」的表現方式 ································· 133

　　第五節　小結 ··· 139

　第四章　元雜劇用事的虛實與熟奇 ······························· 145

　　第一節　虛實的概念內涵與元雜劇用事的虛實表現 ··············· 147

　　　壹、戲劇中虛實的概念內涵 ·································· 147

　　　貳、元雜劇的虛實表現 ······································ 151

　　第二節　元雜劇用事的熟與奇 ································· 160

　　　壹、熟的概念內涵與作用 ···································· 161

　　　貳、奇的概念內涵、表現與原因 ······························ 172

　　　參、熟與奇的矛盾與互融 ···································· 180

　　第三節　小結 ··· 182

　第五章　結　論 ··· 187

　　　壹、元雜劇敘事體系的建構 ·································· 187

　　　貳、建構元雜劇敘事體系的效用與展望 ························ 191

　參考書目 ··· 195

第十一冊　《消寒新詠》研究

作者簡介

　　謝俐瑩，東吳大學中國文學系博士，現任中國文化大學中國戲劇學系助理教授，曾任臺灣藝術大學通識中心、東吳大學中國文學系兼任助理教授。在學

期間即對崑曲表演異常著迷，跟隨大陸專業崑曲表演藝術家學習崑曲唱演，長期參加臺灣最早成立之崑劇表演團體「水磨曲集崑劇團」，曾有多場演出與講座，並持續擔任劇團重要職務。學術專長為戲曲理論與崑曲研究。

提 要

　　在清代乾嘉時期的北京劇壇，開始流行著一種對戲曲藝人加以品評的筆記專著。在當時花部和雅部聲腔藝人已開始競先爭勝的劇壇，無疑是起了推波助瀾的作用。這些筆記除了展現當時劇壇的盛況之外，並為後世留下了許多珍貴的戲曲史料。在眾多的品題書寫中，《消寒新詠》是極有特色的一本，以特殊的品題體例：「以花比色，以鳥比聲，托物賦形，分題合詠」，及其對表演藝術深入的分析討論，使得它鶴立於清代眾多的品題書寫之上。這本書展現了清代乾嘉時期在北京的某一群文人對於劇壇與戲曲藝人的喜好、意見及關注。將之置於戲曲史中觀照，則可發現它處於一個戲曲偏好的轉換時期：由崑曲霸占數百年流行的劇壇，漸漸地被各地方戲曲聲腔所取代，也就是所謂「花雅之爭」；既而聲腔融合、新的多聲腔劇種崛起，京劇因而形成。在這關鍵的時刻，《消寒新詠》記錄了北京都城內的班部、藝人及其演出概況，無疑是為「花雅之爭」的歷史留下一頁精彩的記錄。筆者擬從《消寒新詠》這部品題專書著手，管窺清乾隆時期的劇壇一隅，一方面檢視當時劇壇的演出情況與聲腔發展，一方面藉以探討該書反映的文化現象與審美情趣，同時，由《消寒新詠》對表演藝術與折子戲大量的批評與分析，也足以展現當時的演劇美學。

目 次

緒 論 ……………………………………………………………………… 1
　一、《消寒新詠》的戲曲背景 ……………………………………… 2
　二、《消寒新詠》與詩歌詠劇之關係 …………………………… 14
　三、《消寒新詠》研究概述與研究方法 ………………………… 19
第一章　《消寒新詠》與品題文化之關係 ……………………… 25
　第一節　花榜歷史 ………………………………………………… 25
　第二節　童伶文化 ………………………………………………… 31
　第三節　品題著作 ………………………………………………… 39
第二章　《消寒新詠》之書寫體例與品題特色 ……………… 45
　第一節　《消寒新詠》之成書體例 ……………………………… 45

第二節　《消寒新詠》之品題特色——抽象品評 …………………………………54

第三節　《消寒新詠》之品題特色——具體品評 …………………………………80

第三章　《消寒新詠》的表演評論 …………………………………99

第一節　詮釋劇作的表演藝術 …………………………………100

第二節　演員的表演藝術 …………………………………105

第三節　表演的美學特質 …………………………………123

第四章　《消寒新詠》反映的劇場現象 …………………………………135

第一節　藝人生態與花雅班社 …………………………………135

第二節　文人與藝人之交遊 …………………………………151

第三節　文人的花雅審美觀 …………………………………163

結　論 …………………………………173

一、形神論貫串《消寒新詠》之論述 …………………………………174

二、文人精神的展現 …………………………………178

三、劇場現形錄 …………………………………179

參考書目 …………………………………183

表　目

表一：《消寒新詠》之〈正編〉、〈雜載〉、〈集詠〉所錄花雅藝人一覽 ……46

表二：《消寒新詠‧正編》品題藝人之花鳥名稱及其意涵 …………………65

表三：《消寒新詠》中對「生」行藝人形貌意態的描述 …………………89

表四：《消寒新詠》所錄花雅藝人之年齡 …………………………………137

表五：《消寒新詠》藝人班部一覽表 …………………………………139

表六：《消寒新詠》所錄藝人及其擅演劇目概況 …………………………144

表七：《消寒新詠》所錄亂彈劇目於《綴白裘》《納書楹曲譜》中可見
者 …………………………………148

表八：《消寒新詠》所錄崑曲劇目於乾隆六十年後曲譜收錄一覽 ………149

第十二、十三冊　清代楚曲劇本及其與京劇關係之研究

作者簡介

丘慧瑩，中央大學中文碩士、高雄師範大學國文研究所博士，目前任職於彰化師範大學國語文學系暨研究所專任副教授，學術專長為中國古典戲曲、俗文學、民間文學、女性文學。

曾獲第二屆中國海寧杯〈王國維戲曲論文獎〉一等獎、中華發展基金會獎助、2009 年山東省文化藝術科學優秀成果一等獎。

著有專書《乾隆時期戲曲活動研究》、《唐英戲曲研究》及戲曲、寶卷等相關學術論文多篇，並主編《中國牛郎織女傳說・俗文學卷》、《大學國文選》〈女性文學〉部份。

提　要

在中國戲曲發展的漫漫長河中，清代的「花雅爭勝」是一個非常重要的課題。青木正兒甚至認為，清中葉之後的戲劇史，就是一部「花雅」興亡史。這一段戲曲發展變化的歷程，使中國戲曲無論在形式或內容上都產生了巨大的變化。由於受到清朝政府的政治干預，以及文人觀念的食古難化，使得原本單純的戲曲發展更替過程，附加了雅正——俗鄙、正統——歧出等干擾。回歸戲曲史發展的歷程，其實這是中國戲曲由曲牌音樂轉變成板腔變化音樂、由體製劇種轉變為聲腔劇種、由劇作家中心轉變為演員中心，更重要的是此時戲曲所呈現出的面貌，是不管「案頭」只理會「場上」搬演的重要歷史時刻。「花雅」之間的關係，絕非純粹的對立，實質上是在各種戲曲聲腔、劇種互競的過程中，促進了中國戲曲的交流、吸收及發展。而「花雅爭勝」最後的霸主——京劇，正是具備這些轉變後特質的集大成劇種。

只是有關這一段歷史的相關研究，因為資料不足，加上以前的研究者，重心都放在戲曲聲腔更迭的過程，使得這一段戲曲發展的歷史，只能由今日尚存的各種聲腔傳統劇目上溯，因此這一段「花雅爭勝」史，始終處在眾說紛紜、模糊不清的情況中。以往學者的研究，僅能就劇目來討論，由於不同劇種可能都有相同劇目的情況下，若僅就劇目分析，可能造成失之毫里差之千里的錯誤。「花雅」競爭之初，受限於資料不足之故，僅能從乾隆中葉所輯之《綴白裘》及末葉《納書楹曲譜》中的花部劇本得知。這些資料，讓我們了解到梆子與傳奇之間的關係，屬於板腔體音樂與曲牌音樂之間如何融合、過度的情況。而這批「楚曲」資料的發現，則可知皮黃與傳奇之間的關係，即從徽班到京劇這一路的發展。對照時間的先後，正是梆子一系與皮黃一系，對京劇先後造成的影響。經由「楚曲」劇本的分析，補足了戲曲發展史空缺的一部份，也使得長期處於各說各話的戲曲發展歷史，有了明確的證據可供依循推論。

本文的幾點成就：

一、釐清長期以來學者對「新鐫楚曲十種」的誤解

二、確立「徽班——漢調——京劇」發展的脈絡

三、「楚曲」上承傳奇下啓京劇的特殊地位

四、釐清「楚曲——京劇」的關係

五、「楚曲」影響京劇的表現技法

六、劇本場上性的重要

本文的研究，從預設到結論的距離不大，但是卻是花雅研究，特別是徽班到京劇研究的一大步。而這樣的分析比對的意義，都只有一個指向，即了解花雅爭勝時由徽班——楚曲——京劇，這一路的變化發展，並論證做為花部霸主的京劇，及其所代表的板腔體戲曲，劇本文學性雖遠遜於傳奇，卻有其優越的場上特質，所以最終能在「花雅爭勝」的過程中，取得最後的勝利。

目　次

上　冊

緒　論 ……………………………………………………………………… 1

　一、「花雅爭勝」與京劇的形成 ………………………………………… 1

　二、研究動機與目的 ……………………………………………………… 4

　三、研究範圍、方法及進程 ……………………………………………… 9

第一章　楚曲漢調與京劇形成的歷史考察 ……………………………… 13

　第一節　徽班與漢調的關係 …………………………………………… 13

　　一、徽班的形成及進京 ………………………………………………… 13

　　二、班曰徽班調曰漢調——徽班的唱腔變化 ………………………… 18

　　三、徽班劇目 …………………………………………………………… 28

　第二節　做為京劇前身劇種之一的楚曲 …………………………… 31

　　一、楚曲劇本的時代——最遲於嘉慶末葉已然存在 ………………… 32

　　二、新鐫楚曲十種及兩個長篇楚曲 …………………………………… 35

　　三、其他短篇楚曲 ……………………………………………………… 39

　第三節　楚曲劇作概要 ………………………………………………… 41

　　一、長篇楚曲 …………………………………………………………… 41

　　二、短篇楚曲 …………………………………………………………… 49

　　三、歷史劇的偏重 ……………………………………………………… 56

第二章　楚曲劇作的特色 ………………………………………………… 59

　第一節　往生角戲的表演方向傾斜 …………………………………… 61

第二節　分場制的形成 ……………………………………… 70

第三節　淺白平直的語言風格 ……………………………… 80

第四節　新生成的唱詞表現技法 …………………………… 86

　一、運用「對口接唱」鋪陳故事 ………………………… 86

　二、有層次的「對口接唱」表達情節高潮 ……………… 91

　三、細說從頭的唱段抒情敘事 …………………………… 95

　四、以排比句型深化情感 ………………………………… 98

第五節　成熟運用曲牌做為過場音樂 …………………… 103

第三章　長篇楚曲敘事結構分析 ………………………… 119

第一節　生旦對位及其變形結構布局的長篇楚曲 …… 122

　一、生旦對位情節發展類型 …………………………… 123

　二、生旦對位情節布局的變形 ………………………… 133

第二節　擺脫生旦對位結構布局的長篇楚曲 ………… 142

第三節　結構布局與情節高潮 …………………………… 150

　一、結構布局的變化 …………………………………… 151

　二、結構線與情節高潮 ………………………………… 153

第四章　長篇楚曲對京劇的影響 ………………………… 157

第一節　全本沿用楚曲的京劇劇作 …………………… 158

第二節　集折串演本 ……………………………………… 176

第三節　新編連台本戲 …………………………………… 239

下　冊

　　第五章　楚曲對京劇單齣的影響（一） ………… 247

第一節　未見京劇流傳的楚曲劇作 …………………… 248

　一、無流傳資料可尋的「楚曲」劇本 ……………… 249

　二、車本收錄，卻未見京劇流傳的「楚曲」劇本 … 251

　三、楚曲劇作被車本沿用，卻未影響京劇劇作 …… 261

　四、車本與京劇本同題材劇作皆與楚曲不同

　　　的劇作 …………………………………………… 273

第二節　沿用楚曲的京劇劇作分析 …………………… 283

　一、幾乎完全沿用的劇作 ……………………………… 283

　二、因押韻因素而改唱詞的劇作 …………………… 294

　　　三、因唱詞冗長而略作刪減的劇作⋯⋯⋯⋯⋯⋯⋯⋯298

　　　　第六章　楚曲對京劇單齣的影響（二）⋯⋯⋯⋯⋯329

　第一節　爲角色而改動楚曲的京劇單齣⋯⋯⋯⋯⋯⋯⋯⋯329

　　一、突出二路老生的劇本⋯⋯⋯⋯⋯⋯⋯⋯⋯⋯⋯⋯⋯329

　　二、突出花旦的劇本⋯⋯⋯⋯⋯⋯⋯⋯⋯⋯⋯⋯⋯⋯⋯346

　　三、突出小生的劇本⋯⋯⋯⋯⋯⋯⋯⋯⋯⋯⋯⋯⋯⋯⋯351

　第二節　爲劇情而改動楚曲的京劇單齣⋯⋯⋯⋯⋯⋯⋯⋯360

　　一、爲劇情合理而改動⋯⋯⋯⋯⋯⋯⋯⋯⋯⋯⋯⋯⋯⋯360

　　二、單純的劇情減省⋯⋯⋯⋯⋯⋯⋯⋯⋯⋯⋯⋯⋯⋯⋯365

　第三節　同題京劇單齣的不同劇種來源⋯⋯⋯⋯⋯⋯⋯⋯378

結　語⋯⋯⋯⋯⋯⋯⋯⋯⋯⋯⋯⋯⋯⋯⋯⋯⋯⋯⋯⋯⋯⋯⋯390

結論　從楚曲京劇劇本看板腔體戲曲的「場上性」⋯⋯⋯⋯393

　　一、確立「徽班──漢調──京劇」發展的脈絡⋯⋯⋯⋯394

　　二、「楚曲」上承傳奇下啓京劇的特殊地位⋯⋯⋯⋯⋯⋯395

　　三、釐清「楚曲──京劇」的關係⋯⋯⋯⋯⋯⋯⋯⋯⋯⋯396

　　四、「楚曲」影響京劇的表現技法⋯⋯⋯⋯⋯⋯⋯⋯⋯⋯398

　　五、場上性才是劇作傳演的主要因素⋯⋯⋯⋯⋯⋯⋯⋯399

附　錄⋯⋯⋯⋯⋯⋯⋯⋯⋯⋯⋯⋯⋯⋯⋯⋯⋯⋯⋯⋯⋯⋯⋯403

　附錄一　「楚曲」《回龍閣》與梆子腔、《戲考》所收諸折唱詞對照⋯⋯403

　附錄二　「楚曲」《辟塵珠》與京劇《碧塵珠》重要唱詞對照⋯⋯⋯⋯425

　附錄三　「楚曲」〈綁子上殿〉與車本《綁子上殿》、京劇《上天臺》
　　　　　唱詞對照⋯⋯⋯⋯⋯⋯⋯⋯⋯⋯⋯⋯⋯⋯⋯⋯⋯427

　附錄四　「楚曲」《李密降唐》與車本《斷蜜澗》、京劇《雙投唐》唱
　　　　　詞對照⋯⋯⋯⋯⋯⋯⋯⋯⋯⋯⋯⋯⋯⋯⋯⋯⋯432

　附錄五　「楚曲」《楊四郎探母》〈回營見母〉，與車本《四郎探母》、
　　　　　京劇《四郎探母》唱詞對照⋯⋯⋯⋯⋯⋯⋯⋯⋯443

　附錄六　「楚曲」《東吳招親》與車本《甘露寺》、京劇《甘露寺》唱
　　　　　詞對照⋯⋯⋯⋯⋯⋯⋯⋯⋯⋯⋯⋯⋯⋯⋯⋯⋯448

　附錄七　「楚曲」《花田錯》與車本、京劇本唱詞對照⋯⋯⋯⋯⋯⋯455

　附錄八　「楚曲」《轅門射戟》與車本、京劇本唱詞對照⋯⋯⋯⋯⋯465

　附錄九　「楚曲」《洪洋洞》與車本《洪羊洞》、京劇《洪洋洞》唱詞

　　　　對照 ………………………………………………………………471

　　附錄十　「楚曲」《二度梅》與京劇《失金釵》唱詞對照 ……………480

附　圖 ……………………………………………………………………………501

　　附圖一：《轅門射戟》封面 ……………………………………………501

　　附圖二：《曹公賜馬》封面 ……………………………………………502

　　附圖三：《東吳招親》封面 ……………………………………………503

　　附圖四：《日月圖賣畫》封面 …………………………………………504

　　附圖五：《魚藏劍》總綱目次 …………………………………………505

　　附圖六：《上天臺》總目 ………………………………………………507

　　附圖七：《祭風台》總綱目次 …………………………………………509

　　附圖八：《英雄志》總綱目 ……………………………………………511

　　附圖九：《二度梅》總綱 ………………………………………………513

　　附圖十：《辟塵珠》總綱目次 …………………………………………514

　　附圖十一：《打金鐲》總綱目次 ………………………………………516

　　附圖十二：《烈虎配》總綱目次 ………………………………………518

　　附圖十三：《回龍閣》報場 ……………………………………………520

　　附圖十四：《龍鳳閣》總綱目 …………………………………………521

　　附表　京劇沿用改編楚曲關係表 ………………………………………523

引用書目 …………………………………………………………………………525

第十四冊　柳宗元與蘇軾山水遊記研究

作者簡介

　　李純瑀，國立臺灣師範大學國文所博士生，現任教於世新大學。專長唐宋古文、唐宋詞。著有《柳宗元與蘇軾山水遊記研究》、〈蘇軾黃州記遊詞探討〉、〈蘇軾檃括詞‧以黃州時期檃括前人作品為例〉。

提　要

　　柳宗元與蘇軾分別為唐宋山水遊記具有典範意義之人物，在相似際遇下，其作品建立唐宋山水遊記寫作模範。兩人皆遭遇貶謫而遷於窮鄉僻壤之地，其遠行並非出於自由意志，乃是被迫投入無盡空間與悠渺時間中而開啓未知旅程。這兩位才高志遠的文人在此不約而同的將目光轉向山水，並從中獲得寄託

以及心靈安慰，亦在遊記蘊含的情志與憂思抒發中尋找人生價值與文人典範，從而超越個人的悲劇意識以安頓生命。

山水遊記這一文類常在貶謫時期發展出高度成就，此創作背景柳宗元與蘇軾十分相似。柳宗元將山水遊記視作獨立的體裁並奠定成熟的寫作典範，因而成為唐代山水遊記代表作家。其遊記乃是主觀的將自身人格投射至山水中，並藉以肯定自我高尚品格，即在自然界尋求自身的安慰及認同，憑藉內心情感改造審美對象之原有形態使得情景得以相生，因此柳宗元筆下的山水乃因其身影投射，方有其價值與意義，自然地景於此時乃文人情感之載體。山水遊記發展到宋代，蘇軾開展出另種不同的寫作方式，將人生的思考面向和生活態度理性的轉移至對山水的描繪中，對自然及自我均進行超越，同時在作品中寄託哲理以及客觀的描山繪水、寄寓感想，在自然界中獲得心靈解脫，因而蘇軾山水遊記可謂掌握自然並且超越自然，他的遊記內涵成為宋代山水遊記最為顯著之特質，亦是宋代具典範意義之作。

身為唐宋山水遊記的兩大寫作範式，他們遭遇貶謫與創作遊記間的關聯、自然審美觀及作品中深層內涵，實標誌著唐宋山水遊記的發展過程與成就，深具一併深入研究與開展之意義。基於此，本文以柳宗元與蘇軾山水遊記研究為題，藉由結合兩人創作精神與作品內涵的比較、分析之過程，討論山水遊記由中唐至北宋的發展進程，以及經由柳宗元與蘇軾轉化成典型的兩種山水遊記典範地位。

目　次

第一章　緒　論 ………………………………………………………… 1
　第一節　研究動機 …………………………………………………… 1
　第二節　研究方法與研究步驟 ……………………………………… 2
　　一、研究方法 ……………………………………………………… 2
　　二、研究步驟 ……………………………………………………… 3
　第三節　研究範圍 …………………………………………………… 3
　第四節　文獻探討 …………………………………………………… 4
　　一、博碩士論文 …………………………………………………… 5
　　二、國內外學者研究 ……………………………………………… 11
第二章　貶謫、遊者與遊記 ………………………………………… 15
　第一節　柳宗元貶謫心境與創作 …………………………………… 15

一、貶謫前的意氣風發,顯政治才能於章表奏議之中 ················15

二、貶謫後憂患重重:融騷體抒怨精神於各體文學創作之中 ·······17

第二節　蘇軾貶謫心境與創作 ···25

一、烏臺詩案後的驚疑憂懼,直道而行,萬事委命,以道自居以入
文 ··25

二、元祐更化後貶謫惠儋的無復歸望,融安然自適的精神以入詩文 ···28

第三節　柳、蘇之貶謫心境與遊記內容之比較 ··························32

一、面對貶謫,同樣直道而行的道德堅信態度 ························32

二、貶謫後以儒為主,吸收佛、道思想的異同 ························34

三、初貶時生死憂患程度的差異 ···38

四、貶謫後為文態度的差異 ··40

五、貶謫後遊記對於「刻劃、抒懷」與「曠達、議論」的差異 ···41

第三章　柳宗元遊記審美觀 ···43

第一節　心理與遊記分析 ···45

一、永州時期 ··45

二、柳州時期 ··51

第二節　自然山水審美觀 ···53

一、自然審美觀——主觀投射 ···53

二、物我關係 ··55

三、風格形成 ··60

第四章　蘇軾遊記審美觀 ···65

第一節　心理與遊記分析 ···65

一、杭密徐湖時期:功成名就的渴望 ··65

二、黃州時期:不求離世但求超越 ··68

三、惠儋時期:心安自適的情懷 ···75

第二節　自然山水審美觀 ···79

一、自然審美觀 ··80

二、物我關係:從「萬物齊一」到「物我相忘」 ······················91

第五章　柳、蘇山水遊記特質之比較 ··99

第一節　內涵精神 ··99

一、情與理 ··99

　　二、言與意：柳側重言意兼至，蘇偏向得意忘言 ⋯⋯⋯⋯⋯⋯ 105
　第二節　記遊模式 ⋯⋯⋯⋯⋯⋯⋯⋯⋯⋯⋯⋯⋯⋯⋯⋯⋯⋯⋯ 108
　　一、語言特色 ⋯⋯⋯⋯⋯⋯⋯⋯⋯⋯⋯⋯⋯⋯⋯⋯⋯⋯⋯⋯ 108
　　二、「遊」的經營 ⋯⋯⋯⋯⋯⋯⋯⋯⋯⋯⋯⋯⋯⋯⋯⋯⋯⋯ 112
　　三、典範建立 ⋯⋯⋯⋯⋯⋯⋯⋯⋯⋯⋯⋯⋯⋯⋯⋯⋯⋯⋯⋯ 115
第六章　結　論 ⋯⋯⋯⋯⋯⋯⋯⋯⋯⋯⋯⋯⋯⋯⋯⋯⋯⋯⋯⋯⋯ 117
附　　錄 ⋯⋯⋯⋯⋯⋯⋯⋯⋯⋯⋯⋯⋯⋯⋯⋯⋯⋯⋯⋯⋯⋯⋯⋯ 123
參考文獻 ⋯⋯⋯⋯⋯⋯⋯⋯⋯⋯⋯⋯⋯⋯⋯⋯⋯⋯⋯⋯⋯⋯⋯⋯ 125

柳宗元山水文學研究

作者簡介

　　蔡振璋，1959 年生於嘉義縣布袋鎮。東海大學中國文學研究所碩士。其論文：柳宗元山水文學研究，曾獲得教育部舉辦 74 年度青年研究發明獎研究著作類競賽佳作。自軍中輔導長預官役退伍。現今爲臺中市僑光科技大學通識教育中心專任講師。教學期間，曾擔任僑光科技大學課外活動指導組組長 6 年、學生輔導中心主任 2 年、就業輔導及校友聯絡組組長 5 年、導師 20 餘年。民國 96、97 兩年向行政院勞委會申請通過兒童作文師資就業學程，同時 96 年之就業學程亦獲得教育部評選爲績優獎助。

提　要

　　本論文基本上使用心理學的批評方法。主要有兩個理由：1 作家與環境的關係：作家週遭的現實即環境，因此有永州、柳州這樣的山水環境，和子厚本身的天性、現實的遭際，方有柳子厚這樣的山水作品的產生。2 作家與作品的關係：巴爾札克：「文學是人類心靈的歷史」。古人已遠，留下的典型是作品，作品即是作家的投射與反應。子厚是一位用自己不幸的遭遇，用自己生命的力量，來實證自己存在的作家。

　　但究竟怎樣才是山水文學作品呢？下山水文學的義界，從藝術特徵著手，概括性強。山水文學本歸屬於「遊記文學」的大範圍裡。因此，它要求作家親歷山水之境，站在「真人」、「實事」和「現景」的基礎上從事寫作。

　　山水文學作家，在進行寫作時，經常雙軌並行：一軌是作家把大自然「物以情觀」的景象（情境）， 以文字爲工具描繪下來，此是「點景」；

另一軌，則由「情以物興」而生發「主題」來，此是緣景「生情」。必須強調的是：「情境」經常對準「主題」來表現。「情境」＋「主題」即是山水文學最大的力量和作用。而「點景生情」是判別山水文學一條有效而可行的途徑。山水文學就在這種「物以情觀」和「情以物興」兩者相互鼓盪下產生。

山水文學的分類：（1）定點記遊類（2）有過程記遊類（3）致用記遊類。

柳宗元山水文學特色：（1）牢籠百態（2）古麗奇峭（3）興寄遙深（4）清勁紆餘（5）溫麗靖深（6）曠如奧如。

柳子厚壯志未酬，可是回長安權力中心的念頭，並沒有消減。不幸的是，現實政治將他愈帶愈偏遠，後半生的境遇，一貶再貶，窮愁潦倒，可謂是「極一生無可如何之遇」的悲哀。可是這種不堪的生活環境，盡是造就他文學藝術造詣，長爍寰宇的契機。特別是他的山水文學，光茫耀目，古往今來，無出其右者。千載之下，令人引吭微誦間，立覺當時之人與地宛在，導引讀者神遊其境，使與相會，古今人物彼己，遂匯而為一，真是高妙。終古埋沒之山巒，何幸之有，得斯人一言，名傳後世，山水有知，當驚知己於千古。

目 次

引 言

第一章 山水文學的義界與溯源 …… 1
  第一節 山水文學的義界 …… 1
  第二節 山水文學的溯源 …… 6
第二章 柳宗元山水文學形成背景 …… 9
第三章 柳宗元山水文學淵源 …… 21
第四章 柳宗元山水文學分類及其評析 …… 29
  第一節 山水文學分類 …… 29
  第二節 定點記遊類及其評析 …… 31
  第三節 有過程記遊類及其評析 …… 35
  第四節 致用記遊類 …… 41
  第五節 永州與柳州山水文學比較 …… 43
第五章 柳宗元山水文學特色 …… 47
  第一節 牢籠百態 …… 47
  第二節 古麗奇峭 …… 54
  第三節 興寄遙深 …… 59

　　第四節　清勁紆餘 ……………………………………………… 65

　　第五節　溫麗靖深 ……………………………………………… 67

　　第六節　曠如奧如 ……………………………………………… 70

第六章　柳宗元山水文學評價 ……………………………………… 73

第七章　結　論 ……………………………………………………… 77

參考書目 ……………………………………………………………… 83

第十五冊　歐陽脩序跋文研究

作者簡介

　　趙鴻中，1982 年生，臺南人。國立臺灣師範大學國文研究所碩士。現任高中國文教師。本文爲碩士學位論文。

提　要

　　北宋朝廷推行右文政策，大量舉用科舉進士，使士人成爲社會上的新興力量。加上印刷科技使得典籍流通較以往快速，使得當時各方面的學術蓬勃發展。序跋爲評論、介紹典籍的文章，且必須依附於典籍載體，因此，學術發展的趨向，深深影響著序跋的創作。再者，歐陽脩爲北宋古文運動的推行者，對於當時的學術有著舉足輕重的地位。同時，他的文學創作也受到學術、環境的影響。

　　本論文從序跋體類的歷時發展，以及北宋學術、環境對於歐陽脩的影響兩方面爲進程，切入歐陽脩之序跋作品。分析歐陽脩序跋的作法、其創作之意圖，並且與當世文人作品比較，指出歐陽脩序跋對於當時古文創作的影響，以及社會思潮的轉變。

　　歐陽脩的序跋文創作甚多，書寫的文本對象涵括經史子集各類。他承襲以往的創作方式，而能有所創新：議論時，採取破立對比、正反抑揚、總提起筆；敘事時，則虛實相間、迂迴轉折，或用簡潔的筆法勾勒作者的神情風采；抒情時，則是時時以「序跋者」的身分滲入文字之中，議論、敘事亦時時間雜情感。其次，歐陽脩運用迂迴行文、大量虛字等方式，使得文章呈現出柔美的面貌，進而形成了「六一風神」的獨特風格。

　　序跋既然以傳播文本爲目的，在使文本能夠「垂世行遠」的意圖下，歐陽脩屢次在序跋中觸及「不朽」的概念，並且以「事信」、「言文」作爲達到不朽

的必要條件。其次，他在序跋文中寄寓自己的思想，藉由《春秋》筆法褒善貶惡與批判時事。另一方面，其序跋也呈現宋人藝術鑑賞的遺玩意興。

本論文透過對於歐陽脩序跋文的研究，指出歐陽脩序跋所呈現的當代學術趨向，以及文人間交遊網絡與文學創作之圖像。

目　次

第一章　緒　論 ·· 1
　第一節　研究動機與目的 ·· 2
　第二節　研究範圍 ·· 4
　第三節　文獻探討 ·· 7
　　一、歐陽脩研究成果 ·· 7
　　　（一）學術方面之研究 ··· 7
　　　（二）古文方面之研究 ··· 10
　　二、序跋文體與宋代學術研究成果 ··· 12
　　　（一）序跋文體之研究 ··· 12
　　　（二）宋代學術之研究 ··· 13
　第四節　研究方法與步驟 ·· 15
　　一、研究方法 ·· 15
　　二、研究步驟 ·· 16
第二章　序跋之意義與源流 ·· 17
　第一節　序跋之意義 ··· 17
　　一、序的意義 ·· 17
　　二、跋的意義 ·· 20
　第二節　漢代：體制之建立 ··· 21
　　一、《史記》對「序」的開創 ·· 21
　　二、目錄序的出現 ·· 23
　第三節　魏晉南北朝：形式之變與體類之確立 ··· 24
　　一、序文形式的改變 ·· 24
　　二、獨立體類的確立 ·· 25
　第四節　唐宋：「題跋」之整併 ·· 26
　　一、「題」、「跋」的出現與興盛 ·· 27
　　二、「題跋」的兩種源頭 ··· 29

第三章　北宋學術與歐陽脩生平事蹟 ………………………………… 31

　第一節　北宋學術風氣 ………………………………………………… 31

　　一、印刷出版業之進步 ……………………………………………… 31

　　　（一）對於印刷科技的接受 ……………………………………… 32

　　　（二）政府的禁令 ………………………………………………… 35

　　　（三）經史書籍與前代文集的刊印 ……………………………… 37

　　二、提倡經學與疑經之風 …………………………………………… 39

　　三、史學之發展與創新 ……………………………………………… 42

　　　（一）師法《春秋》的史學思想 ………………………………… 42

　　　（二）官私皆盛的目錄學 ………………………………………… 44

　　　（三）金石學的創立 ……………………………………………… 45

　第二節　北宋館閣制度 ………………………………………………… 47

　　一、館閣制度的承續 ………………………………………………… 47

　　二、館閣的功用 ……………………………………………………… 48

　　　（一）對於圖書典籍的保存、整理與編纂 ……………………… 48

　　　（二）對於人才的培養 …………………………………………… 49

　第三節　歐陽脩受前代學者之影響 …………………………………… 50

　　一、司馬遷 …………………………………………………………… 51

　　二、韓愈 ……………………………………………………………… 53

　第四節　歐陽脩與士族之交往 ………………………………………… 56

　　一、北宋士族網絡 …………………………………………………… 56

　　二、歐陽脩的交遊 …………………………………………………… 58

　　　（一）石延年 ……………………………………………………… 60

　　　（二）梅堯臣 ……………………………………………………… 61

　　　（三）尹洙 ………………………………………………………… 64

　　　（四）蘇舜欽 ……………………………………………………… 66

　　　（五）蔡襄 ………………………………………………………… 68

　　　（六）薛奎、薛仲孺 ……………………………………………… 70

　　　（七）杜衍 ………………………………………………………… 71

　　　（八）劉敞 ………………………………………………………… 72

第四章　序跋作法分析 ………………………………………………… 75

第一節　先宋序跋的書寫方式 ………………………………………… 75
　一、書籍序跋 ………………………………………………………… 76
　　（一）議論、傳人、敘事兼具的作法 …………………………… 77
　　（二）其他作法 …………………………………………………… 80
　　（三）不同文本型態導致作法差異 ……………………………… 82
　　（四）以議論爲主的書跋 ………………………………………… 84
　二、詩文序跋與書畫序跋 …………………………………………… 85
　　（一）詩文序跋 …………………………………………………… 85
　　（二）書畫序跋 …………………………………………………… 86
　三、史書論贊 ………………………………………………………… 88
第二節　歐陽脩序跋的書寫方式 …………………………………… 91
　一、破立對比之議論 ………………………………………………… 92
　二、正反抑揚之論述 ………………………………………………… 94
　三、總提起筆 ………………………………………………………… 96
　四、敘事虛實相間、迂迴轉折 ……………………………………… 97
　五、凸顯作者風采 …………………………………………………… 99
　　（一）紀大而略小 ………………………………………………… 99
　　（二）互見 ……………………………………………………… 100
　　（三）借客形主 ………………………………………………… 102
　六、以「序跋者」身分滲入序跋 ………………………………… 104
　七、在議論或敘事中融入情感 …………………………………… 106
　第三節　獨特之「六一風神」 …………………………………… 109
第五章　文體意識與創作意圖 ……………………………………… 115
　第一節　歐陽脩的序跋文體意識 ………………………………… 115
　第二節　垂世而行遠的追求 ……………………………………… 121
　一、「垂世而行遠」的提出 ………………………………………… 121
　二、「事信」的要求 ……………………………………………… 124
　第三節　親友不幸遭遇的感切 …………………………………… 127
　一、爲親友達到「不朽」 ………………………………………… 128
　二、幸與不幸的感慨 ……………………………………………… 133
　　（一）將「不幸」轉化爲「幸」的意圖 ……………………… 133

（二）「不幸爲女子」的感嘆 ……………………………… 135

第四節　對於時事的批判 …………………………………… 136

　一、以古觀今 ……………………………………………… 138

　二、反對佛老 ……………………………………………… 144

第五節　要於自適之藝術鑑賞 ……………………………… 147

第六章　歐序與當代序跋異同舉要 ………………………… 153

第一節　當代別集與篇章序跋比較 ………………………… 153

　一、別集序跋 ……………………………………………… 153

　　（一）〈釋秘演詩集序〉與尹洙〈浮圖祕演詩集序〉 … 154

　　（二）〈書梅聖俞稾後〉與蘇舜卿〈石曼卿詩集敍〉 … 155

　　（三）范仲淹改變寫法的〈尹師魯河南集序〉 ……… 156

　二、詩文序跋 ……………………………………………… 157

　　（一）曾鞏的詩序與傳記跋 ………………………… 157

　　（二）王安石讀傳記之跋 …………………………… 158

　　（三）蘇軾不拘一格的跋文 ………………………… 158

第二節　兩《唐書》序、論比較 …………………………… 159

　一、體例與篇目 …………………………………………… 159

　二、本紀論贊 ……………………………………………… 160

　三、史志序 ………………………………………………… 163

第三節　兩《五代史》序、論比較 ………………………… 166

　一、體例與篇目 …………………………………………… 166

　二、書寫方式的差異 ……………………………………… 167

　三、史觀的轉變 …………………………………………… 170

第四節　《集古錄跋尾》與《金石錄》之比較 …………… 173

　一、編排內容與著作動機 ………………………………… 174

　二、寫作方式 ……………………………………………… 177

　　（一）考訂、證史 …………………………………… 177

　　（二）議論褒貶 ……………………………………… 180

　　（三）載錄記敍 ……………………………………… 181

第七章　結　論 ……………………………………………… 183

附　　錄 ……………………………………………………………

附錄一：歐陽脩序跋文篇目⋯⋯⋯⋯⋯⋯⋯⋯⋯⋯⋯⋯⋯⋯⋯⋯ 191
附錄二：兩《唐書》本紀、志、表之序、論對照表⋯⋯⋯⋯⋯⋯⋯ 201
參考書目⋯⋯⋯⋯⋯⋯⋯⋯⋯⋯⋯⋯⋯⋯⋯⋯⋯⋯⋯⋯⋯⋯⋯⋯ 203
後　記⋯⋯⋯⋯⋯⋯⋯⋯⋯⋯⋯⋯⋯⋯⋯⋯⋯⋯⋯⋯⋯⋯⋯⋯⋯ 215

第十六冊　歐陽脩建物記研究

作者簡介

　　楊子儀，北一女中畢業，國立臺灣師範大學國文研究所碩士。曾獲師大紅樓文學獎、基督教雄善文學獎。作品有〈李白大鵬賦與杜甫雕賦禽鳥形象研究〉（第 11 屆師大國文所研究生論文研討會）、〈2000~2003 台灣地區唐代文學研究目錄〉（中國唐代學會會刊 13 期）、《欲上青天攬明月：李白》（臺北：三民，2007 年），與明倫高中國文科同仁們合著《原來閱讀這麼有趣》《原來推動閱讀這麼容易》（臺北：智庫，2011 年）。

提　要

　　建物記多以所記敘之建物為篇名，本為記敘，歐蘇以降，議論成分增多。

　　歐陽脩建物記中的感悟議論，如強調宋朝的「正統」地位、反映與民同樂的襟懷、抒發對禮樂教化與人倫孝悌等儒家理想的渴慕，呈現出北宋儒道盛行、正統觀大興的時代背景，以及北宋崇文抑武政策下，人們喜好遊宴的時代風尚。

　　歐陽脩作建物記多以「敘結法」交代創作原由，或以「讚美結法」稱美建物主人，呈現建物記特色。脈絡多以建物為中心，以緩筆引至主題，氣韻曲折、暢達舒緩，又巧用虛字使偶句散化，「也」字則頻繁使用於肯定句尾，使語意層層推進，層次分明。

　　歐文「紆餘委備」之評在宋代已然確立，名篇如〈醉翁亭〉在宋代卻因體製而受到批評，金元以後方得翻案。「宋格」、「風神」等術語至明代才出現，明人並指出最能代表歐陽脩「紆餘委備」特色的文體，便是記、序。清代出現「神韻」、「綿邈」等評語，民末清初以明人「俗調」觀念、清人「神韻」觀念評文。

　　比較〈燕喜亭記〉與〈峽州至喜亭記〉、〈晝錦堂記〉與〈醉白堂記〉，可以發現韓、歐、蘇記建物多以簡筆帶過，著重個人抒情與議論。歐、蘇繼承韓

愈文道合一理論，建物記中呈現儒家愛民情懷，爲文平易暢達，而歐、蘇又比韓愈更加自然流暢，三人各具特色。

目　次

第一章　緒　論 …………………………………………………………… 1
　第一節　研究動機 ……………………………………………………… 2
　第二節　文獻探討 ……………………………………………………… 4
　第三節　研究方法 …………………………………………………… 13
第二章　建物記的名義與分類 ……………………………………… 15
　第一節　雜記的定義 ………………………………………………… 15
　　一、雜記的起源 …………………………………………………… 16
　　二、名稱辨析與文體性質 ………………………………………… 20
　第二節　雜記的發展過程 …………………………………………… 28
　　一、辭賦發展與雜記題材 ………………………………………… 28
　　二、古文的興盛與雜記的成熟 …………………………………… 31
　第三節　歐陽脩建物記的界義 ……………………………………… 32
　　一、雜記分類與「建物記」的定義 ……………………………… 33
　　二、篇名歸屬與「建物記」的範圍 ……………………………… 35
第三章　歐陽脩建物記內容思想 …………………………………… 41
　第一節　記敘主體 …………………………………………………… 41
　　一、與建物直接相關 ……………………………………………… 42
　　二、與建物間接相關 ……………………………………………… 49
　第二節　作者感悟 …………………………………………………… 53
　　一、忠君愛民 ……………………………………………………… 54
　　二、憂樂情懷 ……………………………………………………… 57
　　三、哲理思辨 ……………………………………………………… 60
　第三節　內容思想所反映之時代關聯 ……………………………… 64
　　一、右文政策與文士擢黜 ………………………………………… 64
　　二、文士出處與淑世理想 ………………………………………… 66
　　三、儒學復興與學術思潮 ………………………………………… 69
　　四、園林趣味與文人集會 ………………………………………… 72
第四章　歐陽修建物記的作法 ……………………………………… 75

第一節　布局 ……………………………………………………… 75
　　一、脈絡安排 ………………………………………………… 76
　　二、首尾安排 ………………………………………………… 79
　　三、層次關聯 ………………………………………………… 88
第二節　句式 ……………………………………………………… 94
　　一、錘煉警句 ………………………………………………… 94
　　二、工於鋪敘 ………………………………………………… 95
第三節　字詞 ……………………………………………………… 97
　　一、虛詞的使用 ……………………………………………… 98
　　二、實詞的使用 ……………………………………………… 107
第五章　後代對歐陽脩建物記的評價 …………………………… 111
第一節　宋代的批評 ……………………………………………… 111
　　一、文體評論 ………………………………………………… 111
　　二、作家評論 ………………………………………………… 113
　　三、作品評論 ………………………………………………… 115
第二節　金元的批評 ……………………………………………… 125
　　一、文體評論 ………………………………………………… 125
　　二、作家評論 ………………………………………………… 125
　　三、作品評論 ………………………………………………… 127
第三節　明代的批評 ……………………………………………… 128
　　一、文體評論 ………………………………………………… 129
　　二、作家評論 ………………………………………………… 129
　　三、作品評論 ………………………………………………… 132
第四節　清代的批評 ……………………………………………… 135
　　一、文體評論 ………………………………………………… 136
　　二、作家評論 ………………………………………………… 136
　　三、作品評論 ………………………………………………… 139
第五節　清末民初的批評 ………………………………………… 152
　　一、文體評論 ………………………………………………… 152
　　二、作家評論 ………………………………………………… 153
　　三、作品評論 ………………………………………………… 154

第六章　韓、歐、蘇建物記的比較舉隅 ·······················159

　第一節　韓歐建物記比較──以〈燕喜亭記〉、〈峽州至喜亭記〉爲例 ···159

　　一、寫作背景 ···160

　　二、內容思想 ···162

　　三、作法 ···166

　第二節　歐蘇建物記比較──以〈相州畫錦堂記〉、〈醉白堂記〉爲例 ···169

　　一、寫作背景 ···170

　　二、內容思想 ···174

　　三、作法 ···180

　第三節　韓、歐、蘇建物記比較的文學史意義 ···············183

　　一、體製的沿革與流變 ···································183

　　二、古文的傳承與開新 ···································186

第七章　結論 ···191

參考書目 ···199

附表　歐陽脩二十六篇建物記一覽表 ······························211

第十七冊　梁啓超的傳記學

作者簡介

　　廖卓成，祖籍廣東高要，1960 年在澳門出生。1978～1992 年讀臺灣大學中文系。曾任教僑光商專、世新學院，擔任臺北師院語文教育系主任和臺灣文學研究所所長（2002～2005），並在臺大兼授大一國文 15 年。現爲國立臺北教育大學語文與創作學系教授，主授兒童文學，著有《敘事論集──傳記、故事與兒童文學》、《童話析論》（2000、2002 臺北大安出版社）、《兒童文學批評導論》（2011 年臺北五南出版社）等書，近年研究兒童傳記，獲國科會特殊優秀人才獎勵。

提　要

　　本論文探討梁啓超的傳記主張和實踐。他在《中國歷史研究法補編・人的專史》之中，有五萬多字討論傳記的各種問題。理論之外，他還撰寫了七十五萬字的傳記，行文快捷而文采動人，主題顯豁而見解獨到，又能表彰幽隱，令偉人的精神長留天壤之間。不過，頭緒繁多的理論和篇幅龐大的作品，都不

可能是十全十美的。他對傳記體裁的分類方式、藉傳記保存傳主文章的主張、提倡中外偉人合傳、以傳織史的構想等等，都尚有可議之處；而傳記作品中偶然流露的意氣之言、太過重視傳主背景、對傳主各方面記載不夠均勻、考證傳主事蹟欠精確等等，都是美中不足之處。

目　次

第一章　緒　言 …………………………………………………………………… 1
第二章　梁啟超的傳記理論 ……………………………………………………… 3
　　第一節　傳記的分類 ………………………………………………………… 3
　　第二節　傳記的對象 ………………………………………………………… 5
　　第三節　傳記的作法 ………………………………………………………… 7
　　第四節　傳記的功能 ……………………………………………………… 13
第三章　梁啟超傳記作品述評 ………………………………………………… 15
　　第一節　第一期：撰寫舊式短傳 ………………………………………… 15
　　第二節　第二期：傳記寫作顛峰 ………………………………………… 17
　　第三節　第三期：撰寫古人長傳 ………………………………………… 25
　　第四節　第四期：傳記寫作低潮 ………………………………………… 28
　　第五節　第五期：撰寫學術傳記 ………………………………………… 29
第四章　梁啟超傳記理論與作品的檢討 ……………………………………… 35
　　第一節　梁氏傳記理論的檢討 …………………………………………… 35
　　第二節　梁氏傳記作品的檢討 …………………………………………… 41
第五章　梁啟超在傳記學上的地位 …………………………………………… 45
　　第一節　梁啓超以前的傳記學 …………………………………………… 45
　　第二節　梁啓超同時的傳記學 …………………………………………… 49
　　第三節　梁啓超以後的傳記學 …………………………………………… 52
第六章　結　論 ………………………………………………………………… 61
附表一　梁啟超年表 …………………………………………………………… 65
附表二　梁啟超傳記文字篇幅統計表 ………………………………………… 81
附表三　每期傳記作品篇幅比例表 …………………………………………… 85
參考書目 ………………………………………………………………………… 87

自傳文研究

作者簡介

廖卓成，祖籍廣東高要，1960 年在澳門出生。1978～1992 年讀臺灣大學中文系。曾任教僑光商專、世新學院，擔任臺北師院語文教育系主任和臺灣文學研究所所長（2002～2005），並在臺大兼授大一國文 15 年。現爲國立臺北教育大學語文與創作學系教授，主授兒童文學，著有《敘事論集——傳記、故事與兒童文學》、《童話析論》（2000、2002 臺北大安出版社）、《兒童文學批評導論》（2011 年臺北五南出版社）等書，近年研究兒童傳記，獲國科會特殊優秀人才獎勵。

提　要

本論文主要分析自傳文寫作。文中援引敘事學觀念，指出自傳雖然是敘述事件，但行文之中，有意無意的插入解釋或論斷，企圖引導、說服讀者，形成了有「你/我」關係的言談狀況。有時，作者顧慮讀者可能有的疑問，而介入正文讓敘述者預作回答和解釋。這使得自傳敘事形成了雙重層次，一個是執筆的「我」，時間指涉的定位是現在；另一個是被敘述的「我」，時間指涉的定位在過去。而且，用文字重現往事時，前人的敘述陳規會形成敘述格式，左右事實就範。此外，連綴事實、賦予情節時無可避免運用虛構和想像。自傳敘事沒有處處模仿史傳寫法，不少的自傳作品和史傳南轅北轍，歷代作家曾不斷努力創新敘事方式。自傳多姿多采的面貌，令人難以歸納出這一文學體類的基本特質，疆界也因而變動不居，定義和範圍莫衷一是，提供了讀者不斷討論的餘地。

目　次

第一章　緒　論 ………………………………………………………… 1
　第一節　研究的動機與目標 ………………………………………… 1
　第二節　研究的材料與方法 ………………………………………… 2
　第三節　自傳的定義與範圍 ………………………………………… 3
第二章　自傳的各種體裁 ……………………………………………… 9
　第一節　以「傳」名篇的自傳 …………………………………… 10
　第二節　自序（敘）、自述等 …………………………………… 17
　　一、單篇獨立者 ………………………………………………… 17
　　二、附於著作者 ………………………………………………… 24

第三節　自撰墓誌銘 …………………………………………… 29
第四節　其他的體裁 …………………………………………… 34
第三章　自傳的敘述與書寫 …………………………………… 43
第一節　故事與言談 …………………………………………… 43
第二節　自傳的兩種時間 ……………………………………… 48
第三節　對自傳寫作的關注 …………………………………… 52
第四節　前人作品的介入 ……………………………………… 60
第四章　自傳的真實與虛構 …………………………………… 67
第一節　虛實的對立與求真 …………………………………… 67
第二節　修剪過的事實 ………………………………………… 75
第三節　不同版本的真實 ……………………………………… 81
第四節　自傳的虛構性 ………………………………………… 88
第五章　自傳、小說與歷史 …………………………………… 95
第一節　史書中的虛構 ………………………………………… 95
第二節　自傳體小說與小說體自傳 …………………………… 100
第三節　共同的虛構性 ………………………………………… 105
第六章　自傳與他傳 …………………………………………… 113
第一節　動機的比較 …………………………………………… 113
第二節　敘述的差異 …………………………………………… 118
第三節　相互的影響 …………………………………………… 129
第七章　結　論 ………………………………………………… 137
徵引書目 ………………………………………………………… 143
後　記 …………………………………………………………… 153

第十八冊　杜宇神話與唐詩中杜宇意象之研究

作者簡介

　　許秀美，1970 年生，澎湖人。國立臺灣師範大學中國文學學士、碩士，國立政治大學中國文學博士。曾著《歷代文學家小檔案》（與張錦婷合著），發表過〈燭之武退秦師篇旨探析〉、〈敘論法的理論及其在高中國文教材裡的運用〉、〈桃的民俗信仰及其文化意義〉、〈晏子傳一文的篇旨及章法探析〉等單篇論文。現任教國立三重商工。

提　要

　　本論文以「杜宇神話」爲主題，既探究神話的文本生命，明晰其情節變化、形成背景與內在意涵，又以「唐詩」爲範疇，細究杜宇意象的文學生命。故本論文分成兩大部分：上篇「杜宇神話研究」，下篇「唐詩中杜宇意象之研究」。上篇先整理古代典籍中杜宇神話的相關記載，以明瞭情節的變化與取捨；接著進入口傳文學蒐羅從古籍杜宇神話發展而出的民間故事，探究從古籍本到民間文學的流傳過程中，杜宇神話的傳承性與變異性。上篇最後一章則深入杜宇神話，探析其形成背景與內在意涵，先從蜀地的時間、空間與人文背景尋訪其形成因素，再就「鳥崇拜」、「農神信仰」、「死而復生」三方面探詢其豐富的神話思維。下篇以唐詩中杜宇意象爲研究主體，依主體思想的表現分成「托物詠懷——個人情志之寄託」、「思人（友、親）懷鄉——相思離愁之觸媒」、「借古諷今（借事諷喻）——時代控訴之載體」三章，爲方便作品之分析，各章均分「盛唐」、「中唐」、「晚唐五代」三節詳加探討。最後比較出不同主題思想與不同時期杜宇意象使用機制的變化與書寫策略的改變，並明晰唐代詩家對杜宇意象的開發與貢獻及杜宇意象四川文化意義的深層內蘊。

目　次

緒　論 ··· 1
上　篇　杜宇神話研究 ·· 21
第一章　古代典籍中的杜宇神話 ··· 23
　第一節　兩漢魏晉古籍中的杜宇神話 ·· 23
　　一、揚雄《蜀王本紀》 ·· 24
　　二、許慎《說文解字》 ·· 26
　　三、李膺《蜀志》 ·· 28
　　四、來敏《本蜀論》 ·· 28
　　五、常璩《華陽國志》 ·· 29
　　六、闞駰《十三州志》 ·· 30
　第二節　唐宋古籍中之杜宇神話 ··· 33
　　一、經部 ··· 34
　　二、史部 ··· 35
　　三、子部 ··· 37
　第三節　元明清古籍中之杜宇神話 ·· 43

一、史部地理類 …………………………………………………………… 43

二、子部雜家類 …………………………………………………………… 48

三、子部類書類 …………………………………………………………… 51

第二章　民間文學中的杜宇神話 ……………………………………………… 59

第一節　英雄化的杜宇神話 ……………………………………………… 60

一、成都市金牛區流傳的「杜鵑聲聲春啼血」故事 ………………… 60

二、袁珂《古神話選釋》輯錄的「杜宇與龍妹」故事 ……………… 63

第二節　政治化的杜宇（或鱉靈）神話 ………………………………… 65

一、陶陽、鍾秀《中國神話》的「杜鵑傳說」 …………………… 65

二、《四川民間文學資料彭縣集成卷》的「鱉靈的故事」 ………… 67

第三節　愛情化的杜宇（或鱉靈）神話 ………………………………… 69

一、流傳在都江堰市的「杜鵑仙子」 ……………………………… 69

二、「鱉靈與夜合樹」故事 ………………………………………… 71

三、望叢祠的傳奇 …………………………………………………… 72

第三章　杜宇神話形成之背景及內在意涵 …………………………………… 77

第一節　杜宇神話形成之背景 …………………………………………… 78

一、時間因素——歷史背景 ………………………………………… 78

二、空間因素——地理背景 ………………………………………… 82

三、人文因素——農業背景 ………………………………………… 84

第二節　杜宇神話中的鳥崇拜 …………………………………………… 86

一、古蜀的鳥崇拜 …………………………………………………… 89

二、鳥崇拜與太陽崇拜 ……………………………………………… 93

第三節　杜宇神話中的農神信仰 ………………………………………… 97

一、鳥與農神 ………………………………………………………… 97

二、后稷與蜀地 ……………………………………………………… 99

三、杜宇神話與農神 ………………………………………………… 101

第四節　杜宇神話中的死而復生 ………………………………………… 101

一、杜宇化鳥 ………………………………………………………… 103

二、鱉靈復生 ………………………………………………………… 106

下　篇　唐詩中杜宇意象之研究 …………………………………………… 117

第四章　托物詠懷——個人情志之寄託 …………………………………… 121

第一節　盛唐⋯⋯⋯⋯⋯⋯⋯⋯⋯⋯⋯⋯⋯⋯⋯⋯⋯121

　一、以悲啼意象烘托個人的悲愁⋯⋯⋯⋯⋯⋯122

　二、以化鳥意象寄託精神的絕對自由⋯⋯⋯⋯124

第二節　中唐⋯⋯⋯⋯⋯⋯⋯⋯⋯⋯⋯⋯⋯⋯⋯⋯⋯125

　一、以含冤意象指涉委屈⋯⋯⋯⋯⋯⋯⋯⋯⋯⋯126

　二、以啼血意象象徵悲愁⋯⋯⋯⋯⋯⋯⋯⋯⋯⋯129

　三、以花鳥意象疊加哀愁⋯⋯⋯⋯⋯⋯⋯⋯⋯⋯131

　四、以悲啼意象烘托氛圍⋯⋯⋯⋯⋯⋯⋯⋯⋯⋯134

第三節　晚唐五代⋯⋯⋯⋯⋯⋯⋯⋯⋯⋯⋯⋯⋯⋯⋯137

　一、以含冤意象指涉懷才不遇⋯⋯⋯⋯⋯⋯⋯⋯139

　二、以啼血意象象徵悲愁⋯⋯⋯⋯⋯⋯⋯⋯⋯⋯143

　三、花鳥融啼血意象疊加哀愁⋯⋯⋯⋯⋯⋯⋯⋯145

　四、以悲啼意象烘托氛圍⋯⋯⋯⋯⋯⋯⋯⋯⋯⋯146

　五、以植物意象寄寓失意⋯⋯⋯⋯⋯⋯⋯⋯⋯⋯148

　六、以化鳥意象寄託無常的哲思⋯⋯⋯⋯⋯⋯⋯149

　七、以飛鳥意象隱喻自在的追求⋯⋯⋯⋯⋯⋯⋯150

第五章　思人（友、親）懷鄉——相思離愁之觸媒⋯⋯⋯⋯159

第一節　盛唐⋯⋯⋯⋯⋯⋯⋯⋯⋯⋯⋯⋯⋯⋯⋯⋯⋯162

　一、融悲啼和文化意象暗寓愁思⋯⋯⋯⋯⋯⋯⋯162

　二、以夜啼意象隱喻離愁⋯⋯⋯⋯⋯⋯⋯⋯⋯⋯166

　三、以悲啼意象象徵思情⋯⋯⋯⋯⋯⋯⋯⋯⋯⋯167

　四、以花鳥意象疊加別情⋯⋯⋯⋯⋯⋯⋯⋯⋯⋯168

第二節　中唐⋯⋯⋯⋯⋯⋯⋯⋯⋯⋯⋯⋯⋯⋯⋯⋯⋯169

　一、以夜啼意象帶出離愁⋯⋯⋯⋯⋯⋯⋯⋯⋯⋯170

　二、以悲啼意象象徵思情⋯⋯⋯⋯⋯⋯⋯⋯⋯⋯172

　三、融悲啼和文化意象暗寓愁思⋯⋯⋯⋯⋯⋯⋯175

　四、以暮啼意象渲染別情⋯⋯⋯⋯⋯⋯⋯⋯⋯⋯181

　五、以花落鵑啼意象烘托離情⋯⋯⋯⋯⋯⋯⋯⋯183

　六、以啼血意象隱喻別思⋯⋯⋯⋯⋯⋯⋯⋯⋯⋯184

　七、以植物意象象徵友誼⋯⋯⋯⋯⋯⋯⋯⋯⋯⋯186

八、以含冤意象指涉愁緒⋯⋯⋯⋯⋯⋯⋯⋯⋯⋯⋯⋯187

　　第三節　晚唐五代‥‥‥‥‥‥‥‥‥‥‥‥‥‥‥‥‥188

　　　一、以悲啼意象象徵思情‥‥‥‥‥‥‥‥‥‥‥‥‥188

　　　二、融雨景與悲啼意象渲染別思‥‥‥‥‥‥‥‥‥‥190

　　　三、以花落鵑啼意象烘托離情‥‥‥‥‥‥‥‥‥‥‥193

　　　四、融悲啼和文化意象暗喻愁思‥‥‥‥‥‥‥‥‥‥195

　　　五、以夜啼意象帶出離愁‥‥‥‥‥‥‥‥‥‥‥‥‥199

　　　六、以植物意象帶出愁思‥‥‥‥‥‥‥‥‥‥‥‥‥202

　　　七、以莊周夢蝶和杜宇之並列意象寄託離緒‥‥‥‥‥204

　　　八、以湘妃與杜宇之並列意象渲染別情‥‥‥‥‥‥‥205

第六章　借古諷今（借事諷諭）──時代控訴之載體‥‥‥‥215

　第一節　盛唐‥‥‥‥‥‥‥‥‥‥‥‥‥‥‥‥‥‥‥216

　　　一、以帝王意象諷喻政治‥‥‥‥‥‥‥‥‥‥‥‥‥216

　　　二、以含冤意象反映現實‥‥‥‥‥‥‥‥‥‥‥‥‥219

　第二節　中唐‥‥‥‥‥‥‥‥‥‥‥‥‥‥‥‥‥‥‥220

　　　一、以悲啼意象渲染黍離之悲‥‥‥‥‥‥‥‥‥‥‥221

　　　二、以啼血意象控訴人民苦痛‥‥‥‥‥‥‥‥‥‥‥221

　　　三、以思歸意象諷喻現實‥‥‥‥‥‥‥‥‥‥‥‥‥222

　第三節　晚唐五代‥‥‥‥‥‥‥‥‥‥‥‥‥‥‥‥‥224

　　　一、以啼血意象譏諷時事‥‥‥‥‥‥‥‥‥‥‥‥‥225

　　　二、以帝王意象諷諭時政‥‥‥‥‥‥‥‥‥‥‥‥‥226

　　　三、以含冤意象諷刺史實‥‥‥‥‥‥‥‥‥‥‥‥‥226

　　　四、以亡國意象控訴末世之悲‥‥‥‥‥‥‥‥‥‥‥228

　　　五、以悲啼意象烘托哀情‥‥‥‥‥‥‥‥‥‥‥‥‥231

　　　六、以花鳥意象疊加流離之苦‥‥‥‥‥‥‥‥‥‥‥234

結　論‥‥‥‥‥‥‥‥‥‥‥‥‥‥‥‥‥‥‥‥‥‥‥239

參考書目‥‥‥‥‥‥‥‥‥‥‥‥‥‥‥‥‥‥‥‥‥‥257

附　錄‥‥‥‥‥‥‥‥‥‥‥‥‥‥‥‥‥‥‥‥‥‥‥271

第十九冊　擬人傳體寓言析論─以《廣諧史》爲研究對象

作者簡介

　　孫敏惠，任教國中逾廿年，教育熱忱不減，堅信教育是「生命影響生命」

的事業，用愛與榜樣來陶塑學生人品學識，期許學生擁有健全的人格，開闊的胸懷以及深刻獨立的思考。民國 97-99 學年度，曾於靜宜大學教授「國中教材教法」一門課，以傳承啓發式的教學理念。

因感於教學心力「出超」過甚，遂於民國 92 年報考中興中文研究所。就學期間，受業於林淑貞老師門下，深入鑽研寓言領域：民國 94 年 9 月於台大中文所《中國文學研究》第十四屆論文發表會，發表單篇論文〈試論《百喻經》的兩個問題〉；同年 12 月於中區中文所研究生論文發表會中，發表〈恐怖過癮之外——析論莫言《酒國》的敘事結構與創作企圖〉，分別探究佛教寓言及寓言小說，引起熱烈迴響。

本書爲作者碩士論文，對於擬人傳體寓言有相當完整的說明，而爬梳《廣諧史》，推原本根，作者也力求盡善盡美。

提　要

在浩瀚的中國文學典籍中，寓言研究並非顯學；然而這個方興未艾的領域，卻自有其魅力：一方面，寓言包羅的範圍極爲廣大，正如余德慧所說：「我們很嚴肅地活在生活裡，卻無緣認識自己的笑話。寓言就是把生活點亮了，讓我們看到了自己」。另一方面，寓意的層次複雜，從形式透露的淺層寓意，到內容隱含的深層寓意，甚至因時因地附會或誤讀所產生的寓意，都可視爲寓意的開發或再創造。這樣植根於生活的文學天地，使人優游其間，樂而忘返。

目前中文學界對於寓言的研究極少，就時代而言，大量研究者集中探討先秦諸子寓言（尤其是莊子寓言），其次是明清時期的寓言。就文體而言，散文寓言及寓言笑話是熱門選項，也有極少數研究者以「詩體寓言」爲研究對象。其實中國寓言數量龐大、內容豐富，至今的研究只能算是窺豹一斑，還有許多亟待深入探索的領域。

《廣諧史》一書，編成於明代，爲匯編性的寓言著作——「將各類物種擬人化，爲之作傳」的擬人傳體寓言共 242 篇，數量龐大，內容豐富；作者上自唐代的韓愈（768～824），下至明代陳詩教（？1573～1615？），綿延近八百年；收編 120 種以上物類的擬人寓言，其中包括 20 種以上動物、25 種以上植物、60 種以上器物以及飲料、食物、藥材、天象 16 種其他類的寓言！跨越唐、宋、元、明四個朝代，多達 114 位作者，242 篇寓言作品！相對於先秦一千多則寓言、《伊索寓言》總篇數在 200 則左右來說，《廣諧史》的內容豐富，確實是寓言史上極爲突出的貢獻！

本書根據《廣諧史》，研究歷代文人對當朝政治、社會的關懷角度，以及對其自我價值的認知，從而理解傳統中國文人的人生觀和用世襟懷。冀望給予擬人傳體寓言的代表作——《廣諧史》適度的關懷。

目　次

第一章　緒　論 ……………………………………………………………… 1

　第一節　研究動機與目的 ……………………………………………… 1

　第二節　研究範圍與進路 ……………………………………………… 3

第二章　擬人傳體寓言與《廣諧史》述要 ……………………………… 5

　第一節　擬人傳體寓言的定義 ………………………………………… 5

　　一、寓言定義商榷 …………………………………………………… 5

　　二、疑義釐清 ………………………………………………………… 9

　第二節　《廣諧史》述要 ……………………………………………… 18

第三章　擬人傳體寓言的形式結構與寓意類型 ………………………… 29

　第一節　擬人傳體寓言的形式結構 …………………………………… 30

　　一、採用史傳體例 …………………………………………………… 30

　　二、擬人傳體寓言的組構方式 ……………………………………… 34

　第二節　擬人傳體寓言的寓意類型 …………………………………… 35

　　一、表述寓意的類型 ………………………………………………… 35

　　二、開發寓意的類型 ………………………………………………… 45

第四章　唐宋元擬人傳體寓言內涵寓意釐析 …………………………… 57

　第一節　關注政治的唐代擬人傳體寓言 ……………………………… 58

　第二節　講究君子之德的宋代擬人傳體寓言 ………………………… 66

　第三節　反戰惜民的元代擬人傳體寓言 ……………………………… 85

第五章　明代擬人傳體寓言內涵寓意釐析 ……………………………… 101

　第一節　內容豐富多樣的洪武至成化時期作品 ……………………… 102

　第二節　微諷武宗荒唐施政的弘治正德時期作品 …………………… 109

　第三節　抨擊世宗淫酷統治的嘉靖隆慶時期作品 …………………… 115

　第四節　議論神宗荒怠朝政的萬曆時期作品 ………………………… 123

　第五節　背景不可考的作品 …………………………………………… 128

　第六節　結論 …………………………………………………………… 135

第六章　《廣諧史》藝術特色分析 ……………………………………… 137

第一節　歷代對《毛穎傳》的仿擬意圖 ⋯⋯⋯⋯⋯⋯⋯⋯⋯⋯⋯ 137
第二節　取材範圍及物種分析 ⋯⋯⋯⋯⋯⋯⋯⋯⋯⋯⋯⋯⋯⋯ 145
第三節　敘寫手法獨特 ⋯⋯⋯⋯⋯⋯⋯⋯⋯⋯⋯⋯⋯⋯⋯⋯⋯ 148
第七章　結　論 ⋯⋯⋯⋯⋯⋯⋯⋯⋯⋯⋯⋯⋯⋯⋯⋯⋯⋯⋯⋯ 161
第一節　《廣諧史》的編意 ⋯⋯⋯⋯⋯⋯⋯⋯⋯⋯⋯⋯⋯⋯⋯ 161
第二節　《廣諧史》的時代意義與價值 ⋯⋯⋯⋯⋯⋯⋯⋯⋯⋯ 164
第三節　《廣諧史》的缺點 ⋯⋯⋯⋯⋯⋯⋯⋯⋯⋯⋯⋯⋯⋯⋯ 169
第四節　未來研究方向 ⋯⋯⋯⋯⋯⋯⋯⋯⋯⋯⋯⋯⋯⋯⋯⋯⋯ 175
參考書目 ⋯⋯⋯⋯⋯⋯⋯⋯⋯⋯⋯⋯⋯⋯⋯⋯⋯⋯⋯⋯⋯⋯⋯⋯ 177
附　錄 ⋯⋯⋯⋯⋯⋯⋯⋯⋯⋯⋯⋯⋯⋯⋯⋯⋯⋯⋯⋯⋯⋯⋯⋯⋯ 185
一、顏瑞芳《唐宋擬人傳體寓言探究》之取材來源說明 ⋯⋯⋯ 185
二、《廣諧史》篇目與物種對照表 ⋯⋯⋯⋯⋯⋯⋯⋯⋯⋯⋯⋯ 186
三、《諧史》篇目與物種對照表 ⋯⋯⋯⋯⋯⋯⋯⋯⋯⋯⋯⋯⋯ 195
四、《廣諧史》第三卷作品內容大要與篇旨說明表 ⋯⋯⋯⋯⋯ 198
五、《廣諧史》第四卷作品內容大要與篇旨說明表 ⋯⋯⋯⋯⋯ 205
六、《廣諧史》第五、六、七卷作品內容大要與篇旨說明表 ⋯ 212
七、《廣諧史》第八卷作品內容大要與篇旨說明表 ⋯⋯⋯⋯⋯ 229
八、《廣諧史》第九、十卷作品內容大要與篇旨說明表 ⋯⋯⋯ 239
表目次
表 2-1-1：寓言對象分析表 ⋯⋯⋯⋯⋯⋯⋯⋯⋯⋯⋯⋯⋯⋯⋯⋯ 8
表 2-1-2：顏瑞芳：〈唐宋擬人傳體寓言探究〉篇目與《廣諧史》篇目
對照表 ⋯⋯⋯⋯⋯⋯⋯⋯⋯⋯⋯⋯⋯⋯⋯⋯⋯⋯⋯⋯⋯⋯ 11
表 2-2-1：《廣諧史》首卷內容說明表 ⋯⋯⋯⋯⋯⋯⋯⋯⋯⋯⋯ 22
表 2-2-2：《廣諧史》卷次內容表 ⋯⋯⋯⋯⋯⋯⋯⋯⋯⋯⋯⋯⋯ 22
表 2-2-3：《廣諧史》宋代作者年代表 ⋯⋯⋯⋯⋯⋯⋯⋯⋯⋯⋯ 23
表 3-2-1：《廣諧史》前置型寓言一覽表 ⋯⋯⋯⋯⋯⋯⋯⋯⋯⋯ 36
表 3-2-2：《廣諧史》的體悟式寓言一覽表 ⋯⋯⋯⋯⋯⋯⋯⋯⋯ 41
表 3-2-3：蘇軾〈杜處士傳〉寓意呈現表 ⋯⋯⋯⋯⋯⋯⋯⋯⋯ 46
表 3-2-4：李綱〈方城侯傳〉寓意呈現表 ⋯⋯⋯⋯⋯⋯⋯⋯⋯ 47
表 3-2-5：《廣諧史》與金錢主題有關的篇章一覽表 ⋯⋯⋯⋯⋯ 47
表 4-1-1：唐代擬人傳體寓言內容大要與篇旨一覽表 ⋯⋯⋯⋯⋯ 65

表 4-2-1：蘇軾擬人傳體寓言內容大要與篇旨一覽表 …………………… 70

表 4-2-2：王義山擬人傳體寓言內容大要與篇旨一覽表 …………………… 72

表 4-2-3：林景熙擬人傳體寓言內容大要與篇旨一覽表 …………………… 73

表 4-2-4：宋代飲料類擬人傳體寓言內容大要與篇旨一覽表 …………… 78

表 4-2-5：宋代植物類擬人傳體寓言內容大要與篇旨一覽表 …………… 81

表 4-2-6：宋代未歸類擬人傳體寓言內容大要與篇旨一覽表 …………… 84

表 4-3-1：楊維禎擬人傳體寓言內容大要與篇旨一覽表 …………………… 89

表 4-3-2：元代貨幣類擬人傳體寓言內容大要與篇旨一覽表 …………… 93

表 4-3-3：元代未歸類擬人傳體寓言內容大要與篇旨一覽表 …………… 97

表 5-0-1：《廣諧史》明代擬人傳體寓言分布表 ………………………… 102

表 5-2-1：《廣諧史》第四卷作者生卒年簡表 …………………………… 110

表 6-1-1：《廣諧史》采集書目表 ………………………………………… 142

圖目次

圖 2-1-1：傳體寓言與擬人傳體寓言關係 ………………………………… 11

圖 2-2-1：消息子 …………………………………………………………… 25

第二十冊　吳趼人諧趣文學研究

作者簡介

鄭美茹，民國 67 年出生於新竹市，現定居於台中市。新竹女中畢業後即負笈台中，中興大學中國文學系大學部和研究所畢業，目前於台中市立向上國中擔任國文科教師一職。教學認真嚴謹、喜愛文學，課餘時間除研讀書籍外，亦從事創作。

提　要

本論文旨在探討晚清小說家吳趼人之諧趣文學，冀能呈現其笑話與寓言作品的諷刺性，並深究其諧趣文學在中國文化史與寓言文學史方面的成就與影響。研究對象以《新笑史》、《新笑林廣記》、《俏皮話》、《滑稽談》四部諧趣文學作品為主。論文首章先敘述晚清社會情狀與吳趼人生平、作品；第二章概述諧趣文學的流變與理論基礎；第三、四章依序說明諧趣文學的主題意蘊和萬物群相，以及藝術手法，冀能揭示作者以詼諧之筆寓意人生之旨的苦心；第五章則以三、四章的研究成果為論述基礎，探討趼人諧趣文學作品在諧趣

文學傳承與新變的文學價值，和在社會與通俗文化展示方面的文化意義；最末章歸納研究結果與未來研究方向之開展。

笑話和寓言自古即有不解之緣，寓莊於諧的諷刺手法，更可達到言之者無罪，聞之者足以戒的功能。吳趼人充分地運用擬人、雙關、比喻、倒反的筆法，達到戚而能諧、婉而多諷的效果，進而嘲弄晚清社會的亂狀。他的諧趣文學宛如一部生動鮮明的時代縮影，在笑聲中隱含著一種悲喜交融的色調，流露著作者詼諧幽默的性格，以及對於社會現實的深沈無奈與哀痛。

目　次

第一章　緒　論 ·· 1
　第一節　研究動機 ·· 1
　第二節　晚清吳趼人的生平與作品 ·································· 3
　　一、晚清社會的背景探討 ·· 3
(一)戰爭頻仍，政治動盪 ··· 4
(二)唯利是圖，社會黑暗 ··· 5
(三)財政失策，經濟困頓 ··· 5
(四)新舊雜陳，文學蓬勃 ··· 6
　　二、吳趼人生平 ·· 6
(一)少年時期：佛山書院求學 ······································· 7
(二)青年時期：任職江南製造局 ····································· 8
(三)中年時期 ·· 8
　　三、吳趼人作品 ··· 10
(一)小說作品 ··· 11
(二)詩歌戲曲作品 ··· 13
(三)雜著作品 ··· 13
(四)吳趼人諧趣文學作品 ··· 14
　第三節　研究現況、目的及進路 ·································· 17
　　一、研究現況 ··· 17
　　二、研究目的 ··· 20
　　三、研究進路 ··· 20
第二章　諧趣文學的流變與理論基礎 ································ 23
　第一節　諧趣文學的流變 ·· 23

一、笑話的流變 ·· 24

二、寓言的流變 ·· 25

三、寓莊於諧的笑話型寓言 ···································· 26

第二節　吳趼人諧趣文學的理論基礎 ···················· 28

一、喜劇創作主體的審美心理 ······························ 29

二、諧趣作品的喜劇精神展現 ······························ 30

三、讀者感知的證同啓迪效應 ······························ 31

第三節　小結 ·· 32

第三章　吳趼人諧趣文學的主題意蘊與萬物群相 ············ 35

第一節　吳趼人諧趣文學的主題意蘊 ···················· 35

一、官僚傾軋怯懦無能 ·· 35

（一）互相傾軋橫行舞弊 ·································· 36

（二）怯懦膽小逢迎諂媚 ·································· 39

（三）腐朽無能迷信占卜 ·································· 42

二、改革維新成效不彰 ·· 44

（一）上層統治愚昧頑固 ·································· 45

（二）改革行動盲目仿效 ·································· 47

（三）風氣不開冥頑守舊 ·································· 48

三、社會現實道德墮落 ·· 50

（一）崇洋媚外世態炎涼 ·································· 50

（二）妄自尊大品德敗壞 ·································· 55

（三）沈迷鴉片生活困苦 ·································· 61

四、妙語解頤供人笑柄 ·· 63

（一）巧妙聯想令人莞爾 ·································· 63

（二）語詞新解故意唐突 ·································· 70

（三）翻譯失當貽笑大方 ·································· 74

第二節　吳趼人諧趣文學示現的萬物群相 ·············· 74

一、人物群相 ·· 74

（一）奸險擾民的官吏 ···································· 75

（二）粗鄙狂妄的書生 ···································· 75

（三）唯利是圖的商人 ···································· 76

（四）醉香迷色的娼妓 ……………………… 77

（五）狎邪風流的嫖客 ……………………… 78

（六）專業不足的庸醫 ……………………… 78

（七）渾噩度日的和尚 ……………………… 78

（八）爲富不仁的富者 ……………………… 78

（九）貧苦不堪的窮人 ……………………… 79

（十）拘執迂腐的愚夫 ……………………… 80

（十一）沈迷鴉片的毒犯 …………………… 80

二、動物群相 ……………………………………… 81

（一）「鼠」輩橫行的官場 ………………… 81

（二）恬不知恥的「狗」官 ………………… 82

（三）巴「蛇」呑象的貪婪 ………………… 82

（四）縮頭烏「龜」的腐朽 ………………… 83

（五）「魚」質龍文的虛假 ………………… 83

（六）如「蛆」附骨的邪惡 ………………… 84

三、植物群相 ……………………………………… 84

四、無生物群相 …………………………………… 85

五、人體器官群相 ………………………………… 86

六、天象群相 ……………………………………… 87

七、神鬼群相 ……………………………………… 87

（一）神明群相 ……………………………… 87

（二）鬼怪群相 ……………………………… 88

第三節　小結 ………………………………………… 88

第四章 吳趼人諧趣文學的藝術手法 ………………… 91

第一節　吳趼人諧趣文學的敘寫技巧 …………… 91

一、擬人手法形象鮮明 …………………………… 92

（一）動物人性化 …………………………… 93

（二）植物人性化 …………………………… 95

（三）無生物人性化 ………………………… 96

（四）人體器官人性化 ……………………… 97

（五）天象人性化 …………………………… 98

二、雙關妙語詼諧風趣......98
　　（一）語音雙關......99
　　（二）語義雙關......101
三、想像比喻寓意鮮明......103
　　（一）明喻......104
　　（二）隱喻......104
　　（三）略喻......106
　　（四）借喻......106
四、倒反語句諷刺辛辣......108
第二節　吳趼人諧趣文學的邏輯結構與語言變異......110
一、吳趼人諧趣文學的邏輯結構法則......110
　　（一）依循邏輯的推理法......111
　　（二）故意模仿的學樣法......112
　　（三）移花接木的倒錯法......114
　　（四）矛盾烘托的對比法......116
二、吳趼人諧趣文學的語言變異使用......117
　　（一）語詞技巧的運用......118
　　（二）語句技巧的運用......119
　　（三）語法技巧的運用......120
第三節　吳趼人諧趣文學的諷刺藝術......120
一、醜惡面貌的直接揭露......121
二、指桑罵槐的委婉譴責......122
三、吳趼人諧趣文學的莊諧共生......124
　　（一）悲喜因素的和諧統一......124
　　（二）審美情感的自然轉換......126
第四節　小結......127
第五章　吳趼人諧趣文學的價值與意義......129
第一節　文學價值：諧趣文學的傳承與新變......129
一、吳趼人的文學觀......129
二、譎諫隱詞的諧趣詩文......131
三、中西合璧的寓言作品......132

第二節 文化意義：社會與通俗文化的展示 ······················· 133

　　一、社會生活風俗的展示 ······································· 134

　　二、通俗文化消遣的趣味 ······································· 135

　　三、譴責諷諭深刻的寓意 ······································· 136

　第三節 小結 ··· 136

第六章 結論 ··· 139

　第一節 研究結果 ··· 139

　第二節 未來研究方向與建議 ······································· 142

參考書目 ··· 143

　一、圖書專著（依作者姓氏筆畫為序） ····························· 143

　　（一）文本 ··· 143

　　（二）古籍 ··· 143

　　（三）英文譯作 ··· 143

　　（四）中文雜著 ··· 144

　二、期刊論文（依作者姓氏筆畫為序） ····························· 147

　三、學位論文（依作者姓氏筆畫為序） ····························· 147

　四、網路資源 ··· 148

附　錄 ··· 149

　附錄一：吳趼人年表 ··· 149

　附錄二：吳趼人作品發表先後一覽表（依時間先後排序） ············· 161

　附錄三：吳趼人研究相關論文目錄（依時間後先排序） ··············· 171

　附錄四：吳趼人研究相關期刊目錄（依時間後先排序） ··············· 173

　附錄五：《新笑史》故事素材與主題意蘊一覽表 ····················· 177

　附錄六：《新笑林廣記》故事素材與主題意蘊一覽表 ················· 179

　附錄七：《俏皮話》故事素材與主題意蘊一覽表 ····················· 181

　附錄八：《滑稽談》故事素材與主題意蘊一覽表 ····················· 189

劉勰《文心雕龍》美學文質論

李德材　著

作者簡介

李德材，台灣彰化人。1961 年生。台中師專畢業（1981），台灣大學中文系學士（1987），東海大學哲學碩士（1991）、博士（1997）。現任朝陽科技大學通識教育中心專任副教授。主授「人生哲學」、「心靈經典導讀」、「電影與生命教育」等通識課程，主要學術領域為先秦儒道哲學之現象學詮釋。

提　　要

　　本文是以《文心》之文質彬彬論，作為探討之核心，并緊扣此核心，逐層逐次地展開對《文心》美學理論系統之探討。本文論述之程序為：首章將闡明、釐清劉勰在文學作品這一範疇上使用「文」、「質」二字之三層次意涵，及其在理論上之效互關聯，并以指稱作品形式與內容這一層意涵的文質論作為論述之主軸，繼而在第二章探討文學作品文質（形式與內容）問題，以闡述劉勰論作品中文質應有之合理關係，及其所面對的文質關係脫落之時代課題。第三章探討文學本質、創作問題及其與文質之關係，以闡明劉勰如何以文質彬彬論貫穿、延伸於《文心》之理論系統。第四章將以前三章之結論為基礎，細部論述創作歷程中之文質彬彬問題，以探析劉勰論「如何」使作品文質彬彬結合之原理和方法。最後，第五章將以整體性的觀點，探討文質彬彬論與文體品鑑的關係，并且回到本文論題的出發點：劉勰使用文質二字意涵所形成的三層次之文質彬彬論，通過對本文論述之簡要回顧，檢視其本身是否具備理論之系統性、圓融性？并從「常」與「變」的觀點。略述其與中國美學發展特質之關係，以作為本文之結論。

目

次

緒　言 ……………………………………………………… 1
　壹、研究動機及目的 …………………………………… 1
　貳、研究方法及論文設計 ……………………………… 2
第一章　導　論 …………………………………………… 5
　第一節　孔子的文質彬彬論及其轉化 ………………… 5
　　一、孔子論文、質關係——先質後文 ……………… 5
　　二、孔子論文質的統一：克己復禮爲仁 …………… 7
　　三、孔子文質論之後續發展及其轉化——兩
　　　　漢、魏晉 ………………………………………… 9
　第二節　劉勰使用「文」、「質」二字之意涵 ……… 12
　　一、劉勰就「人」而論文質 ………………………… 12
　　二、在文學作品這一範疇文質之意涵 ……………… 12
第二章　劉勰論文質關係 ………………………………… 19
　第一節　文質之區分 …………………………………… 19
　　一、文質區分之理論根源 …………………………… 19
　　二、文質之特質 ……………………………………… 22
　第二節　文學作品文質應有之合理關係 ……………… 24
　　一、質待文 …………………………………………… 25
　　二、文附質 …………………………………………… 28
　　三、先質後文 ………………………………………… 29
　第三節　文學作品中文質關係之脫落 ………………… 31
　　一、劉勰的時代課題——文質關係之脫落 ………… 31
　　二、文質關係脫落之解決途徑 ……………………… 32

第三章　劉勰論文學本質和創作及其與文質之關係 35
　第一節　文之樞紐論 35
　　一、道與文之關係 35
　　二、徵聖宗經的美學意義 38
　第二節　文之樞紐與文質之關係 40
　　一、文本於道與文質之關係 40
　　二、正緯辨騷與文質之關係 42
　第三節　藝術精神之主體──神思之意涵及特質 43
　　一、神思之意涵 43
　　二、神思之藝術特質──神與物遊及作品之完成 44
　第四節　創作歷程與文質之關係 47
　　一、思、意、言之結構關係 47
　　二、創作歷程與文質之關係 49
第四章　劉勰論創作歷程中之文質彬彬 51
　第一節　質之營構 51
　　一、緣情與感物的發生歷程 51
　　二、藝術感發的本質 53
　第二節　文之運用 54
　第三節　文質之彬彬 59
　　一、情文與質之結合要則 59
　　二、形文運用與質之關係及其結合要則 60
　　三、聲文運用之本質及與質之結合要則 62
第五章　結　論 65
　第一節　文質彬彬與文體品鑑之關係 65
　　一、文質彬彬與文體形構之關係 65
　　二、文體品鑑之原理及方法 66
　　三、文質彬彬與文體美感價值之關係 67
　第二節　對劉勰文質彬彬論之評價 69
　　一、文質彬彬論之系統性 69
　　二、從「常」「變」觀看文質彬彬論與中國美學發展的特質之關係 71
參考書目 75
附錄　從海德格的「時間」現象學解讀陶淵明「孤獨」之美學向度 79

緒 言

壹、研究動機及目的

在當代西方意義下，「美學」（Aesthetics）的主要論題（範疇）大致上可區分為下列幾大項：(1) 藝術的本質，(2) 美感對象（作品），(3) 美感經驗，(4) 藝術之存在脈絡（Context）及地位，(5) 藝術中的概念之意義（如崇高、優美等）。〔註1〕基本上，西方美學家大抵是以明確的概念之定義，和嚴密的理論來處理上述幾項課題。相較之下，中國美學的發展，從先秦開始，在這方面便似乎相形見絀。然而，正如同中國哲學家對生命的體驗與智慧的開創上處處充滿洞見（insight）般地，中國美學家也對藝術精神（心靈）之體會、創作之經驗，乃至作品之鑑賞等，處處散發具高度原創力的慧見與卓識。尤其，到了魏晉之後，中國美學在藝術各個領域中（尤其是文藝方面），更是達到前所未有之高峰。

就本書之研究主題《文心雕龍》而言，雖然它只是討論了文學這一藝術形式，但是，由於它理論的系統性和圓融性（在中國文藝美學著作中無出其右者），許多概念的提出，諸如原道、神思、體性、通變等，實已觸及諸如藝術的本質、創作原理、藝術風格及其演變之特質等普遍性的美學課題，亦非只侷限於文藝美學這一範圍。〔註2〕因此，《文心雕龍》的研究，對當代中國

〔註1〕 一般而言古典西方美學大抵是作為「哲學美學」而存在，當代之趨勢則是回歸到「藝術」層面以論美學。

〔註2〕 李澤厚、劉綱紀主編的《中國美學史》第二卷，亦以文學和美學理論角度之不同，為《文心雕龍》之研究作了這兩層區分，見頁 762～765。谷風，民國 76 年 12 月台一版。

美學理論之發展，實具有特殊的意義。

然而，正如西哲史陶生（P. F. Strawson）所說的：「沒有一個哲學家能了解其前人，除非他以其當代的語言再思考他們的思想；而那些偉大的哲學家……他們有一特點，就是，他們比任何其他哲學家，都能給予（我們的）再思考的努力以更多的回報。」〔註3〕因此，在《文心雕龍》現已蔚為文學界及美學界研究興趣焦點之一，且有關研究它之專著和論文已達盈箱滿篋的情況下，〔註4〕本書之探討即希望以眾多之研究成果為基礎，以現代語言和概念，重新思考和表述《文心雕龍》之美學課題，以期能忠實地挖掘其中豐富而深刻之意蘊，並對當代中國美學之研究和發展，略盡微薄之力，便是本書研究之最重要目的。

貳、研究方法及論文設計

在方法上，本書一方面將兼顧《文心雕龍》作為文學美學論著之側面，釐清其相關之課題；另一方面將闡明其作為藝術、哲學美學側面之理論。同時，我們將以理論結構和系統為探討的進路，而將儘少涉及時間上理論發展之歷史淵源（第一章除外）。

在設計上，本書是以《文心雕龍》之文質彬彬論，作為探討之核心，並緊扣此核心，逐層逐次地展開對《文心雕龍》美學理論系統之探討。從美學的觀點看，文質論本係屬於「作品分析論」（美感對象論）或所謂「文學分論」（literary theory）〔註5〕之課題，但是，內在於《文心雕龍》之理論系統看，文質彬彬論之出現並非純然孤立而懸空的作品分析或文學分論之課題，相反地，它與藝術本質論（文之樞紐論）、創作論，乃至批評（鑑賞）論緊密地結合，成為貫穿全書之核心理論。

因此，本書章節之設計，首章將釐清劉勰在文學作品這一範疇上使用

〔註3〕 見史陶生：individuals，轉引自謝仲明先生《儒學現代世界》一書，〈自序〉部分，學生，民國75年2月。

〔註4〕 有關《文心雕龍》研究現況，請參見王國良編：〈劉勰《文心雕龍》研究論著目錄〉，該目錄收載1909年～1987年中、日、韓、英文相關研究之論著。見《書目季刊》第21卷第3期，頁46～92。

〔註5〕 「文學分論」一詞取自劉若愚《中國文學理論》，該書認為文學分論關乎如形式、類別、風格和技巧等問題，和「文學本論」論述層次有所不同，卻又互有關聯。見杜國清譯本，頁1，聯經，民國70年9月。

「文」、「質」二字之三層次意涵，〔註6〕及其在理論上之交互關聯，並以指稱作品形式與內容這一層意涵的文質論作爲論述之主軸，繼而在第二章探討文學作品文質（形式與內容）問題，以闡述劉勰論作品中文質應有之合理關係，及其所面對的文質關係脫落之時代課題。第三章探討文學本質、創作問題及其與文質之關係，以闡明劉勰如何以文質彬彬論貫穿、延伸於《文心雕龍》之理論系統。第四章將以前三章之結論爲基礎，細部論述創作歷程中之文質彬彬問題，以探析劉勰論「如何」使作品文質彬彬結合之原理和方法。最後，第五章，將以整體性的觀點，探討文質彬彬論與文體品鑑的關係，並且回到本書論題的出發點：劉勰使用「文」、「質」二字意涵所形成的三層次之文質彬彬論，通過對本書論述之簡要回顧，檢視其本身是否具備理論之系統性、圓融性？並從「常」與「變」的觀點，略述其與中國美學發展特質之關係，以作爲本書之結論。

〔註6〕　此三層意涵係文質分別指稱：（一）作品之形式與內容，（二）語言形式之華美與質樸，（三）文風之華美與質樸；詳細論述見本書第一章。

第一章　導　論

　　文、質問題為中國美學課題起源甚早，第一位有系統地提出且予以深入討論的是孔子。嚴格地說，孔子提出文、質問題並非專就藝術活動而立論，它是道德問題。依孔子，文、質在某種程度上即是外在的禮文與內在的道德實質之問題，這個問題在「仁」之概念中獲得解決。

　　然而，經過兩漢儒者持續討論，至魏晉南北朝時，文、質問題乃逐漸轉化成美學課題──專用在文藝範疇上。此中，第一位深入且有系統地解決此問題的，便是劉勰。在文、質問題的歷史發展中，孔子與劉勰是兩位主要的代表性人物。

第一節　孔子的文質彬彬論及其轉化

一、孔子論文、質關係──先質後文

　　子曰：「質勝文則野，文勝質則史；文質彬彬，然後君子。」（《論語・雍也篇》）〔註1〕

依照朱註意涵來說，質指人天生自然、內在真實的「質實」或「本質」；文指人透過某種安排，修飾而顯現於外的「文飾」。此處，質與文似乎形成某種偏勝：直任內在的原始質實之所發而任意顯露，未曾為規範約束或文飾，則造成行為之野──鄙野；反之，行為缺少內在之質實或真誠，徒具外在之文飾，則為史──虛偽或浮誇。化解這種內外之衝突的方法，孔子認為應該二者兼

───────────────

〔註1〕　本書《論語》採用朱熹《四書集註》，蔣伯潛廣解。啟明書局。

備。互不相勝而均勻調和，使「文質彬彬，然後君子。」

　　雖然「文質彬彬，然後君子」是最高原則，但是我們更關切的是：二者如何統一？有何關係？此必然也引發文質是否有本末、先後之問題。若有，孰先孰後？同時，統一的根源何在？我們將逐步地討論這些問題：

　　　棘子成曰：「君子質而已矣，何以文爲？」子貢曰：「惜乎！夫子之
　　　說，君子也！駟不及舌。文猶質也，質猶文也。虎豹之鞹猶犬羊之
　　　鞹。」（《論語‧顏淵篇》）

當孔子的文質彬彬理論面對他人的質疑：君子質而已矣，何以爲文？子貢則透過類比的說明，闡述了：（1）文與質的關係基本上是可以區分的，而且這種區分非常重要，若混同了二者，則其內在之「質」的優劣便無從區別：虎豹之鞹，猶犬羊之鞹。（2）子貢似乎也意涵著，正由於這種區分，更顯出文質關係之密切，正如毛附皮般地，須要予以並重，且求統一。而此是否有本末，先後？孔子給子貢一個肯定的答復：先質後文。

　　　子夏問曰：「『巧笑倩兮，美目盼兮，素以爲絢兮。』何謂也？」子
　　　曰：「繪事後素。」曰：「禮後乎？」子曰：「起予者商也！始可與言
　　　《詩》已矣！」（〈八佾篇〉）

針對子貢的問題，孔子答曰：「繪事後素。」依朱註：「素，粉地，畫之質也；絢，采色，畫之飾也。」亦即先以素爲質，而後從事繪畫之事（絢、飾，文也）——先質後文。子貢則透過此類比的說明，領悟到：「禮後乎？」禮即指文，子貢的意思是：先有人內在之本質後再有文（禮）。

　　對於人內在之本質，孔子曾給予一本質性的界定：「人之生也直，罔之生也幸而免。」（《論語‧雍也篇》）。依鄭玄注云：「始生之性皆正直」，此即「人之初，性本善」之意。〔註2〕孔子又說：「夫達也者，質直而好義。」（《論語‧衛靈公篇》）。因此，可以肯定地說，人的質實，本質是善的，質即是人內在眾多固有的品質、美德，而以義爲統攝性的原理。內在之質須透過某種表現形式而顯露於外，從主觀面看，此表現形式即爲自己之文（飾）；而此文飾之客觀依據即禮。

　　對於禮，此處可以有兩層的理解：（1）從客觀面看，禮係指經由官方制定，或因襲於文化傳統，及當時社會生活中自然形成的某些制度、儀式及行爲規範等，此爲社會中客觀實存之禮。（2）從主觀面看，當個人或社會大眾

〔註2〕　同上，轉引鄭玄注，頁80。

以這些客觀實存之禮爲行爲準則，並使其行爲之表現方式（文飾）符合它們，則謂此等行爲方式合乎禮。

透過這兩層分析，子貢「禮後乎？」這一問題便有兩層意涵：（1）這些社會客觀實在之禮在道德實踐中並非在第一優先的，其背後仍有更重要的東西存在。（2）個人所表現的禮文背後亦有更本質性的東西存在。孔子即指出：

　　禮云禮云，玉帛云哉？樂云樂云，鐘鼓云哉？（《論語・八佾篇》）

孔子指出：眞正的禮並不是這些外在的玉帛之豐盛或儀式之繁複。故在禮的使用上，須尋求禮的本質：

　　林放問禮之本。子曰：「大哉問！禮與其奢也，寧儉；喪，與其易也，
　　寧戚。」（〈八佾篇〉）

孔子指出，禮之奢並非禮的本質，儉約更符合禮之本。喪禮禮儀之熟習（易）並非禮之本，人們內在之哀戚才是禮之本。人是先有內在之質實，再以外在的禮文表現。所以，在質文問題上，孔子肯定了質的優先性——先質後文。禮（文）之選取，並不必然要因襲客觀實存之習慣規範，而在於能配合內在之質實以因革損益，務期使行爲表現（文飾）能中禮（符合禮的本質）；禮之本即在內在的質。孔子所謂「義以爲質，禮以行之」（〈衛靈公篇〉）便是指這種先質後文、文配合質的表現。

理論上文質彬彬是最高原則，但實際的道德實踐，一般人卻常常顧此失彼，偏勝一方。孔子提出的「仁」——概念，正是落實在具體的道德實踐上文質彬彬的總原理。

二、孔子論文質的統一：克己復禮爲仁

對孔子而言，作爲道德根源之仁，其意涵之一便是一切道德行爲之普遍必然的法則。這個道德法則是內在於人心而不假外求的：「仁遠乎哉？我欲仁，斯仁至矣！」（〈述而篇〉）。同時求仁也是——自發自律而不假他人的行爲：「爲仁由己，而由人乎哉。」（〈顏淵篇〉）。同時，此道德法則亦是由一超越一切具體德目的心靈所給出。因此，從其內在面看，當下任何具體美德的實踐或仁心的流露，是仁；但從其超越面看，都還不是仁；仁是一超越之境界，非任何具體德目所能涵蘊。總之，對孔子來說，仁是既內在於人心卻又超越任何可指的德性的超越的心靈境界。

從仁之內在於人看，仁實已統攝了人內在之質，任何內在之質實都可以

是仁的某種說明，是一種仁之心；故而前述之「禮之本在質」更可以說「禮之本在仁」：

> 人而不仁，如禮何？人而不仁，如樂何？（〈八佾篇〉）

孔子意指：若無仁這一實質，則一切外在之禮便失去了存在的價值；若人的行為非由內在之仁而發，縱使它符合了客觀之禮，則這種禮也只是虛文罷了。因此，求仁的歷程（道德實踐）便是一方面透過心靈的涵養，保仁心之時時呈顯；另一方面時時以此仁心作為行為表現（禮）之根據，這種歷程便是克己復禮的工夫：

> 顏淵問仁。子曰：「克己復禮為仁。一日克己復禮，天下歸仁焉！為仁由己，而由人乎哉？」顏淵曰：「請問其目。」子曰：「非禮勿視，非禮勿聽，非禮勿言，非禮勿動。」顏淵曰：「回雖不敏，請事斯語矣！」（〈顏淵篇〉）

克己即指克制一己之私慾，約束自己的行動。克己則確保仁心之時時呈顯，這種工夫的具體落實便在復禮——回復到一規範性原則（禮）上；但這些規範性法則之確定（禮之本）仍由內在呈顯之仁來決定：「非禮勿視，非禮勿聽……。」之所以視為非禮乃因其違反仁之普遍法則，故須被禁止；反過來說，復禮的具體方法便落在克己工夫上，只有克己確保仁心之呈顯始能保證行為方式之合禮、復禮。因此，克己與復禮是求仁歷程的一體之兩面：能克己便能復禮，能復禮便能克己。

我們再回顧文、質的問題：一、質勝文則野。二、文勝質則史。前者具某種如恭、慎、勇、直等內在之質，卻造成勞、蒽、亂、絞等弊端，[註3]其根本原因在其表現方式未能中禮、復禮。後者雖然也表現了某種華美繁複的禮文，卻因未合禮之本而產生只是虛偽、虛文之弊端，其根本原因在缺乏內在之質實。從克己復禮為仁的觀點看，造成野與史的根本原因，都在於其心尚未達致仁的境界，都尚有一己之私慾習氣夾雜其中，阻隔了仁心之呈顯及感通，故行為雖由內在之質而發，卻未能中禮，故野；但若只表現了某種禮文，卻缺乏內在之質，則史；能克己，則私欲盡除，習氣盡去，內在於人之仁心能自然呈顯，此時其所行必皆發而中禮。文、質之不相配，自然在此克己復禮的求仁工夫中轉成內外合一之文質彬彬。

〔註3〕見《論語·泰伯篇》：「恭而無禮則勞，慎而無禮則蒽，勇而無禮則亂，直而無禮則絞。」

在孔子看來，仁雖然內在於人而不假外求，但並不表示人人可輕易地達致仁的境界（孔子極少以仁稱許人）。相反地，求仁的歷程毋寧是一段漫長的歷程：「……君子無終食之間違仁，造次必於是，顛沛必於是。」（〈里仁篇〉）。這個歷程，也可以說是追求文、質統一的歷程。在此歷程中，內在之質實與外在之禮文間必然時時存在某種緊張的關係，而這種緊張關係可能延至死而後已。孔子所謂「七十而從心所欲，不逾矩。」（〈爲政篇〉）便是指在仁心這種心靈境界下，文質之統一，而使其緊張關係獲得暫時的舒解。

三、孔子文質論之後續發展及其轉化──兩漢、魏晉

如前所述，孔子文質論基本上是一道德人格上之命題，但「文」之修飾與涵養卻要透過禮樂乃至詩等之教化功能而完成，亦即，文質彬彬之理想依然是在整個「人文世界」中而被達成。文學本身，也是整個人文世界中之一環，所以，文質論由道德命題轉化爲文學命題實有其歷史發展之線索可尋。但這中間，仍經過一些轉折。

繼先秦孔子之後，兩漢魏晉學者由於受「氣化宇宙論」之影響，宇宙之生成，人居其中之存在及人文問題乃成爲當時關切的重點，孔子文質論便被轉化爲三個層面：（1）宇宙論中之文質問題。（2）廣泛地人及人文化成之文質問題。（3）由於當時文學仍是人文教化之主要工具，便也出現第三個層面：以文學功用的立場論文質問題（這三個層面常被認爲是互有關聯的，乃至常被相提並論）。此時，雖然文質所指涉的意涵及關切的層面似已超過孔子，但論義理規模、思考模式及系統嚴謹性卻仍不出孔子之籠罩。

在宇宙論之文質問題上，可以阮瑀和應瑒著名的〈文質論〉爲代表，阮瑀認爲自然界中之文與質是相互獨立的，且其性質極端相反：「蓋聞日月麗天；可瞻而難附；群物著地，可見而易制。夫遠不可識，文之觀也；近而易察，質之用也。」〔註4〕由於質是近而易察，文則遠不可識，因此，他主張在人文現象中重質才是最根本的：「故言多方者，中難處也。……意弘博者，情難足也。性明察者，下難事也。」（同上文）能守質貞一、毋務繁文則天下自平。

應瑒則提出恰與阮瑀相反的論點，他指出文之形上意涵，認爲正因爲文才使聖人得以仰觀俯察而合德天地：「日月運其光，列宿曜其文，百穀麗於土，

〔註4〕見阮瑀〈文質論〉一文。引自《兩漢魏晉南北朝文學批評資料彙編》，頁145，成文，民國67年9月。

芳華茂於春。是以聖人合德天地，稟氣淳靈，仰觀象於玄表，俯察式於群形。」〔註5〕他並不否認人文現象中「道無攸一，二政代序，有文有質」（同上文），然而質者固守一端，能循軌度，守成法卻不足以創偉業，因此，只有更重文（廣義之文）始足以定國平天下：「然後知質者之不足，文者之有餘。」（同上文）

在人及人文世界之文質問題上，董仲舒即指出：

> 志爲質，物爲文，文著質，質不居文，文安施質，文質兩備，然後禮成。……《春秋》之序道也，先質而後文，右志而左物。〔註6〕

此處董氏所論之文質，其意涵已超出孔子之道德命題。「物爲文」，則文泛指各種用以飾質之事物、方式，質則爲人之思想、情志。而以文飾質，先質後文，文質統一之思考模式，亦直如孔子之再版。另如《法言》及《淮南子》亦指出：

> 聖人，文質者也。車服以彰之，藻色以明之，聲音以揚之，詩書以光之。玉帛不分，鐘鼓不鑑，鐘鼓不擅，則吾無以見聖人矣。（《法言‧先知》）〔註7〕

> 錦繡登廟，貴文也；圭璋在前，尚質也。文不勝質，之謂君子。
> 必有其質，乃爲之文。（《淮南子》）〔註8〕

上引二家，除文質之意涵較孔子廣泛外，其思考模式仍直承孔子之遺緒。

在第三層文學功能之文質問題上，王充則提出了代表性的言論：「文由胸中而出，心以文爲表。」（《論衡‧超奇》）。王充之所以提出文由胸中出之論點，實乃因他關切的是文學的教化功能問題，在《論衡‧自紀篇》則指出：「其文盛，其辨爭，浮華虛僞之語，莫不澄定。沒華虛之文，存敦厖之樸；撥流失之風，反宓戲之俗。」文質問題已轉化爲文學教化功能上之探討，雖然他的道德論未能契中儒家之心性本體論，但在文質論上強調由道德發而爲文章卻是典型的儒家文學觀。〔註9〕

〔註5〕 見應陽〈文質論〉一文，同上，頁132。
〔註6〕 見董仲舒《春秋繁露‧玉杯》，轉引自李澤厚、劉綱紀主編：《中國美學史》第一卷，頁525，里仁，民國76年12月。
〔註7〕 引自《中國美學史資料選編》上冊，頁117，光美書局，民國73年9月。
〔註8〕 分別見《淮南子‧繆稱訓》及〈本經訓〉，頁155，頁123。普天出版社。
〔註9〕 此處引文及評斷參見顏崑陽〈魏晉南北朝文質觀念及其所衍生諸問題〉一文，收入中國古典文學研究會主編《古典文學》第九集，學生書局，民國76年4月。

另外，司馬相如的某些論點，似乎已統合上述三層文質問題，而轉化為純粹文學上的命題：「合纂組以成文，列綿繡而為質，一經一緯，一宮一商：此賦之跡也。賦家之心，包括宇宙，斯乃得之於內，不可得而傳者也。」〔註10〕透過類比的說明，他指出文學作品有文有質，而作者之心靈是創作的根源，決定了作品之文質，且心之所感廣闊，包括宇宙總覽人物；並指出其中有「不可得而傳」之妙，實已深刻地討論了文學作品之文質問題，這和其後劉勰所言「文質附乎性情」（〈情采篇〉）之論實有異曲同工之妙。

同時，揚雄對賦之創作原則所提出的論點：「詩人之賦麗以則，辭人之賦麗以淫」（《法言‧吾子》）〔註11〕用「麗以則」與「麗以淫」作為區別詩人和辭人之判準，實已的中文學文質問題之核心。麗以則指的是既重作品形式之美、麗（文），而且也重視作品內容（質）之符合道德原理──文質（形式與內容）並重；反之，麗以淫即指只重視形式之美而忽視內容之雅正──重文輕質。這些已開啟了日後文學範疇中文質問題探討之先聲。

到了六朝時代，文質逐漸轉化為文化範疇上的課題，這種轉化的過程有其相當複雜的內、外在因素，篇幅所限，我們僅簡略地提出幾點。（1）六朝是一藝術心靈覺醒的時代，一般文士們的終極關懷已由德性生命的貞定轉向藝術（文學）世界的圓成。（2）六朝重文的背後普遍潛藏著一自我情感的自覺，當時，文學表現情感乃成為最普遍的要求（此即沈約所謂「以情緯文，以文被質」（《宋書‧謝靈運傳》）之現象）。因此對情感之表現方式（文采）便特加考究，文質問題乃成為探討情理、文采如何結合的課題。〔註12〕（3）六朝時代特別盛行的人物美學基本上是把人視為內（質）外（文）整合的有機整體；文學的發展深受此思潮的影響，論文如論人乃成為時代風尚，而文學上文質（形式與內容）如何結合的問題乃成為文士們關切的最主要重點之一。〔註13〕在六朝中，真正對文學範疇上的文質問題加以深入地討論，並且有系統地予以合理而圓滿地解決的，是劉勰。

〔註10〕見司馬相如〈西京雜記〉一文，轉引自王建元《現象詮釋學與中西雄渾觀》一書，頁81，東大，民國77年2月。
〔註11〕引自同註7，頁116。
〔註12〕李澤厚對這兩點也有精詳的評斷。參見《美的歷程》一書，頁85～100，元山書局，民國73年11月。
〔註13〕六朝時代人物品鑑與文學批評間之關係，參見徐復觀《中國文學論集》一書中論文體及氣的部分。學生書局，民國79年3月。

第二節　劉勰使用「文」、「質」二字之意涵

綜觀《文心雕龍》全書，劉勰使用文、質二字的意涵非常複雜。基本上，可以劃分爲兩大範疇。（1）最主要且有系統地貫穿於全書的是使用在文學（作品）這一範疇上，下文將就此再分爲三層次加以討論。（2）非主要且不常使用地，沿於先秦、兩漢魏晉，劉勰也把文質二字使用在人（作者）這一範疇上。在這兩個不同的範疇中，文質的意涵各有不同，但就某種程度而言，二者之間有密切的關聯。

一、劉勰就「人」而論文質

在人這一範疇上，文質的意涵指涉文士才質發用的兩大側面，文指作者之文學才幹（文才）及文學作品，質則指作者之道德品質或實用事功。

〈程器篇〉：「彼揚、馬之徒，有文無質，所以終乎下位也。」此處之質即指道德品質和政治實用（劉勰德、用常並置而論）。有文無質即指揚、馬二人徒具文才（或有作品）而無德、無用。另如：

「是以君子藏器，……散采以彪外，梗楠其質。……」（〈程器篇〉）。散采以彪外即發揮文才，從事創作，梗楠其質即以政治實用爲其質，正如「《周書》論士，方之梓材，蓋器貴用而兼文采也。」（〈程器篇〉）——文質兼備，斯爲君子。

這一範疇上之文質意涵牽涉到劉勰論作者之品德問題，及其對文學價值之實用觀點，且主要在〈程器篇〉中予以討論。

二、在文學作品這一範疇文質之意涵

劉勰在文學範疇上使用文質二字，就其詞性而言，可區分成兩種。（1）最基要的是作爲名詞，則文質相當於今日所謂作品的形式與內容，由此而衍生出。（2）作爲形容詞，此又可區分爲兩層：一層是作爲作品形式上「語言形式」的審美判斷（或華美或質樸）之語彙；〔註14〕另一層是作爲整個時代「文風」之審美價值判斷（或重文或質）之語彙。

〔註14〕顏崑陽先生認爲魏晉南北朝時期作爲文學形式與內容的文質意涵，是把文質視爲文學「本體結構意義」去使用；而且指出作爲描述語言形式之審美標準的文質具有「語言性相意義」，本書雖未採用此二術語，但可以認同這種區分。見其〈魏晉南北朝文質觀念及其所衍生諸問題〉一文，頁65。

（一）文質——形式與內容

> 夫篇章雜沓，質文交加。（〈知音篇〉）
>
> 文雖新而有質，色雖糅而有本，此立賦之大體也。（〈詮賦篇〉）
>
> 心定而後結音，……使文不滅質，博不溺心；……乃可謂雕琢其章，
> 彬彬君子矣。（〈情采篇〉）
>
> 荀況學宗，而象物名賦，文質相稱，同巨儒之情也。
>
> 木體實而花萼振：文附質也。……而色資丹漆：質待文也。（〈情采
> 篇〉）〔註15〕

上所列舉之文質即指作品的形式與內容。然而，劉勰心目中的形式與內容，
其具體的內涵又是什麼？在〈附會篇〉中，他指出，文學創作時應包含四大
要素：

> 夫才童學文，宜正體制。必以情志爲神明，事義爲骨鯁，辭采爲肌
> 膚，宮商爲聲氣。

值得注意的是，劉勰主要是站在「創作者」的立場指出作品應包含的要素。
其中，情志和事義是有賴形式加以表現的素材——質（內容）；辭采和宮商是
用以表現內容的方式——文（形式）。

　　再加細分，則內容上，情志指作者內在才性中所具有的情感和思想，是
屬於主觀的素材；事義則爲外在客觀存在的素材。事義可分開說，則事包含
物（事物）與人（人事），義（理）則透過事而被顯現出來。所以，細分之下，
作者所欲表現的素材內容爲：情、理、事（含人）、物四部分；統而言之，則
可劃歸爲情、理兩大部分。讀者則從作品文辭（語言表式）之意義而獲致作
者所傳達的內容。

　　至於形式的具體內涵，我們可以從內容說起。當作者主觀內在的情理透過
藝術心靈之創造活動（劉勰稱此爲「神思」）而統合了客觀的事義，他必須尋求
適當的文學語言加以表達，這種以文學語言表現內容的方式便稱之爲形式。或
者說：作家把自己所有的思想及情感移於讀者時一切的方法、手段，便稱爲文
學的形式。〔註16〕形式作爲一種方法或手段，乃存在於作者心靈中的能力——

〔註15〕　本書《文心雕龍》版本上主要採用周振甫註釋之《文心雕龍注譯》一書。里
　　　　仁，民國73年5月。另參酌范文瀾《文心雕龍注》，開明，民國63年6月。
　　　　下文所引將直標篇名，不另加註。

〔註16〕　此處借用 Winchester 之定義以說明一般意義下的形式，參見其《文學評論之

一種駕馭語言文字的能力。文字,就其存在狀況而言,只是一零散而具形、音、義的單字,只有透過作者形式之組合、運用,才成為文學語言而能傳達作者所欲表現的內容。〔註17〕這種形式的運用,劉勰又把它細分為三種:

故立文之道,其理有三:一曰形文,五色是也;二曰聲文,五音是也;三曰情文,五性是也。五色雜而成黼黻,五音比而成《韶》、《夏》,五性發而為辭章,神理之數也。(〈情采篇〉)

此處立文之道之「文」,即劉勰所謂「其為彪炳,采名矣」(〈情采篇〉)之「文采」,亦即本書所說的形式。劉勰說這三種文采之形成,都是神理之數也——存在於作者心靈中的能力或技藝,所以一開始便說立文之「道」,其「理」有三,立文采的方式,原理有三種:形文、聲文、情文。

(1) 情 文

「情文,五性是也。……五性發而為辭章。」這裡的五性可以泛指作者內在具有的多種情性,〔註18〕當內在的情性或因自身之激盪,或受外在事物之刺激(感物),「發」——表現而為辭章、作品,內在於文學而言,這種「發」顯然不能是一種情緒上粗糙而直接的顯露,而必須透過某種表現情性的方式——情文(情性的文采),在心靈中形成某種更深刻而鮮明的意象,再以某種程度上之委婉、含蓄的文學語言傳達出來,如此所表現出來的情感思想,才具有強烈的感染力或深刻的藝術價值。例如當一作者他有「人生無常」這一感受,他可以(1)直言「人生無常」。(2)或說「人生宛若汪洋中飄流不定的孤舟」。(3)或如王國維的詞:「人生宛若風前絮,聚也零星,散也零星,滴滴化作連江點點萍。」三者所欲表現的「主題」同一,但表現技巧、文采之運用各有不同,所予以讀者的美感及藝術價值亦各不相同。這種文采(情文),即前引「以辭采為肌膚」之辭采。它主要是透過對語言文字意義上之重新構思組合、安排而來的。劉勰在〈誇飾〉、〈比興〉、〈隱秀〉等篇所探究的即是這種表現形式之美的文采。

(2) 形 文

「形文,五色是也。……五色雜而成黼黻。」所謂的形文本是指繪畫上

原理》一書,頁108,商務編譯,民國69年6月。然劉勰文質之「文」另有其特質,詳見下一章。
〔註17〕參見劉萍《文學概論》一書,頁53~55,華聯出版社,民國67年10月。
〔註18〕周振甫注以五性為仁、義、禮、智、信,同註15,頁603,然實無須拘泥於此。

透過顏色（五色）之運用所形成的形狀、圖案之「紋彩」，所以說五色雜而成黼黻。但這裡，劉勰是借繪畫上之紋彩來類比於文學上的文采——形文，〔註19〕內在於《文心雕龍》系統，文學上的形文有兩種意涵，一指就文字的形狀，或句子形式上有意的特殊安排，如字形結構與鄰字間之配合或對偶等，而使文辭在形式結構上呈現某種美感，此和文字的意義亦有直接關聯，劉勰在〈麗辭篇〉及〈練字篇〉（一部分）所探討的便是。另一種則是透過文字的運用，以刻劃外在自然景物，使讀者透過文辭的意義（如「庭院深深深幾許」），而在心靈中形成一種「視覺意象」（形色）之美，這種文采的運用便是形文。如劉勰稱許屈原的〈招魂〉、〈大招〉：「耀艷而深華」（〈辨騷篇〉），便是對屈原形文運用上之讚許。〔註20〕這種形文之運用是透過文辭意義之組構而來，和情文乃至作品內容都有極密切的關聯，劉勰主要在〈物色篇〉及〈誇飾篇〉之一部分予以討論。

（3）聲　文

「聲文，五音是也。……五音比而成《韶》、《夏》。」同樣地，這裡也是以音樂之構成方式類比於文學之音韻。當五音（宮、商、角、徵、羽），透過「比」——某種特殊的排比、組合，便形成動聽的音樂；類比於文學之聲文，當各個字詞的音韻透過某種特殊的組合、形構，便構成一篇作品動人的聲響效果，這也便是以「宮商為聲氣」之宮商。更具體地說，聲文便是指作者透過對文字語音的特殊運用，使讀者透過作品語音而獲得在：押韻、韻律結構、節奏、音調及語氣等聲響上之美感效果。這種聲文的運用，也是文采之一，劉勰主要在〈聲律篇〉及〈章句篇〉（之一部分）予以討論。

透過以上的探討，可以發現，雖然形式與內容屬於作品之兩大範疇，但我們對其區分和具體意涵之確立，及對上述三種文采之區分和描述，主要是返溯於創作者的立場而立論的，這應該是較符合劉勰原意的論法。〔註21〕

〔註19〕李澤厚、劉綱紀亦主張劉勰所言的情文、形文、聲文間有密切的關係，《中國美學史》第二卷，頁873～877。

〔註20〕王金凌透過《文心雕龍》章句訓詁之整理，亦指出文質之「文」的意涵之一是作品所產生的視覺美，此例句即取自其書，見所著《文心雕龍文論術語析論》，頁180，華正書局，民國76年6月。

〔註21〕《文心雕龍》基本上是本論創作方法的書，故大部分言論皆針對作者而立。若作品分析部分，亦採「脈絡主義（contextualism）」觀點而返溯作者之創作歷程和方法，而不同於「形式主義」之分析法，詳見下一章。

（二）文質——語言形式之審美判斷

> 墨翟、隨巢，意顯而語質。（〈諸子篇〉）
>
> 夫三皇辭質，心絕於道華；帝世始文，言貴於敷奏。（〈養氣篇〉）
>
> 故淳言以比澆辭，文質懸乎千載。（〈養氣篇〉）
>
> 故知君子常言，未嘗質也。（〈情采篇〉）

上述之文質顯然並非意指形式與內容，而是對作品語言形式之審美判斷，文質是兩個對立的抽象觀念：華美與質樸。「三皇辭質」指的是其語辭「質樸」而不華美，故心絕於道華；「帝世始文」指的是其文辭「華美」而不質樸，故言貴於敷奏。同樣，「文質懸乎千載」指的是文辭之華美與質樸雖千載而可知。

（三）文質——時代文風之審美價值判斷

> 斟酌乎質文之間，而櫽括乎雅俗之際，可與言通變矣！（〈通變篇〉）
>
> 時運交移，質文代變，古今情理，如可言乎？……（讚曰：）質文沿時，崇替在選。（〈時序篇〉）
>
> 黃歌斷竹，質之至也，……虞歌卿雲，則文於唐時。（〈通變篇〉）

上所列舉之質、文，顯然也不是指內容與形式，如同第二層次，這裡的質文也是兩個相對立而作為一種審美判斷之抽象概念：質樸與華美，但並非純就語言形式，而是對整個時代文風之演變或文學發展之現象所予以的「審美價值判斷」，這種判斷是從整個時代作品整體所呈現的風格形貌而來的，同時，整體判斷基礎又在於個別作家或作品文體之或質或文，〔註22〕「質文代變」、「質文沿時」即指文風上質文之發展和演變（劉勰認為這有某種規律可尋），劉勰主要把它放在〈通變篇〉、〈時序篇〉加以討論。

以上我們討論了文學範疇中文質三層次之意涵：（1）形式與內容。（2）語言形式之審美判斷。（3）時代文風之審美價值判斷。其中，最基要的是第一層，它是整部《文心雕龍》理論系統之核心概念。第二層則將第一層之形式部分抽離出來，另立一個審美判斷之範疇：專論語言形式。第三層則是統合了第一層之形式與內容，再立另一審美價值判斷之範疇：專論作品之整體

〔註22〕徐復觀〈文心雕龍的文體論〉一文，亦認為文體有質文之不同，見《中國文學論集》，頁18。

風格形貌，但和第二層也有極密切的關聯，因爲一時代文風中，最易察覺的即是其語言形式上的問題。當我們說某一時代文風上重文時，其作品之語言形式必也重文；反之，則皆重質。就某種程度而言，二、三層是可以互通的。而本書的「文質彬彬論」最主要是放在第一層的，因爲作品的形式與內容間有極複雜的關係，它所討論的範圍也可以把二、三層含攝進來，文質彬彬問題涵蓋了文學本質、作品分析，乃至整個創作問題。下一章我們將先討論文質關係。

第二章　劉勰論文質關係

第一節　文質之區分

一、文質區分之理論根源

　　雖然前文我們曾站在作者之立場，以情理事物指稱內容，以情文、形文、聲文指稱形式，但是，若站在讀者的立場——作品是否能夠有形式與內容之區分？再者，若能，是在那種意義（角度）下的區分？其各自涵括的範圍（素材）又是什麼？

　　極端如俄國形式主義者，便根本反對形式與內容這種舊有的二分法，拒絕把任何內容從作品中抽離出來單獨討論，把作品化約爲「語言的建構」——一種嶄新形式之建構的問題。〔註1〕韋立克（R. Wellek）基本上也反對舊有的形式與內容之區分，認爲二者之界限永無法劃分清楚而代之以材料（materials）與結構之二分法。〔註2〕若果，似乎本書之探討即須就此棄置，實則不然。

　　首先，當我們面對一文學作品時，可以區分兩種態度：

　　（1）直接就作品文辭之意義及結構關係加以考察，而不涉及文本（text）之外的因素，諸如作者之人格、創作經驗，歷史條件等。（2）從作品文辭及

〔註1〕 這方面的理論參見 Douwe Fokkema 及 Elrud Ibsch〈俄國形式主義文學理論述評〉一文，鄭樹森譯，收錄於《結構主義的理論與實踐》一書。黎明，民國69年3月初版。

〔註2〕 見韋立克（R. Wellek）《文學理論》一書，頁199～200，梁伯傑譯，大林出版社。

結構關係，追溯作者之創作經驗及其創作時之心靈特質。前述俄國形式主義及韋立克之方式，即屬第一種，在這種方式下，最基本的工作即是分析作品之各構成要素，形成一種結構分析的方法。若純從結構分析看，殷格登（Roman Ingarden）提供了和劉勰頗爲頗似的觀點。

殷氏認爲文學作品是一有機的結構，它的統一精確地奠基於其個別層疊（Individual strata）之獨特特徵。這些個別層疊之多樣性內容及其角色之功能，使整個作品在形構上是「非單一的」，且其本質上有一「多音和諧」（polyphonic）之特質。因此，他把一作品整體分析爲四個層疊：（1）語言的聲調形成。（2）各種次序的辭義單元（meaning units of variousorders）。（3）多重的圖示化之風貌（manifold schematitized aspects）及其延伸和連貫。（4）表現出的事象（represented objectivies）及其變化。〔註3〕

這四個層疊，可對照於前引〈附會篇〉之論作品結構：「以情志爲神明，事義爲骨鯁，辭采爲肌膚，宮商爲聲氣。」

（1）以宮商爲聲氣之「宮商」，即：語言的聲調形成。（2）以辭采爲肌膚之「辭采」，是對語辭意義之特殊構作而來，即：各種次序的辭義單元。此二者可劃歸爲作品形式部分，它們基本上是關係到文辭之運用技巧、形式問題。（3）以情志爲神明之「情志」，當它透過創作心靈表現爲作品時，便呈顯爲作品中眾多的特質——如風、骨、文氣等，即：多重的圖示化之風貌及其延伸和連貫。（4）以事義爲骨鯁之「事義」，本爲客觀存在之事象（事、物、理），當透過作者之創作活動即呈顯爲作品中被表現出之理、事、物，事象複雜，變化多端，即：表現出之事象及其變化。後兩項可劃歸爲內容部分。然而，當我們以形式與內容區分上述四層疊時，是站在劉勰的立場加以區分的。殷氏雖然在《文學藝術作品》（*The Literary Work of Art*）一書中以大部分的篇幅說明上述四層疊，但是他並未以形式與內容來區分，基本上他是把它當作文學作品之普遍與必要的條件來加以處理。同時，殷氏也把作者人格、創作經驗及心理等因素排除於作品的結構探討行列之外，純就作爲美感的對象之作品本身加以分析，因此，作者和作品之間形成一「異質」（heterogeneity）之關係。〔註4〕

〔註3〕 見 Roman Ingarden, *The Literary Work of Art,* tran by G. Grabowicz,（Illinois: Northwestern University Press, 1973），P.30

〔註4〕 同上，P.20。

　　前一章中我們以形文、聲文、情文來指稱形式並與內容區分，若從這種孤立作品本身的觀點看，實則在作品整體之美感價值上，形式與內容並沒有清楚的界限可加以劃分，它們毋寧是一作品整體美學效果之二大側面。聲文（作品的聲響效果）本來是構成作品美感效果之一部分，但聲文之美學效果也不純然只是一音樂性的效果，以詩歌為例，其押韻、節奏、音調等音韻形式皆是配合著這首詩之特性，且深入地被組織於該詩之整體效果：「是以聲畫妍蚩，寄在吟詠，滋味流於字句。」（〈聲律篇〉）這種「滋味流於字句」的聲響效果，更是加深了作品整體美學上「情感七始、化動八風」之效果，其與內容之間難以清楚區分。情文（辭采、表現技巧）之運用是透過對語辭意義之特殊組構，使得文辭意義不是平白之陳述、鋪敘，而能表現某種具有高度藝術效果，且感動人心，搖人情性的思想情感，可以說，情文之效果也是作品的靈魂之一，與內容難以區分（形文亦然）。總之，若只孤立地從作為審美對象的作品本身看，形式與內容之界限是難以區分的，這也是前述俄國形式主義及韋立克對形式與內容區分質疑之處，他們採取前述第一種觀點：孤立地看作品本身。

　　然而，劉勰採取第二種觀點。面對作品他區分了兩種批評的態度：（1）客觀的分析。（2）主觀的鑑賞。他指出，面對作品時首先須要客觀地分析全篇之結構，並追溯作者的創作方法：「是以將閱文情，先標六觀：一觀位體，二觀置辭，三觀通變，四觀奇正，五觀事義，六觀宮商。」（〈知音篇〉）。由這分析看，二、四、六項可劃歸為形式運用之部分，一、五項則內容上之安排、建構，第三項通變則為統括文辭氣力（形式與內容）之創新求變。此處，作品文質之區分顯然是讀者以客觀分析的態度追溯作者之創作歷程及方法而來。這種客觀分析是了解作品文質結構之必要手段，且為作品鑑賞之基礎，但並不直接對作品之美感價值「發言」。〔註5〕因為，劉勰所謂的主觀的鑑賞是就作品被視為一文質統合後之整體形貌、風格（文體），而整全地品鑑之：「夫綴文者情動而辭發，觀文者披文以入情，沿波討源，雖幽必顯。世遠莫見其面，覘文輒見其心。」（〈知音篇〉）披文以入情之「文」即是一整全之文體形貌，此時，品鑑之重心在通過作品整體之文體風格形貌而追溯作者之心

〔註5〕　J. Solnitz 論及作品形式與內容之區分及分析時，亦認為此為不可避免之事，但須對作品保持「緘默」（dumb）——意指不對作品之美感價值發言，因為這種分析只是基礎，並不直接有助於作品美感之鑑賞。見所著：*Aesthetics and philosophy of Art Criticism*（Massachusetts: Cambridge Press, 1960），P216。

靈特質及情志，而不在文質之區分。

要之，劉勰對作品形式與內容之區分是由讀者透過客觀之分析而返溯於創作者之創作歷程及方法而來的，或者直接站在作者的立場而討論創作中內容之建構及形式之運用，這也是《文心雕龍》討論文質問題之基點。

二、文質之特質

當我們已從作品整體結構上劃定文質之界限，緊接著的問題便是：在劉勰心目中，肯定文質之能被區分後，二者各應該有何特質？這些特質的探討，將有助於我們更深刻地面對文質問題，也是下文即將討論的文質關係問題之基礎。

就質來說，可統括為情理兩大項，劉勰的一貫主張是，把二者統一起來：

> 夫情動而言行，理發而文見，蓋沿隱以至顯，因內而符外者也。（〈體性篇〉）

> 情理設位，文采行乎其中。（〈鎔裁篇〉）

> 其控引情理，送迎際會。（〈章句篇〉）

> 巨細或殊，情理同致，總歸詩囿。（〈明詩篇〉）

> 山川無極，情理實勞。（〈辨騷篇〉）

從上文所引，可見劉勰時常是情理並舉。情理的統一可以從兩個層面加以討論。首先，從作者的觀點看，除了作者內具的情理為主觀材料，他面對的是理、事、物等客觀材料，這些都是有待於作者加以選取、表現的材料（質）。當然，在取材上，他必須「因情以立體」（〈定勢篇〉），亦即考慮材料之性質而選擇適當的體裁（文類），這是，材料或偏情，或偏理，體裁亦因之而異（如詩或論說）。以詩為例，劉勰認為詩的創作歷程是：「人稟七情，應物斯感，感物吟志，莫非自然。」（〈明詩篇〉），詩以「感物」為起點，然而，創作活動中必然也有「知性」的成分，也就是抒發情感中畢竟有「思想」的成分（只是思想不直說而隱含在情感中），否則如何能吟「志」——志總是情理之統一體。反之，論說是以明理為主：「乃百慮之筌蹄，萬事之權衡也。」（〈論說篇〉）然而，就其創作歷程而言，必然也有某種「情志」或「動機」——也算一種情，激發他起立論之心，否則如何能「唯君子能通天下之志，安可曲論哉？」（〈論說篇〉）通天下之「志」，除理之外，也要情之會通。

　　其次，站在讀者的觀點，從作品的美學效果看，縱使是首抒情詩，我們很難想像讀者從一首詩中只獲得某種情感之感應，而完全沒有半點知性之活動。至少，在閱讀詩的文句時，便須有知性的回應，否則，我們所面對的可能只是一堆雜亂的囈語，更何況，詩中總富有言外之「意」──總是情理兼至的。所以劉勰會說：「巨細或殊，情理同致，總歸詩囿。」（〈明詩篇〉）。同樣，讀者面對論說文，除理之外，必也有或多或少的情感感應，始能「通天下之志」。

　　要之，劉勰論質最主要的特點便是情理並舉，情理統一。這種情理的統一落在作者主觀層面上，便是情性之並稱。〔註6〕

　　至於「文」（文采、形式），前文將它區分爲情文（辭采）、形文（對偶及視覺意象）及聲文（宮商），可統括爲「表現性的形式」，它有幾個特質：

　　（一）文采是一具「審美價值」（aesthetic value）的藝術性的形式：從語源學的觀點看，文或文采本身即含有某種審美的意涵。〔註7〕當我們以「形式」一詞來指稱劉勰文質概念之「文」時，便必須釐清所用形式一詞之意涵是否相應於劉勰之「文」。在西方美學中，形式是個多義乃至含混的語彙，而各個美學家也有其各自的定義。〔註8〕以當代西方美學界經典性作者之一的畢士利（C. Beardsley）爲例，他即定義文學的形式爲：「內在於作品中之語言上或行爲世界（world of action）之關係」。〔註9〕畢氏的定義自有其文化背景及考慮的著眼點，基本上他所謂的形式指的是作品本身語辭及語義所指涉的行爲世界中，其內在所形成的一種結構性關係，所以他稱之爲作品本身「展開的側面」（discoverable feature），〔註10〕相當於一般所謂的「結構性形式」。然而，這種形式並不相應於劉勰之「文采」概念。〔註11〕

〔註6〕　情與性之並稱至少肯定了情在文學中之正面意義，這種並稱始於六朝時代。相關研究參見：陳昌明《六朝緣情觀念研究》第二章〈先秦至六朝性情的探討〉，台大中研所碩士論文，76 年 5 月。

〔註7〕　參見劉若愚著，杜國清譯《中國文學理論》，頁 9～12，聯經，民國 70 年 9 月。

〔註8〕　W. Tatarkiewicz 即依西方美學史之發展將「形式」（form）一詞區分爲五種意涵。見其所著《西方六大美學理念史》，第七章，頁 263。劉文潭譯，聯經 78 年 10 月。

〔註9〕　見 C. Beardsley, Aesthetics: *Problems in the Philosophy of Criticism*（New York: H.B. & W. Press, 1958），P22。

〔註10〕　同上，PP220～221。

〔註11〕　例如，紀秋郎即混淆了這種區分，而把文質之「文」區分爲三種，其中一種

　　當我們說文采是表現性形式時，內在於《文心雕龍》的系統說，是區分了另外兩層通稱的「形式」：（1）體裁形式。（2）結構性形式。前者即是「文類區分」之形式，每一種體裁（如詩或賦等）皆因歷史發展之結果而形成一大家共同遵循的標準格式（一規範性的形式）。後者則類似於畢士利之形式概念，是在體裁的基礎上，對於作品立意、佈局章法之通盤考慮。〔註12〕文采之運用須以前兩種形式為基礎，但是他的主要功能在於更細膩、深入地表現情理（尤其是情感），其目的在增潤作品之美感效果，和前兩種形式在功能、目的上有本質性的差異。

　　　（二）文采之運用是整個藝術直觀能力（劉勰稱之為「神思」）之一環，它更存在於整個作品脈絡系統之中。〔註13〕在〈情采篇〉中，劉勰以類比的方式說：「若乃綜述性靈，敷寫器象，鏤心鳥跡之中，織辭魚網之上：其為彪炳，縟彩名矣。」類比於文學，前二項屬於內容之構思，後二則則為文辭之敷寫，整個過程正是藝術直觀歷程中之三個階段：思、意、言〔註14〕之完成。作者透過言（文辭）之建構而表現情理，文采便在文辭之使用中而呈現，但是，並不能說作品文辭本身就是文采：〔註15〕「其為彪炳，縟彩名矣。」文辭之所以能光彩四射，是華麗的文采「使」之（名矣）。更確切地說，文采存在於整個作品脈絡之中的意涵是：對作者來說文采之運用是整個藝術直觀歷程之一環（故文采存在於其心靈之運作中）；讀者則透過作品文辭之形、音、義以追溯作者之創作經驗而感受到文辭之美感效果（文采亦存於讀者心靈之鑑賞活動中），因此，它的產生是由作者、作品及讀者三者之間所構成的脈絡系統所形成的。

第二節　文學作品文質應有之合理關係

　　在〈情采篇〉中，劉勰透過以自然物為類比，對文質關係提出一種說明：

　　　為 organic form（相當於畢氏之形式概念）。見其所著 *A Comparative Approach To Liu Hsieh's Literary Theory*, P82，台大外研所博士論文。文鶴出版公司，民國 67 年 9 月初版。
〔註12〕〈鎔裁〉、〈附會〉、〈章句〉等篇所探討的即屬這種結構性形式。
〔註13〕有關文采之運用與神思之關係，將在第三章另予討論。
〔註14〕思、意、言關係之探討亦詳見第三章。
〔註15〕劉勰是把整個作品本身視為一「文體」概念加以探討，徐復觀先生對此有精深之研究。參見所著《中國文學論集》，學生書局，民國 79 年 3 月。

　　　　夫水性虛而淪漪結，木體實而花萼振：文附質也。虎豹無文，則鞹

　　　　同犬羊；犀兕有皮，而色資丹漆：質待文也。

透過以上的類比，就作品文質關係而言，劉勰並非中性地描述，而是想提供

──「規範性」（normative）的理論說明。（1）質待文：由質「待」文看，此

處質當指創作中尚未經形式潤飾的內容：情、理、事、物，這些都有待於形

式之文飾，因此，一件具有審美價值的作品不應只是情理直接、粗糙的呈現，

形式之運用是造成作品富審美價值之重要因素，在一作品中，質文應並重。（2）

文附質：由文「附於」質看，作品中形式之運用也不應是毫無節制、隨意濫

加的，而應該「附」──配合著內容，因情理以立形式，亦即，有怎樣的內

容才運用怎樣的形式，二者形成一「互動而生」之關係，由此，亦引申出第

三個意涵──先質後文。（3）先質後文：作品美感價值，質為最基要的（先），

文則次之（後），因此，作品中文質之創作也應有一先後之次序，情理足而後

考慮文采之使用，若反之而行，則形成文質關係之脫落──文不附於質，以

下分別詳論。

一、質待文

　　文質關係中的「質待文」概念，若從實際的創作歷程看，關涉到從質之

建構到文采之運用：「情理設位，文采行乎其中」（〈鎔裁篇〉）間諸如體裁、

風格、命意、佈局等實際的考慮。然而，此處我們要探討的是，內在於《文

心雕龍》系統中，由前述脈絡主義（contextualism）的觀點檢視作品的美學效

果，質「待」文──這種質與文的對應關係有何特殊意義？其次，這種對應

關係衍生了那些值得再細究的問題？這方面，我們將嘗試引進西方美學家蘇

姍‧蘭格（Susanne. K Langer）有關《情感與形式》（Feeling and Form）之藝

術理論，來輔助我們展開《文心雕龍》中這問題的探討。〔註16〕

　　首先，蘭格對藝術所下的定義是：「藝術是創造那能象徵人類情感的形

式。」（Art is the creation of form symbolic of human feeling）。〔註17〕這裡所

謂的形式，是一種藝術的形式，蘭格區分了兩種不同的形式：（1）邏輯形式

〔註16〕這種輔助地展開劉勰的質待文概念是透過與蘭格理論異同之「對比」而來，

　　　　並非意謂著可引用蘭格以釋劉勰。

〔註17〕蘭格認為這個定義具有共通地普遍性而適用於一切藝術。見所著 Feeling and

　　　　Form（New York: C.S.S. Press, 1953），P40。

（logical form）（2）有意義的形式（significant form），又稱表現性的形式（expressive form）。這兩種形式分別對應於兩種符號而被表達出：思辯性符號（discoursive symbol）與呈現性符號（presentational symbol）。〔註18〕前者，邏輯形式即以思辯性符號抽象地反省理性成素的方式，可用以傳達人們經驗中的理性思想，它可以成為作品的內容，但藝術品的美學效果卻不由此而生。〔註19〕

在蘭格看來，藝術經驗最主要的為「主體層面」（subjective aspect）之情感，是生命的內在之網，由主體真際（reality）中不可區分的成素所構成——人類存有之內在生命。這種經驗和前述由一般語言形構成的邏輯形式所傳達的思辯理性經驗相違抗，因此，非後者（邏輯形式）所能傳達，必須透過「象徵性的呈現」（symbolic presentation）——隱喻（metaphor）〔註20〕之形式來表達，藝術品即透過這種呈現性符號之運用傳達主體觀照所得之藝術情感——感覺生命之投射於時空、藝術結構中，形成一「情感之形式」（form of feeling），而由作者所攝取，〔註21〕因此，藝術品之形式並非從作品中抽離出來，而是為一作品整體美學效果之形式，蘭格稱之為「有意義的形式」或「表現性的形式」，整個藝術品便被視為一整體呈現的有意義的形式，其最主要功能是表現人類情感。

我們再將蘭格之表現性形式對照於劉勰之「質待文」概念，則有兩大共通點：（1）二人皆區分了表現性形式（在劉勰則為文采）與邏輯形式（在劉勰則為以事義內容所形成的「文骨」）。（2）二者皆把表現性形式視為傳達作者內在生命情感的方式，與作品內容有密切關係。但是，相對地，同中仍有重大的差異：

第一、劉勰並不否認思辯性的邏輯形式在作品內容中的藝術效果。在〈風骨篇〉中劉勰指出：「結言端直，則文骨成焉；意氣駿爽，則文風清焉！」「結

〔註18〕見蘭格 Expressive and Symbolismy 一文（見其 *Problems of Art* 一書），轉引自 M Rader: *A Mordern Book of Aesthetics*（New York: H.R.W. Press, 1979），P241。

〔註19〕蘭格又區分「藝術符號」（art symbol）與「藝術中的符號」（symbol inart），思辯性符號可存在於後者，透過語言之解釋而形成。見同上，P246。

〔註20〕其 metaphor 概念類似中國「言已盡而意有餘」之說法，是呈現性符號之主要功能。同上，頁245。

〔註21〕「藝術是種呈現性的符號，當它的形式結構與某種情感的形式結構相同時，即可象徵該情感」參見劉昌元對蘭格之解釋。見所著《西方美學導論》第十二章，頁190，聯經，民國75年8月初版。

言端直」指作品中以嚴格端正的邏輯形式表達明確的思想（事義），能符合這種要求即有「文骨」（以事義為骨髓）；意氣駿爽指作品中經深刻體驗後所表現的情感明快、活潑生動，能符合這種要求便使作品具高度藝術感染力——文風清焉。所以：「故練於骨者，析辭必精；深乎風者，述情必顯。」（〈風骨篇〉）。蘭格雖然承認作品內容中可以有思辯性的邏輯形式之存在，如前所述，卻否認它能具有藝術效果，只標舉作者「情感之形式」作為藝術內容而承認其藝術效果；相較之下，劉勰對藝術內容則要求情理統一，使對作品中邏輯形式之要求（骨）和對作品中情感的要求（風）結合起來，風骨既相對待又相互結合、滲染，〔註22〕使作品中的風骨成為作品藝術效果之主要源動力。

　　第二、蘭格把藝術看成情感的符號，就是把整個藝術品視為整個「呈現性符號」（即表現性形式），而表現性形式與其所象徵的「情感之形式」之間是難以分割的，亦即作品的形式與內容（情感）之間無法區分；相較之下，劉勰「質待文」概念中之文（文采），雖亦具表現性功能（質待文），但並未把整個作品視為一整體的表現性形式，質與文間的區分仍清晰可見：「若風骨乏采，則鷙集翰林；采乏風骨，則雉竄文囿。唯藻耀而高翔，固文章之鳴鳳也。」（〈風骨篇〉）。風骨，是對作品之質（內容）情理之要求，二者皆非文采，「風骨乏采」即指作品具內容之力而無文采（表現性形式）之美；反之，則為「采乏風骨」。可見，內容之力與形式之美仍清晰可分。因此，對蘭格來說，表現性形式之構作便是整個藝術直觀歷程之全部，劉勰則先質後文：「夫情理設位，文采行乎其中矣。」文采之構作為藝術直觀歷程之一環。

　　通過以上的比較分析，劉勰的「質待文」概念已逐漸明朗，我們可以試著回答上文所提的兩個問題：

　　第一，在質與文之對應關係中，如上所述作品對質的要求是要有風骨，然而作品有風骨並不等於有文采，有文采也未必有風骨。亦即，在質——風骨，文——文采之間，仍存在著一道鴻溝。對劉勰來說，這道鴻溝須由質文間之互動關係中，予以有機地統合，這是《文心雕龍》系統中之重要工作，我們將在其他篇章中繼續探討。

　　第二，當作者統合了質文之對待，作品既有風骨又有文采時——文質彬彬：「然則聖文之雅麗，固銜華而佩實者也。」（〈徵聖篇〉），即是《文心雕龍》

────────────────

〔註22〕此處風骨概念參見徐復觀，《中國文學論集》，頁 317：「情可以形成風，情也可以形成骨。」

中「文體概念之終極理想」。質待文之終極理想便是朝文質彬彬的完美文體而努力。

二、文附質

從作品之整體結構上看來,「文附質」概念是對作品結構關係的一種要求。但內在於《文心雕龍》系統而論,這種關係探討之起點卻又由創作之規範原理開始。因此,此處我們要探究的是,文采之運用與內容間應有何種規範性關係?

文采之運用,如形文,本在狀物寫象以提供「視覺意象」,但更重要的是在表明情思。而在創作歷程中,情思與外物間又有複雜的互動關係(神與物遊間之情物關係),因此,文采便與這種情物交融之關係模式形成某種對應的關係,亦由此而表達情思。〔註 23〕所以,首先要考慮的是,每一類作品中情思的性質。

> 夫情致異區,文變殊術,莫不因情立體,即體成勢也。勢者,乘利
> 而為制也,如機發矢直,澗曲湍回,自然之趣也。(〈定勢篇〉)

情致異區即指每一類作品所要求的情理性質之不同,文術之使用亦因之而異。故須因情而立「體」——體要,〔註 24〕進而即體要而成體勢,體勢指的是順著體要之規範性去創作,在內容定體後與文采之運用間所形成的一種趨勢——文藝(文體之勢),這種文勢是「自然地」形成的,也就是,文附質中之「附」不是一種生硬僵化的附,它應該以「自然之趣」為其關係之判準。同時,文采之運用固須視情理之須要而定,反過來,文采又影響了作品之內容,質與文間便自然地形成一種「互動而生」的關係,創作時質文之建構便必須在這種關係中加以考慮:

> 是以繪事圖色,文辭盡情,色糅而犬馬殊形,情交而雅俗異勢,鎔
> 範所擬,各有司匠,雖無嚴郭,難得踰越。(〈定勢篇〉)

這種「互動而生」的關係劉勰認為是「唯無嚴郭,難得踰越。」文采之使用

〔註23〕此處之論述參見劉永濟《文心雕龍校釋・情采篇》,頁 23,正中,民國 71 年 3 月台三版。

〔註24〕體要指的是對文體規範性及語言表現要則上之要求,是順著每一類體裁之理想 性要求(如五言語重清麗),而使文采之使用皆順此要求而表現,即不失體要。 參見顏崑陽〈論文心雕龍辯證性的文體架構〉一文,收錄於《文心雕龍綜論》 一書,頁 93ff,中國古典文學研究會編,學生書局,民國 77 年 5 月初版。

雖無定格，卻不能超越此原則——文勢。所以，只有全盤考慮文體中之各種
因素，把文采之運用放進這種整體之關係中：

> 然淵乎文者，並總群勢，奇正雖反，必兼解以俱通；剛柔雖殊，必
> 隨時而適用。若愛典而惡華，則兼通之理偏；……若雅、鄭而共篇，
> 則總一之勢離。（〈定勢篇〉）

「總群勢」即就整體文勢而加以統括；「奇正」指的是文勢之新奇或典正，它
是透過文辭之使用而顯現出來的。「文反正爲乏，辭反正爲奇。效奇之法，必
顛倒文句，上字而抑下，……則新色耳。」（〈定勢篇〉）「奇」指的是在文辭
構造上從事純技巧性的經營；「正」則指依常言而造辭。此相當於第二層次上
語言形式之文質問題。「剛柔」則指文風之陽剛（有骨）或陰柔（有風），它
是通過文體風格而被顯現出來的，此相當於第三層次上文風之文質問題。此
處，劉勰要說明的是，只要能符合整體之文勢，文采上之奇正（語言形式之
文質）必能兼解以俱通——文質附乎性情（〈情采篇〉）；文體風格之剛柔則須
隨時而適用——斟酌乎質文之間、雅俗之際而言通變。

　　這兩層問題（奇正與剛柔），基本上還是要回到第一層次的文質彬彬（形
式與內容）所構成的文體上加以解決，就內容而言：「是以括囊雜體，功在詮
別」（〈定勢篇〉），統括雜體即順體裁、體要而形成體勢，經過這種詮別，則
內容定體，文體風格或剛或柔能隨時而變，不致典雅和浮靡（雅、鄭）「湊合」
在同一篇當中；如此，文采之運用亦能「宮商朱紫，隨勢各配」（〈定勢篇〉），
語言形式上不一定奇（文）便不好，正（質）便是好，若依性情而發，符合
文勢，則正固可取，奇亦非不可取，不致於愛典而惡華，導至兼解之理偏。
如此，雖然文采與內容間之互動關係非常複雜：「契會相參，節文互雜」，若
依「文附質」之原理——符合整體文勢，則文質便各得其正位：「譬五色之錦，
各以本采爲地矣。」（〈定勢篇〉）以夸飾這一文采之運用爲例：「然飾窮其要，
則心聲鋒起，夸過其理，則名實兩乖。……使夸而有節，飾而不誣，亦可謂
之懿也。」（〈夸飾篇〉）作品文質之彬彬相融，即在於其互動關係之兩相得宜，
合乎文勢的自然之趣。

三、先質後文

　　順著文「附」質之關係，必然在理論上導衍出劉勰先質後文的概念。這
一概念可從兩個層面加以分析：（1）從作品的美感價值看，顯然劉勰認爲質

是更重要，更具本質性的要素。（2）順著這觀點，劉勰要強調的是，從創作的根源上說，內容之建構才是最根本的，文采的運用雖然也重要，卻應放在第二順位加以考慮。

就第一層面而言，劉勰指出：

> 是以聯辭結采，將欲明理；采濫辭詭，則心理愈翳。固知翠綸桂餌，
> 反所以失魚；言隱榮華，殆謂此也。（〈情采篇〉）

這裡，劉勰是從語言表意之功能及其與美感價值之關係所下的論斷。如第一章所述，三種文采中，除聲文外，形文與情文皆是直接從語義之特殊組構而來。問題是，當這種語義之組構方式運用得過於繁濫甚至詭奇時（采濫辭詭），反而會弄巧成拙地喪失其原所應有之表意功能。作品的美感價值雖然要透過語義始能被傳達，但是語言之表意功能不應該脫離與內在情志之密合，亦即，語言運用之分際應該在於「恰如其分」地傳達內在的情志。因為，劉勰體認到，作品美感價值存在之根源乃在於內在心靈更深刻的某種「意義」──情志，語言的主要功能便是傳達這種「意義」。文采固要求言之「榮華」，但當語言之表意功能脫離此分際，則是言「隱」於榮華。所以，劉勰透過類比的方式說：「夫鉛黛所以飾容，而盼倩生於淑姿；文采所以飾言，而辯麗本於情性。」（〈情采篇〉）文采當然具有某種美感價值──潤飾語言，表情達意，但作品美感價值之本質仍在於內在之情性：「心術既形，英華乃贍」（〈情采篇〉）就第二層面而言，劉勰則明白地指出：

> 故情者，文之經；辭者，理之緯。經正而後緯成，理定而後辭暢，
> 此立文之本源也。（〈情采篇〉）

以情理為經，文辭為緯，則文質孰先孰後已瞭然可知。從這種文質關係中，也可看出劉勰強烈地反「形式主義」之觀念：「諸子之徒，心非鬱陶，苟馳夸飾，鬻聲釣世，此為文而造情也。」（〈情采篇〉）苟馳夸飾是把文學視為一種純技巧上的經營，即如前文所言：「故文反正為乏，辭反正為奇」（〈定勢篇〉）之「奇」，這種為文造情，一味趨新效奇的作品所造成的結果是「淫麗而煩濫」，非但形式上失去其藝術價值，在內容更是乏善可陳：「心理愈翳」。因此，劉勰認為文學創作是在一種心靈激盪，內在情志飽滿而不得不發的情形下才開始的：「蓋《風》、《雅》之興，志思蓄憤，而吟詠情性，以諷其上，此為情而造文也。」（〈情采篇〉）。在〈體性篇〉他也指出：「夫情動而言形，理發而文見，蓋沿隱

以至顯，因內而符外者也。」〔註25〕所以，爲情造文的作品是：「要約而寫眞」
（〈情采篇〉），文采上符合體要、體勢，內容上亦抒寫情性之「眞」——內在生
命情感眞實地表現，也只有這種發自胸臆之眞的作品才眞正具有感人的效果。

　　綜合本節所述，劉勰爲作品形式與內容之關係提出三個合理之判準：「質
待文」、「文附質」、「先質後文」。我們也發現，這三個判準和第一章所論第二、
三層次的文質問題有密切關聯。因此，一件作品若不符合這三個判準而造成
文質之脫落，必然也和第二、三層次的文質問題有密切關聯。

第三節　文學作品中文質關係之脫落

一、劉勰的時代課題——文質關係之脫落

　　「文質脫落」的意涵可分從三層面加以說明：(1) 指整個時代之文風上，
或一味重文，或一味重質，不能「斟酌乎質文之間，而櫽括乎雅俗之際」（〈通
變篇〉），形成文風上之極端趨向。(2) 沿於上述文質衝突，作品或極力追求
形式之美，而無內容之創造；或只求內容之典正，而無視於形式之美的追求。
(3) 因而作品語言形式之使用或過於華麗綺靡（文），或過度質樸、端直（質）。
此三層面息息相關。劉勰認爲，齊梁時代之文質脫落實可溯源於晉代：

> 晉世群才，稍入輕綺。張左潘陸，比肩詩衢，采縟於正始，力柔於
> 建安。或析文以爲妙，或流靡以自妍，此其大略也。（〈明詩篇〉）

「稍入輕綺」，指的是文風上重文輕質。這種文風流於作品上，便是極力於形式
美或文辭上之刻劃：「或析文以爲妙」，於辭藻、對偶上下工夫；「或流靡以自妍」，
只在聲韻上費心思。因此，雖然文采上較正始繁縟，在內容上卻無建安時期之
風力，這種現象，在南朝宋初之山水詩中表現得更形嚴重。他們或只追求感官
意象之美：「情必極貌以寫物」（〈明詩篇〉），體物寫志之傳統已不復見，或只在
對偶及文辭技巧上雕琢求新奇：「儷采百字之偶，爭價一句之奇。……辭必窮力
而追新。」（〈明詩篇〉）這種只力求形式美的山水詩，已見不到：「物色盡而情
有餘」、「味飄飄而輕舉，情曄曄而更新」（〈物色篇〉）文質彬彬之體物寫志傳統。

　　在晉代，另一種現象便是質木無文的文風及作品：「江左篇制，溺乎玄
風，羞笑徇務之志，崇盛忘機之談。袁孫已下，雖各有雕采，而詞輒一揆。」

〔註25〕劉若愚先生指出此爲劉勰表現理論的論點之一。見《中國文學理論》，頁150。

（〈明詩篇〉）

由於文風尙玄，一切作品便成爲表達道家思想的工具，「詞輒一揆」是其時作品之寫照：作品喪失了其藝術價值，形式上淡而無味，內容上千篇一律。〔註26〕

這種文質之脫落，到劉勰所處之齊、梁時代，更形嚴重。具體地說，文質之脫落形成齊梁文壇上新、舊派之爭，〔註27〕新派指的是重文輕質之流派——以「永明體」及「宮體詩」爲代表；舊派則爲對新派之反動，力求復古而重質輕文。新派之永明體由沈約所創，形式上講求文章聲律之美，也著力於辭藻之刻劃；內容上則表現哀怨之情思。〔註28〕宮體詩則是更變本加厲的發展，這種詩體以艷麗的辭藻表現鄙俗之情，使文學成爲感官享受之工具。〔註29〕舊派則反對新派排斥內容之典正而追求淫麗辭藻，力主文章之實用目的。〔註30〕

劉勰雖然也不同意舊派之重質輕文，但更強烈地反對重文輕質之新派：「而去聖久遠，文體解散。辭人愛奇，言貴浮詭；飾羽尙畫，文繡鞶帨；離本彌甚，將遂訛濫。……於是搦筆和墨，乃始論文。」（〈序志篇〉）

劉勰《文心雕龍》全書立論之要旨即在破除重文輕質、離本彌甚的文風，建立文質彬彬之文論體系。

二、文質關係脫落之解決途徑

如上所述，文質關係之脫落是一整體性的問題，因此解決之道也須從文學理論上全面地加以考慮。劉勰指出：「凡精慮造文，各競新麗；多欲練辭，

〔註26〕鍾嶸《詩品‧序》中亦指出：「永嘉時，貴黃老，稍尚虛談，於時篇什，理過其辭，淡乎寡味。爰及江表（左），……皆平典似道德論，建安風力盡矣！」即這種質木無文文風之寫照。

〔註27〕此處新、舊派之區分爰引李澤厚、劉綱紀《中國美學史》第二卷，前揭書，頁698。

〔註28〕「永明體」之創立代表詩歌格律美之自覺，首先把人工所製之音律運用於文辭上，強調「四聲八病」之說，其對詩歌發展之利弊及內容，另見郭紹虞：《中國文學批評史》，頁141，文史哲，民國77年4月。

〔註29〕梁武帝在〈淨業賦〉一文中對宮體詩之寫作背景有如下之描述：「懷貪心而不厭，縱內意而身。目隨色而變易，眼逐貌而轉移。……美目清揚，巧笑娥眉，……狂心迷惑，倒想自欺。」（見《全梁文》卷一），轉引自李澤厚《中國美學史》第二卷，頁644。

〔註30〕舊派以王僧虔、斐子野爲代表，斐著〈雕蟲論〉斥新派文辭之追逐者爲雕蟲小技；新派則斥舊派爲「典正可采，酷不入情」、「了無篇什之美」。

莫肯研術。」（〈總術篇〉）。劉勰所謂的「術」有兩層意涵：一指形而上之文學本質原理。二指形而下之技藝。〔註31〕「練辭」即指後者之術：作品之修辭問題，其主要的重點仍放在文辭之運用、修飾上。所謂「莫肯研術」即指專究文辭技末而忽視文學形上原理之術。〈總術篇〉指出：「才之能通，必資曉術。自非圓鑑區域，大判條例，豈能控引情源，制勝文苑哉！」這裡所說的「圓鑑區域」、「大判條例」即是第一種形上原理之「總——之術」。更確切地說，即是一種心術——藝術心靈之涵養和鍛鍊，文術即含攝於心術之中：〔註32〕「是以執術馭篇，似善奕之窮數；棄術任心，如博塞之邀遇。」（〈總術篇〉），棄術任心即放棄心術之涵養而憑心之所發恣意為文，則只憑機運，縱使偶有佳句亦難以成篇。因此，心術、文術之運是對文學原理及創作歷程：包括內容上情理之安排、文勢之形成，乃至形式上文采運用等通盤之考慮。若術運用得宜，則作品內容上必「義味騰躍而生」（〈總術篇〉），形式上則「辭氣叢雜而至」（〈總術篇〉）。

　　由上所述，可知文質（形式與內容）彬彬的意涵並非文質間如何折衷，或孰輕孰重，乃至純粹修辭學上的問題，任何對文質彬彬論進一步的討論，絕不能只孤立地探討形式與內容之關係是什麼的問題，而必須再深究下列諸如：文學的本質（文之樞紐論）、創作歷程、心術之運用，乃至作者的才性、作品之文體、風格等問題，只有這些問題的通盤探究，我們才能完整而精確地討論文質彬彬如何可能的問題，這也是本書下一章討論的重點。

〔註31〕見劉永濟，《文心雕龍校釋‧總術篇》，頁 61。
〔註32〕同上，頁 61～62。

第三章　劉勰論文學本質和創作及其與文質之關係

　　本章所論文學本質是屬於文學本論上的問題，這一部分是創作與文質問題之根本原理，所以劉勰把它放在《文心雕龍》前五篇而為文之樞紐。其中，最關鍵性的是「原道」這一概念，它表述了文學之形上原理，為全書之總樞紐。而整個「文之樞紐論」亦與文質問題有密切關係。在創作問題上，我們主要探討的是「神思」這一概念及其所衍生的與文質有關的問題，是探究文質如何結合問題的重要關鍵。

第一節　文之樞紐論

一、道與文之關係

　　〈原道篇〉中最重要的是「道」與「文」這二個概念，一開始劉勰便說：

　　　文之為德也，大矣！與天地並生者，何哉？夫玄黃色雜，方圓體分。日月疊璧，以垂麗天之象；山川煥綺，以鋪理地之形：此蓋道之文也。仰觀吐曜，俯察含章；高卑定位，故兩儀既生矣。惟人參之，性靈所鍾，是謂三才。為五行之秀，實天地之心。心生而言立，言立而文明，自然之道也。

此處所說的道是宇宙萬物存有之總根源，亦即《易傳》中生生不已之創生實體、道體。〔註1〕道體本一，分殊而言則三：天道、地道、人道，〔註2〕日月、

〔註1〕　《文心雕龍・原道篇》「道」的意涵，歷來學者之說頗為紛紜。然從〈原道篇〉屢引《易傳》用語及全書系統看，道指《易傳》中儒家之道應為較平實之論。

山川並非道本身，但卻分別爲道之文：天道、地道之文。人獨秉性靈而爲天、地、人三才之一，故人道（立人之道）即性靈本身。言並非道本身，卻因是人性靈所發而爲人道之自然顯示（亦爲道之文）：「心生而言立，言立而文明，自然之道也。」此處天道、地道、人道之「文」並非一般意義下的文學或人文，它毋寧是創生不已的道體自然顯發而出的一種「形式」或「樣態」，是一種形上意義的文，文本身不是道，但透過文，卻可觀道體生生之化而明道。

在論述形上意義之「文」後，劉勰緊接著指出：自然界萬物本身也見有某種文：

> 旁及萬品，動植皆文。龍鳳以藻繪呈瑞，虎豹以炳蔚凝姿。雲霞雕色，
> 有逾畫工之妙；草木賁華，無待錦匠之奇：夫豈外飾，蓋自然耳。……
> 夫以無識之物，鬱然有彩，有心之器，其無文歟？（〈原道篇〉）

此處之文則是具體地落實到自然萬物本身所顯現的某種文彩或文飾。在劉勰看來，萬物之文彩即自然而然地顯現，絕非出於任何造作，由此，他在自然界之文與人之文間作了一個類比：人之有「文」亦如自然界之文般，是自自然然而有的：「夫以無識之物，鬱然有彩，有心之器，其無文歟？」相較於自然萬物之文，此處有心之器之文指的乃是一種廣義的文：人文或文學，乃至任何具有審美價值之製作品或事物，〔註3〕在劉勰看來，這種廣義的文乃是道體透過人而顯現，或說是人體道後自然的顯現，相較於第一層形上意義的道之文，此處乃屬於第二層的道之文。

劉勰接著指出：整個人文世界乃是聖人透過《易》象以幽讚神明（道體），而肇出：「而乾、坤兩位，獨制《文言》。言之文也，天地之心哉！」（〈原道篇〉）此處之乾坤係承前言天道（乾、健）、地道（坤、順），聖人有見天地之道而獨制《文言》。劉勰把《易經》中單獨解釋乾坤兩卦的《文言》視爲聖人之道（人道）的直接顯示，提昇爲第一層次的道之文；所以，聖人經由這種道之文所化成的人文世界（言之文也），同樣是天地之心，亦即人文世界也是道體透過聖人所顯現的第二層次之文。〔註4〕而傳說中的《河圖》、《洛書》，

〔註2〕 《易·說卦》：「是以立天之道曰陰與陽，立地之道曰柔與剛，立人之道曰仁與義。」則天、地、人三才之道總歸道體爲一。

〔註3〕 「有心之器，其無文歟？」之「文」，亦可泛指一種創造人文或文學的能力或文才。

〔註4〕 借用牟宗三先生的用語來分判，本書所謂第一層形上意義的道之文即「非分別說」之文；第二層次的人文或文學，即「分別說」之文。參見《中國哲學十九講》第

聖人之所以能藉其所浮現的各式圖樣、文字以化成人文世界，自然也是因道體之顯現而來：「誰其尸之，亦神理而已。」（〈原道篇〉）

根據同樣的理由，劉勰追溯人文世界中文字的起源及文學的演變，認爲文學作品之本源乃是聖人（孔子）體道有得（雕琢情性）而透過文字（組織辭令）來「寫天地之輝光，曉生民之耳目矣。」〔註5〕這種作爲一切文學作品之本源及典範的，正是劉勰所認爲爲孔子刪述的《六經》，《六經》是聖人之道的具體顯示。在這意義下，一切文學作品也應當要顯現作者所體會之道，而使讀者也能「明道」。因此，一個文學創作者，他首要的工作並不在技巧的研究或形式美之追逐，而在於能先明道：

> 爰自風姓，暨於孔氏，玄聖創典，素王述訓：莫不原道心以敷章，
> 研神理而設教。（〈原道篇〉）

「道心」與「神理」正是道體的別稱。道是一既超越又內在的實有體，從客觀義看，它既存於天地間，從主觀義看他存於內在心靈中；既顯現於《易》象中，也顯現於整個人文世界中。要之，道顯現於前述二層次之文中，所以明道的工作是從道之文入手：「取象乎河洛，問數乎蓍龜，觀天文以極變，察人文以成化。」明道之後，始能「經緯區宇，彌綸彝憲，發揮事業，彪炳辭義。」（〈原道篇〉），「彪炳辭義」即指具體的文學創作。因此，劉勰並不孤立地看待文學，而是把它放在整個人文世界中加以考察：一方面文學是整個人文世界中之一環，而人文世界是道透過聖人而顯現，因此，文學也是作者（聖人）明道後之顯現，文學也是道之文；另一方面，由於文學作品承載了道，表現了作者所體會之道，當讀者領受了作品，亦足以明道，故作品又反過來化成整個人文世界：

> 故知道沿聖以垂文，聖因文而明道，旁通而無滯，日用而不匱。《易》
> 曰：「鼓天下之動者，存乎辭。」辭所以能鼓天下者，乃道之文也。
> （〈原道篇〉）

此處辭本指《易經》之爻辭，劉勰借《易經》之言來說明「文辭」所產生的巨大作用，實亦指文學作品能鼓天下之動，原因在於文學作品是道之文。但是，更進一步的問題是，何以聖人能因「文」而明道？聖人明「道」之後，又如何地沿聖以垂文？道又爲何能「旁通而無滯，日用而不匱」？在理論上，劉勰並

十六講〈分別說與非分別說以及表達圓教之模式〉。學生書局，民國75年10月。

〔註5〕　此處雕琢情性可有兩層意涵：（一）指道德上之涵養，（二）指藝術心靈之培
養。劉勰未曾混淆這兩層意涵。

未直接處理這些問題，但是，如果從《文心雕龍》系統（尤其是文之樞紐論）看，似乎可以爲劉勰找到另一個線索爲之證立。更進一步看，劉勰說：「道心惟微，神理設教。光采玄聖，炳耀仁孝。龍圖獻體，龜書呈貌。天文斯觀，民胥以效。」（〈原道篇〉）。而這個線索便是康德（I. Kant）的「道德象徵論」。

簡言之，康德認爲美是道德善之象徵（Symbol），因爲某些理性的理念（如道、上帝等），在經驗世界中並沒有相應的感性直覺之呈現（hypotyposis）與之相符應，但是，我們可以透過「類比」的方式使之「間接地」呈現，亦即，如果這個被用來作類比之物是一個美的對象，則在我們的審美判斷中，必然有某些成分與道德判斷有可以類比之處，透過這個類比，可使我們的思維和反省導向某種道德理念。〔註6〕

在劉勰看來，儒家之道是一切道德價值最深遠幽微之總根源（道心惟微）。聖人之能體道有得，乃在於透過道德象徵的方式，對天文（龍圖獻體，龜書呈貌）之直接觀察，從而獲得某種道德理念；所謂的「神理設教」，便是聖人再透過道德象徵的方式，創制光采的文章，將其道德理念加以呈現——炳耀仁孝。一般民眾則「民胥以效」，又從聖人光采的文章中，以道德象徵的方式，從中獲得某種道德理念，在這意義下，他們同樣可以間接地「明道」。所以，道便可以「旁通而無滯，日用而不匱」地存在於整個人文世界中。

二、徵聖宗經的美學意義

> 三極彝訓，其書曰經。經也者，恆久之至道，不刊之鴻教也。故象天地，效鬼神，參物序，制人紀；洞性靈之奧區，極文章之骨髓者也。（〈宗經篇〉）

在這段話，劉勰極力強調經典之永恒性及偉大的功能和價值，究其原因，乃因他認爲聖人是「道」之體現者，且經典又是聖人（孔子）所刪述，因此，經典乃成爲道德善（道）之象徵性呈現之典範性作品，故其功能和價值具有永恆性。值得注意的是，他一反常人之刻板印象地強調經典也具有高度的藝術價值：「洞性靈之奧區，極文章之骨髓」。從前述道德象徵論的觀點看，在原則上，它只要求藝術品能在現實經驗中間接或象徵地提供某種道德理念，對藝術活動本身並

〔註6〕 本書有關康德的「道德象徵論」之理論陳述，主要參見謝仲明先生〈中國哲學與現代藝術〉一文，收入中華民國哲學會編《哲學年刊》第二期，台北，民國 73 年 7 月。

不加以「干涉」或「強制」，〔註7〕因此，聖人並不須要把道德理念直接地宣說出來；相反地，他依然可以使經典成爲美的藝術品而間接地象徵其道德理念。如此，經典之教化功能和其作爲美的藝術品之間並不衝突，亦即，在道德象徵論之規範性原則下，藝術（經典）之創作仍保有其獨立的自主性。

　　然而，正因爲道德象徵論只在藝術之成果上作某種要求，並不對藝術品的形式與內容（文質）——藝術活動之內部法則，進行任何干預或決定。但是，站在經典對文學「創作」之規範性立場看，顯然劉勰是不會贊同的。因此，雖然他並不要求人們直接以經典的事義作爲作品的內容，也不要求人們直接以經典之語言來從事創作，卻要求一切作品在形式與內容之整體結構上——「文體」，能以經典爲典範：

　　　　故文能宗經，體有六義：一則情深而不詭，二則風清而不雜，三則

　　　　事信而不誕，四則義貞而不回，五則體約而不蕪，六則文麗而不淫。

上述一、二項「情、風」及三、四項「事、理」可分別歸結爲作品內容中偏屬主觀及客觀層面者（創作則主、客融合）。五項之「體」乃指作品之體裁形式及結構形式。六項文麗之「文」即指文采。六項統合起來即構成一文質彬彬之典範性文體。對劉勰來說，以經典文體作爲一切文學作品之典範，並不會直接對作品內容（素材）及形式（語言）自身之選取構成全面性的干預與限制，它只是在其「結構原則」——文質彬彬，及「文體風貌」上提供一典範性的原則。〔註8〕

　　《六經》能成爲一切文學作品之典範，即是以這種文質彬彬的文體方式而成立。對劉勰來說，文體之存在乃是創作及審美活動之終極關懷。就作者而言，文體是他藝術經驗、心靈意象、道德人格的表徵（文體是人）；就讀者而言，是把文體視爲一「整體藝術形象」而整全地觀照之。面對文體，作者與讀者被要求的是一種「純粹無待」（disinterested）〔註9〕的藝術心靈。在這意義下，「徵聖宗經論」便有兩層意義：（1）經典是藝術的道德象徵論中文學作品之典範，而此典範之形成乃在於其以文體之存在方式而被證立。面對文體，作者與讀者皆被要求一純粹無待的藝術心靈，則保障了作爲道德象徵的

〔註7〕　參見同上，頁55。

〔註8〕　從通變的觀點看，劉勰認爲作品的形式和內容須要不斷創新：「文辭氣力，通變則久。」不變的是經典文體「結構關係」上之體要原理，及其文體風貌之典範性。

〔註9〕　「純粹無待」一詞及其意涵參見謝仲明先生，〈中國哲學與現代藝術〉，頁63。

文學作品，在道德與藝術之可能之表面衝突〔註10〕中，仍保有其藝術之自主性，不受道德判斷所預設的目的加以強力控制。（2）徵聖宗經論不同於藝術的道德象徵論之處，乃在於前者以其文體結構之典範性原理，足以為藝術活動立下一普遍性法則，使得在實際的文學「創作」活動中，有一規範性原則可資遵循，並面對文學內部法則性之美學課題。要之，相較於藝術的道德象徵論，徵聖宗經論之提出，是在以前者為基礎原理上，對藝術內部活動規範性原則之進一步確立。所以，劉勰會說，經典是文學活動無盡的泉源：「是以往者唯舊，而餘味日新；後進追取而非晚，前修久用而未先，可謂太山遍雨，河潤千里者也。」（〈宗經篇〉）

第二節　文之樞紐與文質之關係

　　文之樞紐論（文原論）所探討的是文學本論的問題，此處所說的文質問題基本上是文學分論的問題，但在文學理論的探討中，二者也非截然分立，而是互相地影響著。本節將內在於《文心雕龍》之系統，分成兩大部分探討文之樞紐與文質問題間的互動關係及影響。

一、文本於道與文質之關係

　　〈原道篇〉開頭：「文之為德也大矣」這句話，更確切地說，劉勰意指「文」作為道之體現，其意義是重大的。〔註11〕如前所述，文有不同層次之意涵。就文──文學這一層，文學作為道之體現而言，即指文學本於道而生，所以文能明道，文能明道亦必蘊涵「文能載道」，〔註12〕則文學作品的「內容」也必須能「承載」道。然而，文能載道也不是道直接地顯現出來，它必須以一種象徵的方式──透過美的藝術形式來顯現道，如此，文學才能成為道德善之象徵。所以，文本於道對文學的內容與形式之影響是雙重的：一方面，作品的內容必須言之有物──載道，另一方面，文學又必須以美的形式來顯現道。

〔註10〕藝術與道德之表面衝突之相關探討，請參見陳懷恩《藝術與道德──孔子論美、善之統一》，第一章，東海哲研所碩士論文，75 年 5 月。

〔註11〕「文之為德也大矣」之德可兼指體用，體通於道，文學本質；用通於道之文、文學功能。參見廖蔚卿《六朝文論》，頁 12，聯經，民國 74 年 9 月。

〔註12〕參見陳問梅〈文心雕龍論文本於道與文以載道〉一文，頁 50～51，《中國文化月刊》，民國 69 年 7 月。

　　從作品內容看，「道沿聖以垂文」，聖人垂文，欲文能載道；必須先「原道心以敷章，研神理而設教。取象乎河洛。……」等體道工夫。就一般創作者而言，所謂「原道心」、「研神理」等工夫，毋寧說是落實到自我心性之省察上，也就是，作爲一個文學創作者，最起碼也應具備有某種道德人格之修養，[註13] 作品內容始能言之有物：

　　　　夫能設模以位理，擬地以置心，心定而後結音，理正而後摛藻。使
　　　　文不滅質，博不溺心。(〈情采篇〉)

心「定」與理「正」，意指作者之心、理（情性）必先有道德修養爲基礎；心不定則眞僞正邪不分。心定理正再結音、摛藻從事創作，則能「文不滅質，博不溺心」——言之有物，文能載道。[註14]

　　至於作品之文采，我們是否也可以說，文采亦本於道而生，亦即，文采是否也可視爲一重道之「文」？在〈原道篇〉中，劉勰敘述了自然界動、植萬物之虎豹、雲霞、泉石等皆有其自然的紋彩——一種客觀意義的「自然美」，然而，這種客觀美之存在意義仍有待於人類主體審美意識之感知而被確立。所以，緊接著劉勰便說：「有心之器，其無文歟？」對照於自然界客觀之美，作爲性靈所鍾，三才之一的人類，也有其主觀之美——文采——存在於其心靈之審美能力中，創作時便表現爲藝術形式之美，主客觀之美皆本於道而生。如此，當劉勰在〈情采篇〉透過自然物客觀之美（形文、聲文）以類比於藝術形式之美——文采（形文、聲文）時，即視自然之美與藝術形式之美原本可由人之主體意識加以統合，因爲二者皆同本於道而生。如此，我們可以說，作品內容固本於道而能明道、載道，作品之文采亦本於道而生，至少，文采亦爲作品明道載道時不可缺少之藝術形式。

　　由此再回顧前文所論文質關係之脫落，其主要原因在於重文輕質或重質輕文。從上述道與文質之關係看，作品之文質皆本於道，則在理論上，劉勰已爲文質之合一確立形上之基礎。若將文本於道進一步落實於宗經來說，經典的內容是「義既極乎性情」，以性情之雅正作爲質之最終典範，所以經典文體之質是：「情深而不詭，風清而不雜。」（見前引）等四項足爲作品內容之具體典範，則宗經即能克服齊梁文風中作品內容情感之泛濫、浮僞、事理之

[註13] 這論點在〈程器篇〉亦曾提及，劉勰指出，文人不見得都是「類不護細行」的。
[註14] 這論點參見陳問梅，同註12，頁58～59。不過，應把它和〈神思篇〉之虛靜概念區別開來。

荒誕等現象。同樣,經典的形式是:「辭亦匠於文理」,以配合內容(文理)之形式爲形式運用之規準,所以經典的形式是:「體約而不蕪,文麗而不淫」,以經典之體裁、結構形式爲基礎,文采之「麗而不淫」正足以克服齊梁文風中一味追逐形式美之弊病。要之,原道、宗經的提出,對齊梁時代中文質關係之脫落而言,無疑是一道正本清源剝復返正之救弊良方。如此,既強調了作品內容要能明道、載道,又能肯定藝術形相中最易爲人所感知的形式美之重要性,使文質形成一辯證而有機的關係,這和日後某些激烈主張「文以載道」者之觀點,顯然不可混爲一談。〔註15〕

二、正緯辨騷與文質之關係

要解決文質關係之脫落的問題,劉勰只要提出原道、宗經即可,何以〈序志篇〉中又提出:「……酌乎緯,變乎騷」而文之樞紐始完備?實則,此正顯示劉勰深刻地認識到文學發展之歷史法則及文學作爲一藝術品的特質。

在〈通變篇〉中,劉勰指出,在文學的現實發展中,「從質及文」(第二層次之語言形式及第三層次的文風),文章語言形式及文風由質樸發展到華美乃是必然的現象,但若發展到「從質及訛」、「風末氣衰」之時,便須要「矯訛翻淺,還宗經誥,斟酌乎質文之間,……而言通變。」(因此,宗經正可以對治齊梁風末氣衰之文風)這種從質及文的「文」正是文學作爲一種藝術之藝術形相的主要特質。

這種通變並不必然違背經典「文質彬彬」之文體典範。如前文所述,文質彬彬乃是作品形式與內容間互動而生之一種有機辯證之融合關係,而非機械式的固定之結合,因此「酌乎緯、辨乎騷」之提出便是在不違背這種文質關係的前提下,作爲文學藝術品形式與內容擷取之泉源。

《緯書》,具實而言,即是中國古代的神話書籍。劉勰先從現實層面否定了它的客觀真實性(與經典所載不符),故須「正」緯。但並未否定它們存在的藝術價值:「……事豐奇偉,辭富膏腴,無益經典而有助文章。」(〈正緯篇〉)。無益經典即指其不真實性而不能直接有助經典聖訓之闡明,有助文章即指其具藝術價值。在內容上,它事豐奇偉,即指其種種神話傳說非常豐富,可能爲文學創作想像及情理之泉源;辭富膏腴即指其文采之豐富,可爲作品形式

〔註15〕如朱熹言:「道者文之根本,文者道之枝葉。」文只是載道(理學)之工具,其藝術價值便被犧牲了。更甚者如程伊川則認定「學詩妨事,作文害道」。

美採摭之寶藏。「酌乎緯」之「酌」即在作品文采與內容上之酌取。

同樣地,劉勰在辨別了〈離騷〉(〈離騷〉係《楚辭》之一篇,劉勰以騷代稱之)與經典之異同後,也積極肯定它的藝術價值:「觀其骨鯁所樹,肌膚所附,雖取鎔經旨,亦自鑄偉辭。」(〈辨騷篇〉)。從某種意義看,「變乎騷」之「變」乃是文之樞紐論中從偏於「質」(語言及文風上之質)的經典作品,通變爲「文」——具藝術性的文學作品,文之樞紐論始算完備。〔註16〕所以,劉勰極力讚揚〈離騷〉在內容與文采上之藝術特質:內容上「朗麗以哀志」、「麗妙以傷情」;文采上「瓌詭而慧巧」、「耀艷而采華」,所以能「氣往轢古,辭來切今,驚采絕艷,難與並能矣。」(以上所引俱見〈辨騷篇〉)更進一步,劉勰指出,在文采之運用上,〈離騷〉更具有啓導歷史先河之作用:「及靈均唱騷,始廣聲貌。」(〈詮賦篇〉)聲貌即聲文、形文,尤其是形文:「及離騷代興,觸類而長,物貌難盡,故重沓舒狀,於是嵯峨之類聚,葳蕤之群積矣。」(〈物色篇〉)物貌難盡,故須極形文之用,以窮物之神韻,《楚辭》開啓了這種藝術傳統。

內在於中國抒情詩歌傳統之發展看,《詩經》與〈離騷〉分別爲傳統文學領域開創了兩種不同的生命形態和創作典範,是創作上採摭不盡之泉源,也是藝術價值取向之所在,〔註17〕〈物色篇〉所說:「且《詩》、《騷》所標,並據要害;故後進銳筆,怯於爭鋒」,即肯定《詩》、《騷》之藝術典範性格。因此,就詩歌藝術而言,宗經即宗《詩經》,辨騷即以《詩經》之雅正爲原則來摭取〈離騷〉之精華:「憑軾以倚《雅》、《頌》,懸轡以馭楚篇,酌奇而不失其貞,翫華而不墜其實。」(〈辨騷篇〉)當融合了《詩》、《騷》之藝術精華,正足以爲創作者在形式與內容上採取不盡之泉源,亦足以提供文質彬彬之作品典範。

第三節 藝術精神之主體——神思之意涵及特質

一、神思之意涵

一般學者大多以「想像」一詞來詮釋「神思」,可是想像一詞原本是西方

〔註16〕 參見張淑香〈由辨騷篇看劉勰的文學創作觀〉一文,頁9,《幼獅月刊》62年1月。另,這裡的質、文應指第二、三層次語言及文風上之質、文。

〔註17〕 參見蔡英俊《比興物色與情景交融》一書,頁 32~33。大安出版社,民國 75年 5月。

文學系統下之產物，用以詮釋劉勰的「神思」概念，其異同仍有待簡別。

    （1）依劉勰原意，神思指的是心靈（或精神）之神妙的思維，可兼容抽象思維與直覺能力，用於文學藝術則以後者為主；一般意義下的想像則專指後者，而與抽象思維形成對立的關係。〔註18〕

    （2）劉勰神思概念之「神」字本身在其行文脈絡中具有某種「妙萬物而為言」（《易傳》）之形上意涵，而其所面對的「物」亦見某種神妙之特質而為「道之文」，因此，神思與外物之間存在著某種難以揣測、捉摸之神妙性格。〔註19〕西方傳統意義下的想像，則無此種特質。〔註20〕

    （3）神思之運作涵蓋整個藝術創作歷程，舉凡內容之構思、意象之經營乃至語言之傳達，皆為神思之妙用，亦即，神思涵括從內容到形式整個創作歷程。一般意義下的想像，則被劃歸為內容（質）之範圍。

透過上述三層比較分析，如果我們以「藝術的直覺能力」〔註21〕來詮釋神思，可能更為周全些。同時亦可由上述三層異同之關係導出神思之藝術性特質。

二、神思之藝術特質——神與物遊及作品之完成

（一）神思作為藝術直覺能力之特質

    古人云：「形在江海之上，心存魏闕之下。」神思之謂也。（〈神思篇〉）

這裡的定義乃指文學藝術上神思的妙用，可超越當下之時空經驗而進入另一再創之時空中，此乃是作者透過神思（直覺能力）之運作所創造或虛擬的某種意象或意境，而使心靈超離當下現實經驗內容之煩瑣、約制，進而躍入——更為生動、深刻、純粹的美感經驗中。在這種美感經驗中，心靈擁有更寬廣的視野及伸展能力：

    文之思也，其神遠矣。故寂然凝慮，思接千載，悄焉動容，視通萬

〔註18〕徐復觀謂神指心靈，思即心靈的活動，而反對僅以想像釋神思。見《中國文學論集》前揭書，頁42。林同華亦認為神思可兼指抽象思維和形象思維（藝術直覺）。見所著《中國美學史論集》，頁107～110，丹青出版社。

〔註19〕《易經‧說卦》：「神也者，妙萬物而為言也。」神思即具此性質。

〔註20〕西方論想像基本上把物視為靜態而加以分解。如柯立基（S.T. Coleridge）所論便是。參見顏元叔譯《西方文學批評史》，頁358，志文，民國71年3月。

〔註21〕參見劉若愚《中國文學理論》，前揭書，頁267。

里：吟詠之間，吐納珠玉之聲，眉睫之前，卷舒風雲之色：其思理
之致乎？（〈神思篇〉）

這種「文之思也，其神遠矣」正是藝術中直覺能力超越當下時空經驗的特質。
「思接千載」、「視通萬里」則指透過藝術直覺所創造的心靈時空之綿延與廣
容性，藝術之泉源正由此而出。

（二）神與物遊中之心靈境界

神思所造之藝術心靈經驗和現實經驗間雖存有如上所述之差異，然並非
形成異質的分隔關係，亦即，前者基本上仍是以後者之經驗爲基礎而進行的
再創造。劉勰以「神與物遊」概念來表達這種關係：

故思理爲妙，神與物遊，神居胸臆，而志氣統其關鍵，物沿耳目，

而辭令管其樞機。樞機方通，則物無隱貌；關鍵將塞，則神有遁心。

（〈神思篇〉）

首先，傳統中國哲學中「物」的意涵往往兼指事與物而統言爲「外在現實世
界」，但此處神與物遊中的「物」則似偏指外在現實世界中之自然景物（事則
有〈事類篇〉專予探討），從文藝美學的觀點看，偏重事理者則形成「言志」
的傳統，偏重自然景物者則形成「緣情」的流派，後者又與「感物」有極密
切的關係，緣情與感物乃形成重主體情性之六朝文學中的重要問題。〔註22〕

其次，在如何構成「神與物遊」而達致前述之藝術心靈狀態上，劉勰提
出「志氣統其關鍵」這一命題，亦即主體心靈必須先有某種藝術上的涵養，
神與物遊才能順暢。氣的概念在《文心雕龍》中有多重之意涵。〔註23〕此處
志氣合說，顯然以志作爲氣之主導者。反之，氣也可培養而充實志：「氣以實
志，志以定言。」（〈體性篇〉）。〔註24〕就神思而言，志氣之涵意主要是欲達
致心靈上一種虛靜的狀態：

「是以陶鈞文思，貴在虛靜，疏瀹五臟，澡雪精神。」（〈神思篇〉）此處
之虛靜顯然和荀子以認知心爲主的「虛一而靜」概念有很大的區別；從用語
和意涵上看，毋寧較類似莊子之虛靜概念。〔註25〕劉勰把虛靜用於文學創作

〔註22〕參見陳昌明，《六朝緣情觀念研究》，第三章〈言志與言情〉。

〔註23〕氣的意涵參見徐復觀，前揭書，〈中國文學中的氣的問題〉一文。

〔註24〕《孟子・公孫丑篇》所提出的「以志率氣」觀爲道德範疇之命題，這裡，劉
勰之志氣觀顯然爲藝術範疇之命題，二者不同。

〔註25〕莊子之虛靜境界，即藝術精神主體之呈現，劉勰未言虛靜境界，然作爲藝術
精神應可通於莊子。

上，心虛則能容萬物，所有的情感、物象甚至思想皆在心虛的狀態中被貯存；靜則能使情感之激動暫時返回主體之寧靜狀態，甚至藉此與理性融合而產生對情志更深一層之觀照鑑明，〔註26〕〈養氣篇〉：「水停以鑑，火靜而明」，鑑與明正是虛靜之心發用之功能：無所不照，無所不明。

當心靈透過志氣之涵養而達致虛靜狀態，則神與物遊便順暢地進行著。這裡，「遊」指的是心靈與物交感的狀態：虛靜之心專注於客體（外物），以其鑑、明之用「透視」物之神韻，在這種藝術心靈的觀照下，物之神即融入我之情，情物交感為一體，這種神與物遊中之心靈境界，正是一種美感經驗之最佳狀態。〔註27〕

（三）作為全體創作歷程之神思

對劉勰而言，透過藝術直覺能力而形成的神與物遊狀態並非創作之完成，他同時也關注作品之傳達：語言問題。劉勰並不孤立地看待語言問題，而是把它納入神思之整體運作中，即此而論，作品之傳達亦是藝術直覺歷程之一部分。

因此，神思運作之通暢與否取決於兩大要素：志氣與辭令。如前所述，志氣之虛靜保障了神與物遊之進行；但神與物遊卻又是「物沿耳目，而辭令管其樞機，物因耳目而被感知，透過語言，物之形貌所感知之物始被傳達出來：「樞機方通，則物無隱貌。」似乎志氣之涵養與辭令之傳達是不同性質的兩件事。但從前文提及的「氣以實志，志以定言」（〈體性篇〉）看，則志氣之通暢與否便關係到語言之傳達問題。

其實，就「氣」作為整體創作歷程來看，劉勰對這問題有明確的回答。首先，氣的最基本意義，如前所述，是一種體氣（生理之氣）或生命力，「以志率氣」是他對氣的基本要求，因此，由志所率氣便是一種精神上清明而靜朗的活力，而非只是盲目的生命力。所以，在創作上他主張要養氣，且必須

〔註26〕 參見張靜二 *The Concept of Ch'i In Chinese Literary Criticism*（論劉勰部分）P159，台大外研所博士論文，65 年。

〔註27〕 J. Stolnitz 對美感經驗之描述可與此相映照；「美感經驗之最佳狀態，似乎是將我們與客體（外物）從經驗之流中抽離出來，此時，對象脫離其與其他事物之關聯，而純就其自身之存在而被讚賞。我們覺得生命宛如為客體所擒獲，全為眼前客體所吸引而放棄任何預想未來之有目的活動之思想。」參見其所著 *Aesthetics and Philosophy of Art Criticism*,（Massachnsetts: Cambridge Press, 1960），P.52.

「率志委和」,不使氣消耗過度而神疲氣衰。〔註28〕當創作進行時,氣的呈現是流動性的,它連貫了身體與精神,文思萌發,通過文氣的流動,便由心到身而呈現於作品上而為「辭氣」。如〈風骨篇〉所論的氣,當其內在於作者身上便是一種藝術精神之志氣——風骨;透過文氣之運作,氣便流貫於作品而為作品之辭氣——作品風格上之風骨,〔註29〕所以,整個神思之運作,從神與物遊到辭令的傳達,志氣之流暢於身心、作品間是最主要的關鍵。

　　氣雖可養而至,但每個人所秉受的氣的性質卻各有不同:「氣有剛柔」(〈體性篇〉),這是先天而生的,順此而下,各人才有庸儁,「才氣」也有先天上高低之分:「人之稟才,遲速異分。」(〈神思篇〉)所以神思之運作也有疾緩之異。為了彌補這種先天的差異,劉勰提出「學、習」也是影響神思運作的之重要因素:「積學以儲寶,酌理以富才,研閱以窮照,馴致以繹辭。」(〈神思篇〉)透過後天的學、習工夫,則可「博而能一」。儘管個人才學不同,神思運作之難易程度亦隨之而異,然而「難易雖殊,並資博練。」(〈神思篇〉)博由學而至,練由習而來,如此則「博而能一」,亦有助於神思之運作。〔註30〕

　　要之,神思作為創作之整體歷程,志氣之虛靜與通暢是作品完成之最主要的決定因素,才氣之異,學、習之不同亦影響其運作乃至作品風格之呈現。

第四節　創作歷程與文質之關係

一、思、意、言之結構關係

　　雖然神思作為藝術直覺能力已涵蓋整個創作歷程,但在〈神思篇〉中,劉勰又把這種歷程細分為三個階段——思、意、言:「意授於思,言授於意」。思指情感之激發、初動及思想之萌發,這是創作者主觀上之動源;意則由思而來,乃指某種審美經驗之形成,或意象之經營,是創作中藝術性營造的中心;言則由意而來,乃指運用語言藉以傳達意象而構成作品。從這三階段看,意是介於

〔註28〕參見〈養氣篇〉:「率志委和,則理融而情暢;鑽礪過分,則神疲而氣衰:此性情之數也。」

〔註29〕徐復觀以志氣→文氣→辭氣,來說明氣之流動性。參見《中國文學論集》,頁321～2。

〔註30〕〈事類篇〉所指出:「文章由學,能在天資。才自內發,學以外成。……是以屬意立文,心與筆謀:才為盟主,學為輔佐。主佐合德,文采必霸,才學褊狹,雖美少功。」亦說明了才氣學習對創作之影響。

思與言間藝術性之橋樑，若情思初發激動，未經意象之經營而接發之以言，則作品只是一堆粗糙之情理，毫無藝術性可言。而言作為傳作者情思之媒介，亦必須緊緊與意象結合。對劉勰而言，意象之出現實即神與物遊狀態中，心靈所呈現的某種藝術性形相，這種藝術性形相之呈現可隨心之感物而不斷地湧現、擴展，在創作歷程中，如何以現實存在之語言文字加以捕捉、傳達，實是藝術表現歷程中相當緊要的事情；因此，如何使語言之表達與心靈中之意象相結合，也是他關切的重心。要之，劉勰說思、意、言三階段「密則無際，疏則千里」，實有深見於文學之藝術性。他描述創作初起的情形是：

> 夫神思方運，萬塗競萌，規矩虛位，刻鏤無形；登山則情滿於山，
>
> 觀海則意溢於海，我才之多才，將與風雲而並驅矣！（〈神思篇〉）

藝術創作之前，心靈深處總存有不可名狀、深微之情思。萬塗競萌指的是神思方運時，各種情思、物象從四面八方不斷地湧現於心靈，規矩虛位、刻鏤無形則指心靈試著將這些尚未定位、成形之情思予以某種規範或雕琢。此時，情思隨外物（登山、觀海）之激發而高亢、豐盈，感物所構築的意象亦憑空翻轉，充滿了各種可能性。所以，「方其搦翰，氣倍辭前」，剛下筆時，任「意」使「氣」，創造之活力似乎無限的充沛；然而「暨乎篇成，半折心始」，等到作品完成，便發現作品與原初心靈中之構想有很大的距離。這種現象，乃在於意象與語言表現間性質之不同而產生的隔閡，借用康德的話來說：

> 審美意象，就是由想像力所形成的那種表象，它能夠引起許多思想，
> 然而，卻不可能有任何明確的思想，即概念，與之完全相適應。因
> 此，語言不能充分表達它，使之完全令人理解。很明顯，它是和理
> 性概念相對立的。理性觀念是一種概念，沒有任何的直覺（即想像
> 力所形成的表象）能夠與之相適應。〔註31〕

依劉勰的觀點，意象乃由神與物遊而形構的，其中雖然也有理性思想的成分，但在此狀態中，如前如述，它已非直接以理性概念的身分出現，而是與物交感而形成一藝術性的審美意象，因此，意象基本上仍經由神與物遊所形構而成的「感性形象」而非明確的思想，故其特質是「意翻空易奇」，可憑神思而不斷營造、創新；然語言的特質是「言徵實而難巧」，「徵實」正是康德所謂

〔註31〕見 Immanuel kant *The Critique of Judgement*, trans by J.C. Meredith （London: Oxford University, Press, 1964），49 節，頁 314，譯文參見蔣孔陽《德國古典美學》，頁 135，谷風：1987 年 5 月。

的「理性概念」，以此理性概念來表達感性形象，便見出語言功能之限制：難巧。「但言不盡意，聖人所難」（〈序志篇〉），語言的傳達乃形成思、意、言三階段中最難的問題。〔註32〕

　　這種艱難，劉勰更進一步地描述是：「或理在方寸，而求之域表，或義在咫尺，而思隔山河。」（〈神思篇〉）。這種衝突皆源於無法找到適當的語言以表達情意，所謂心苦於有口不能言，而造成思意與語言上之疏隔。面對這種情形劉勰的主張是：要能「秉心養術，無務苦慮」，不能孤立地致力於語言之苦慮，而是要退一步再從事心靈（志氣）、文術之涵養，使思、意、言能重新密合：「含章司契、不必勞情」。含章司契指的是使那些美妙的語言文辭（含章）等待心靈之「自然妙會」（司契）──靈感之出現，即此而言，思、意、言之結構關係中，劉勰強調了兩種因素：前者（秉心養術）乃藝術創作中自覺的涵養工夫；後者（含章司契）則是不自覺的因素，亦即，藝術創作之奧妙處有些並非作者「有心」即可獲致的，所謂「神來之筆」，靈感之突現即是這種現象之寫照。〔註33〕

二、創作歷程與文質之關係

　　如果從心靈中神思運作之階段加以區分，則情理之發動（思）屬於作品質之形構，意象之經營（意）則介於質文之間而統括質文；語言之傳達（言）可屬於文（形式）之部分。如此，則上述思、意、言結構之關係即等同於本書第二章論文質關係落實於實際創作歷程之細部區分。

　　然而，無論是思、意、言或文質關係，劉勰同時也關切面對各種複雜的文學現象，「如何」以這種合理的結構關係為基礎，在內容與形式上，營構更具藝術價值的文學作品。在這個層面上，劉勰指出：

> 若情數詭雜，體變遷貿，拙辭或孕於巧義，庸事或萌於新意，視布
> 於麻，雖云未貴，杼軸獻功，煥然乃珍。（〈神思篇〉）

情數詭雜指的是構思歷程中（質）之變化多端，奧妙難定，故其傳達方式（文）亦因之而「體變遷貿」千變萬化，此正是藝術構思與傳達間必然之關係。因

〔註32〕陸機亦嘗有：「恆患意不稱物，文不逮意，蓋非知之難，能之難也。」之嘆，見其〈文賦〉。

〔註33〕參見李澤厚、劉綱紀，《中國美學史》第二卷，頁832～833。另〈總術篇〉所言「……則術有恆數，按部整伍，以待情會，因時順機，動不失正。數逢其極，機入其巧」亦指這種自覺之術與不自覺之機之兼重。

此，看似乎常拙劣的文辭或平凡的事件，經過構思和傳達上的「藝術性經營」，也會傳達出靈巧的意涵，產生創新的意念，〔註34〕李賀所謂「筆補造化天無功」即指這種藝術上化腐朽為神奇之創造性工夫。

如果從神思運作的整個歷程看，這種藝術性手法要處理的問題便須擴大，劉勰總結神思運作之歷程是：

> 贊曰：神用象通，情變所孕。物以貌求，心以理應。刻鏤聲律，萌芽比興。結慮司契，垂帷制勝。（〈神思篇〉）

「神用象通」即神與物遊，乃情變所孕——緣情而感物。「物以貌求」即感物，則心以理應——感物而緣情。此中面對的是情物交感的問題，前文我們已對這種狀態以志氣和虛靜二概念對此略作描述，然而，進一步的問題是情物交感產生發展歷程為何？此中，心物間感發的本質又是什麼？這是內容建構的問題。

「刻鏤聲律，萌芽比興」是屬於藝術形式美所探討的問題，它們關係到情物交感所產生的意象如何傳達：或緣情寫景，或託物言情？進一步的問題是：如何既寫物又傳神？如何體物寫志？這些都與語言傳達有密切的關係。

然而，正如同思、意、言三者間應緊密結合，內容之建構與形式美之運用在實際創作歷程中也非截然獨立的。在〈神思篇〉，當劉勰論述完志氣、虛靜及才氣學習之重要性之後，緊接著便指出：「然後使玄解之宰，尋聲律而定墨；獨照之匠，窺意象而運斤」，刻鏤聲律是據玄解之宰（深通神、物間之奧妙）而來的；有了獨照之匠（深刻的感受），〔註35〕運斤（萌芽比興，以語言傳達）是據窺「意象」而產生的。所以，形式美之形構必然與內容為息息相關（文附質）；反之，如意象中情物交感之關係模式之營構，又必然與形式美之法則：賦、比、興為等密切相關（質待文）。要之，落實於實際創作歷程，內容上之建構與形式美之運用間依然存在著互動而生的有機關係，必須以這種關係為基礎，始能作進一步之細部討論，後者正是本書下一章探討的重點。

〔註34〕同註33，頁834，李、劉書以「藝術加工」來指稱這種工夫。
〔註35〕「玄解之宰、獨照之匠」之註解，據周振甫《文心雕龍注釋》，頁519。

第四章　劉勰論創作歷程中之文質彬彬

　　第一章，我們要探討的主題是順著神思而來的創作歷程中之文質問題，分別是：

　　（一）在內容上，主觀之情理與客觀事物間，尤其是緣情與感物，之發生歷程。其次，落實於藝術，這種感發的本質為何？

　　（二）順著緣情與感物而來，作者如何在心靈中轉化現實上屬理性概念之語言為藝術性之文學語言以從事意象之經營，進而傳達於書面作品中而獲致創作目標，這主要關係到表現形式（尤其是情文：賦、比、興等）運用的問題。

　　（三）質與文如何彬彬地結合的問題，我們將依三種文采（情文、形文、聲文）之運用原則及其與質結合之要則，作細部的探討。

第一節　質之營構

一、緣情與感物的發生歷程

　　從歷史發展的角度看，由情性之自覺，進而發現人本身原來是——「情之所鍾，正在我輩」〔註1〕之存在，並對情感加以積極之肯定，是六朝美學發展之重大轉折；且進而確立「抒情主體」之詩歌傳統，正是這時期文學創作之特徵。〔註2〕

〔註1〕　語見《世說新語・傷逝第十七》。王戎曰：「聖人忘情，最下不及情；情之所鍾，正在我輩。」

〔註2〕　參見蔡英俊：《比興物色與情景交融》、頁 43，頁 75 等，大安出版社，民國75 年 5 月。

　　這種抒情傳統落實於創作上，首先出現的是一種緣情而感物，或感物而緣情的文學觀。劉勰所言：「人秉七情，應物斯感，感物吟志，莫非自然。」（〈明詩篇〉）正是這種觀念的具體陳述。情，本存在於心靈之底蘊，但其被感發，大多是因「應物」而興起，由外物之激發，乃形成情感之激盪、鼓舞，〔註3〕再由此表現其志——情志。〔註4〕「莫非自然」指的是這種情感已激盪到不得不發之境地，故「自然」地會藉創作以抒發之。在〈物色篇〉，劉勰更深入地描述這種感物吟志之發生歷程：

　　　　春秋代序，陰陽慘舒，物色之動，心亦搖焉。……物色相召，人誰
　　　　獲安。

物色之動正是自然界事物四時之變化，創作者以其敏銳的心靈細察物理，體觀物情。這種察觀並非一種科學的分析或認和，而是一種情感與物象間之交互感應，〔註5〕心亦「搖」焉，「不安」，正是心靈因感物而起之激動狀態。更進一步，便是創作中神與物遊的歷程。

　　　　是以《詩》人感物，聯類不窮。流連萬象之際，沈吟視聽之區；寫
　　　　氣圖貌，既隨物以宛轉；屬采附聲，亦與心而徘徊。（〈物色篇〉）

這種歷程即是：刺激→感受→反應→傳達，〔註6〕係緣情而感物、感物而緣情的美感經驗之形成歷程。(1)「感物」是一刺激的開始，由感物而在心靈表象中形成某種「感性印象」，這種印象因刺激之持續而不斷地浮現於心靈表象中。(2)「聯類不窮」即心靈底蘊之情志因這些感性印象之不斷浮現而引起某種持續的聯想或直覺活動，以形成某種「感受」，這是美感意象經營的起點。為此，他必須不斷地再尋找足以作為美感材料之物象，故須「流連於萬象之際」，流連即表示不斷地尋求心靈與物交感的歷程。(3)當這些美感經驗不斷地形成，心靈必須再對這些美感經驗有更進一層的「反應」；沈吟於視聽之區。沈吟一方面是對

〔註3〕鍾嶸《詩品·序》：「氣之動物，物之感人，故搖蕩性情，形諸舞詠。」正形容這種情感之激盪狀態。

〔註4〕志兼指情感與思想，情志並稱乃六朝文學特徵之一。相關研究請另參見張亨：〈陸機論文學的創作過程〉一文，頁13，《中外文學》，民國65年5月。

〔註5〕《文心雕龍·物色》：「歲有其物，物有其容。情以物遷，辭以情發。一葉且或迎意，蟲聲有足引心。」亦言此情物交感之特色。

〔註6〕這裡源於高友工：〈文學研究的美學問題：(上) 美感經驗的定義與結構〉一文所提出鑑賞作品時美感經驗形成之四個過程，今借用於創作上，將「判斷」改為「傳達」。原載《中外文學》，後被收入李正治編《政府遷台以來文學研究理論及方法之探索》一書，頁150。學生書局，民國77年11月初版。

美感經驗不斷地重組；另一方面是心靈對經重組後的美感經驗之反應：「物以貌求，心以理應。」（〈神思篇〉）這種反應是在情物交感後，創作者再由此交感狀態中「返溯」回主體心靈，而形成某種情感上更深刻的覺察，乃至融入某種知性上更清明的反省、鑑照（理兼指情理）。這便是美感意象之形成。(4) 在傳達上，如前所述，這種美感意象並不能以概念語言直接地表出，而必須以文學語言而「使味飄飄而輕舉，情曄曄而更新。」（〈物色篇〉）情味之飄飄、曄曄正是其美感效果之特質，它存在於一種幽深、瀰漫乃至光彩四射（曄曄）的情象氛圍中，其情味乃得以「情感七始，化動八風」（〈樂府篇〉），這種文學語言感人之深，無遠弗屆，顯然不是概念語言之陳述所能比擬的。

　　因此，在創作歷程中，無論是「寫氣圖貌」（創作內容目的）或「屬采附聲」（以文學語言傳達），都必須扣緊心與物之交感關係：既隨物以宛轉，亦與心而徘徊。〔註7〕要之劉勰總結這種情物交感的現象是：「目既往還，心亦吐納，……情往似贈，興來如答。」（〈物色篇〉）。目與物往還而心靈吐納文章——感物而緣情；由情贈於物（移情）再追溯於主體心靈，心靈以靈感之興發屬采附聲答贈於物——緣情而感物。

二、藝術感發的本質

　　對一個藝術鑑賞者而言，運用外在理論模式對作品加以分析，只是一個基礎，更重要的他必須對藝術中感發作用的本質之優劣高低有所體認，才能對作品做出深入而恰當的衡斷。〔註8〕同樣地，一個藝術創作者，他也必然要對其內在心靈感發的本質有深刻的體認，才能進一步選用其表現方式。落實到詩歌藝術來說，作者便必須對詩歌本身及其感發作用之本質其有深刻的體認。〔註9〕劉勰在〈明詩篇〉即指出：

　　　　大舜云：「詩言志，歌永言。」聖謨所析，義已明矣。是以在心為志，

〔註7〕　劉永濟對此有精闢的闡明：「物來動情者，情隨物遷，彼物象之慘舒，即吾心之憂慮也，故曰隨物宛轉；情往感物者，物因情變，以內心之悲樂為外境之懽戚也，故曰與心徘徊。」見所著《文心雕龍校釋》，頁 73，正中，民國 71 年 3 月。

〔註8〕　參見葉迦瑩《迦陵談詩二集》，〈中國古典詩歌形象與情意之關係例說——從形象與情意之關係看「賦、比、興」〉一文，P145，東大，民國 74 年 2 月。

〔註9〕　鍾嶸《詩品・序》：「照燭三才，暉麗萬有，靈祇待之以致饗，幽微借之以昭告；動天地，感鬼神，莫近於詩。」即對詩歌感發的本質作了最深刻的描述。

發言為詩，舒文載實，其在茲乎？

詩言志即是對詩歌本質之一種體認和定位，是以在心為志、發言為詩即明確地指出詩歌創作中感發的本質乃在於其內在之「志」——情志。再者，如「樂府詩」本係由樂聲（樂譜）配上詩（歌詞）而來，劉勰論樂府之樂聲時指出：「夫樂本心術，故響浹肌髓。」（〈樂府篇〉）樂聲的本質係本於心靈而發，故能動人身心；論及配樂聲之詩時指出：「樂心在詩」，樂聲之靈魂乃在於所配之詩歌。由對樂府本質之這種體認，劉勰要說明的是，在樂府的創作上，其感發的本質仍在於心靈之表現：先心，後詩，而後樂聲。〔註10〕在論及「賦」時，亦同樣強調在感發上心志之優先性。

要之，雖然前文論述了情物交感之發生歷程，但在劉勰心目中，詩歌（廣義）及其創作中感發的本質仍在於寫其內在心靈之情志，〔註11〕物在情景交感中固有其重要地位，但終究是隨情志感發之本質及表現、傳達上之須要而被定位，所以，情物二者在「關係」（非創作上之時間先後順序之關係）上是：先情志而後物貌，〔註12〕這也間接地保證了劉勰論詩歌藝術上先質後文之文質彬彬理論。

第二節　文之運用

由緣情感物而吟志——在心為志，發「言」為詩，必然牽涉到語言之傳達問題。前文曾指出，意象的本質和現實上作為理性概念的語言間當存在著很大的距離——言不盡意。李澤厚指出，劉勰已經深刻地認識到文藝創作歷程中，心靈中意象之經營實即在心靈中「轉化」理性概念語言為文學藝術語言之歷程。〔註13〕然而，更深一層看，意象經營的本質也不純然只是以文

〔註10〕此論點參見周振甫之注〈樂府篇〉，《文心雕龍注釋》。

〔註11〕黑格爾論及抒情詩所言：「（抒情詩的內容）是個別主體及其涉及的特殊的情境和對象，以及主體在面臨這種內容時，如何把所引起的他這一主體方面的情感和判斷、喜悅、驚羨和苦痛之類內心活動認識清楚和表現出來的方式。」即是一很好的說明。轉引自蔡英俊，《比興物色與情景交融》，頁54。

〔註12〕這也是本書一直用「情物交融」一詞，而儘量避免引用「情景交融」來指稱劉勰文藝觀的原因。因為「情景交融」術語之正式提出及理論體系之確立乃南宋中葉之事。參見蔡英俊，同上，頁85。

〔註13〕參見李澤厚、劉綱紀《中國美學史》第二卷前揭書，頁822。本書前一章中將「意象」視為質文間之橋樑而統括質文，亦基於此原因。

學語言形構的歷程，若然，則劉勰所論的文采便只成爲純粹修辭學上的技巧問題。其實，劉勰更深刻地體察到，文采（尤其是情文——賦比興及隱秀夸飾等）運用更牽涉到（如前所述）藝術感發的本質，及意象形成中緣情與感物間互動的「關係模型」。因此，對劉勰來說，文學藝術作品中文采之運用，與其說是作者「刻意」的經營，倒不如說是作者順著其藝術感發的本質（抒發情志），及其情志與物交感之關係模型，自然而然產生的方式。〔註14〕劉勰論及比興之運用時所說：「蓋隨時之義不一，故詩人之志有二也。」即最好的說明（爲了行文及章節結構安排之便利，本節將只討論情文中之情物關係模型及其語言運用之特質，而與形文、聲文問題一併納入第三節「文質之彬彬」中加以討論）。

（一）賦

　　劉勰對賦的定義是：「賦者，鋪也，鋪彩摛文，體物寫志也。」（〈詮賦篇〉），〔註15〕先體物而後寫情志。又說：

> 原夫登高之旨，蓋觀物興情，情以物興，故義必明雅；物以情覩，
> 故詞必巧麗。（〈詮賦篇〉）

賦的特質是「觀物興情」，在情物關係上是先感物後緣情的模型，因此，在這種模型中，作爲藝術表現手法之一的賦，其中之物，較之於比興中之物，實佔有更重要的地位。順此而下，在表現形式上也偏重先情以物興，而後物以情覩。此中，賦這種表現形式，所有描繪的物象都和情感有直接的關聯，亦即，賦是藉著物象之直接鋪陳，而把物相關聯的情感也一併「直接地」鋪敘出來。

　　所以，其語言運用的特質是：「極形貌以窮文」、「蔚似雕畫」（〈詮賦篇〉）。語言之運用著重物象聲音形貌之鋪陳刻畫。由於這些特質，劉勰認爲其語言典範是：「義必明雅」、「詞必巧麗」明雅爲的是情志鋪陳之便，故須明白雅正；巧麗則爲物象描繪之蔚似雕畫而來，故須典雅巧麗。

（二）比　興

相較於賦之情志與物象的直接鋪陳，比興則屬於另兩種表現方式——間

〔註14〕相關研究參見徐復觀《中國文學論集》，頁95。但這並不意謂劉勰排斥語言傳達上之形式美問題，而是強調以「自然」爲最高準則。

〔註15〕這裡劉勰是統合作爲文類之一和藝術表現手法之一的賦加以論述的。參見周振甫《文心雕龍注釋》，頁140。

接的，然而，劉勰又認爲比興在表現情志的方式上有所不同：「比顯而興隱。」
（〈比興篇〉）

> 比者，附也；興者，起也。附理者切類以指事，起情者依微以擬議。
> 起情故興體以立，附理故比例以生。（〈比興篇〉）

劉勰以起情來說興，以附理來說比，在比興詮釋上顯然已脫離兩漢經學家之
美善刺惡的實用價值觀。〔註16〕徐復觀先生以情感與物象間（情象）之直接
呈現與間接呈現來區別賦與比興之異同，又以「直感的抒情」和「反省的抒
情」來區別興與比。〔註17〕這種看法基本上和劉勰的觀點是相同的。興的本
質是主體情感自由、自主的興發：「興者，起也」這種情感的特質是一種朦朧、
幽微、難以言喻的內在生命之情思。由情之興發而託物以諷喻：「起情者，依
微以擬議。」此中，情物之關係模型是（不同於賦），先有內蘊之情思，而後
有物象之激發；由物象之激發，再引發出內蘊之情。〔註18〕因此，劉勰說興
的表現形式是：「婉而成章」（〈比興篇〉）。婉即指這種情物交感而發的微婉、
幽微歷程。此中，它既不是如賦般地藉物象之雕蔚以直鋪其情志，也不須像
比般地在情物間作理性的思索，而是「稱名也小，取類也大。」（〈比興篇〉）
因興之起是依「微」以擬議，故所寫的物象可以是微小的（重點在於情思之
抒發），而藉物所託之情意卻是無限悠深。〔註19〕

比則是先有已「顯發」之情思，但這種情思不能直接地說出來，所以必
須從各種物象中尋找其與作者情思關聯之類似處；或尋找各物象間之類似關
聯，〔註20〕再藉以表現其情思，或說明某種事理：「附理者，切類以指事。」
和興比較起來，這種情理的特質是較爲明顯、強烈的（比則蓄憤以斥言）。所
以就情物關係而言，比是先有強烈而鮮明的情思存在，而後尋找切合之物象
以表明情思。因而，在表現形式上顯然較興多了一層理性的反省：「且何謂比
者，蓋寫物以附意，颺言以切事者也。」（〈比興篇〉）寫物而附意，這種「附」，

〔註16〕比興的意涵歷來學者說法紛紜，兩漢學者如鄭玄等，大抵以詩之政教納能說
　　　　比興，相關研究參見朱自清〈詩言志辨〉一文，收入《朱自清古典文學集》，
　　　　頁281～283，源流出版社，民國71年5月。

〔註17〕參見徐復觀，《中國文學論集》，頁98。

〔註18〕這基本上是先感物後緣情，再緣情以感物的興發模式。

〔註19〕鍾嶸《詩品》中以「文已盡而意有餘」來說興，是從作品中興之美感效果而
　　　　立論的，和劉勰從創作方法上論興有所不同，但劉勰之論，若從其所能達成
　　　　的美感效果（取類也大）看，又略同於鍾嶸。

〔註20〕〈比興篇〉：「金錫以喻明德」、「麻衣如雪」、「兩驂如舞」等即比之例子。

顯然帶有更多理性反省的成分，使在現實上原本與情思尚有一段距離的物象經由類比、聯想而切合於情意。

　　作為藝術表現方式的比興，由於存在著如上所述的差異，所以其語言運用的特質也就因之而異：「比則蓄憤以斥言，興則環譬以託諷（〈比興篇〉），蓄憤以斥言，環譬以託諷，其間差異自可不言而喻了。因此，站在文學藝術的立場，劉勰顯然更重視興的運用〔註21〕——比顯而興隱。興之「隱」正切中文學藝術作品上美感效果之本質。〔註22〕〈宗經篇〉即指出：「《詩》之言志，詁訓同《書》，摛風裁興，藻辭譎喻，溫柔在誦，最附深衷矣。」藻辭譎喻即指其辭采之美及婉曲不直言的表現方式，故最能表現隱微悠深的情致。和興有密切關聯的〈隱秀篇〉即對這種表現手法及其藝術效果做了更深入的分析。

（三）隱　秀

　　　情在詞外曰隱，狀溢目前曰秀。〔註23〕

這裡，劉勰是結合了作者藝術手法之運用，及讀者之美感效果來討論隱秀的。就作者而言，其美感意象中之情意原本就深遠、奧妙，〔註24〕很難以具體的語言加以陳述。然而，站在文學的立場，卻又不能不藉著「語言」來傳達。因此，只好採取「隱」這種藝術手法：「隱以複意為工」（〈隱秀篇〉）。運用文學語言的多義性，使其形成的意象涵有豐實的「言外之意」（情在詞外）。對讀者而言，「情在詞外」即指作品所提供的美感意象中涵有無窮的言外之意：「隱也者，文外之重旨者也。」（〈隱秀篇〉）。因此，他必須超越語言的限制而「意逆」——以言逆意，以意逆志。〔註25〕其言外之意，如此，則雖然作者之情意未能完全說出，讀者已能心領神會而獲致其美感效果。

　　再者，讀者之意逆，也不是隨興之所至而恣意「揣測」，他必須緊緊地扣住篇章中「狀溢目前」般地景象（景中即含情）之描繪：「秀也者，篇中

〔註21〕〈比興篇〉中對：「炎漢雖盛，而辭人夸毗，《詩》刺道喪，故興義銷亡。」及「辭賦所先，日用乎比，月忘乎興，習小而棄大。……」之微詞即為明證。

〔註22〕請參見蔡英俊〈試論「比」、「興」觀念的演變及其理論意義〉一文之論述，頁.81，收入《文學評論》第九集一書，黎明書局，民國76年4月。

〔註23〕此二語今版《文心雕龍》已因〈隱秀篇〉之缺頁而不復見，宋張戒《歲寒堂詩話》曾引用此二語，學者俱信其係《文心雕龍》原文。參見周振甫《文心雕龍注釋》，頁747。

〔註24〕〈隱秀篇〉：「夫心術之動遠矣，文情之變深矣……。」

〔註25〕借用《孟子·萬章》：「故詩者不以文害辭，不以辭害意。以意逆志，是為得之。」中「意逆」之意。

之獨拔者也。」(〈隱秀篇〉),從此獨拔、精警處而意逆作者之情意。就作者而言,情意既然難以言傳,除了隱之外,他必須再藉著狀溢目前般地景象描繪,提供一鮮明、生動、活躍的美感意象:「秀以卓絕為巧」(〈隱秀篇〉)。卓絕即意象之凸顯、精巧處。

因此,隱秀中的情物關係模型是:情隱而物秀(顯),在劉勰行文中,似乎很難看出在感發歷程上孰先孰後。要之,就作者之運用和讀者之領悟來說,隱是體,秀是用。〔註26〕必須靈活地交互運用——「秘響旁通」,始能深窺其中之妙。〔註27〕

(四)夸 飾

> 夫形而上者謂之道,形而下者謂之器。神道難摹,精言不能追其極;

> 形器易寫,壯辭可得喻其真:才非短長,理自難易耳。(〈夸飾篇〉)

這裡,劉勰提出神道難摹、形器易寫之「道器觀」,落實於文學創作而言,後者較易描繪,前者則「精言不能追其極」,因此,必有賴某種特殊的方式來傳達,這是夸飾產生的起源。若純就情物關係模型而言,夸飾和隱秀是類似的:情隱(深)而物顯;但就表現方式來說,二者卻又截然不同。夸飾之使用,可區分為兩種:最主要的一種是藉形下之器(形象或物象)以傳達形上之道(情意),此中,物象與情意間有很大的距離,亦即,這種形上之情意精微悠深難測,無法像比喻般地找到物象與情意間之切合關聯,必須藉由某種特殊的方式——誇張形象的文學語言,使其所描繪的形象超過現實上之理解:如「言峻則嵩高極天,論狹則河不容舫(小船)。」(〈夸飾篇〉)讀者則在此誇張乃至背理的形象中(如李白之「白髮三千丈」),明知其背反現實上之理解,仍以:「孟軻所謂『說《詩》者不以文害辭,不以辭害意』也。」(〈夸飾篇〉)之方法,「意逆」作者之情意,且獲得某種美感效果。

另一種夸飾則非透過物象之描繪,而直接以誇張的語言描繪「心象」,〔註28〕以達成「談歡則字與笑並,論戚則聲其泣偕。」〈夸飾篇〉之美感效果。

在夸飾運用之語言特質上,劉勰說:「言必鵬運,氣靡鴻漸。倒海探珠,傾崑取琰。」(〈夸飾篇〉)。前兩句意指語言必須大膽的運用,氣勢要宏偉;

〔註26〕同註23,頁754。

〔註27〕〈隱秀篇〉:「夫隱之為體,義生文外,秘響傍通,伏采潛發,譬爻象之變互體,川瀆之韞珠玉也。」

〔註28〕「心象」一詞引自劉永濟之注,見《文心雕龍校釋》,頁46。

後兩句則其「文采」本身便是很好的夸飾運用之例子了。

第三節　文質之彬彬

　　前兩節分別論述了質之營構，及文采（情文）運用中之情物關係、語言特質及其藝術效果，緊接著的問題是「如何」把質文有機地結合起來，以形構文質彬彬之理想作品。在這方面，劉勰提出了兩項主要的原則：（1）先質後文。（2）自然會妙。前者係順「文附質」而來，強調創作時考慮之先後及作品美感價值之本末次序；後者則是創作方法及藝術品審美價值上最高原理與境界。下文將統合這兩項原則，而依三種文采之運用原理及其與內容結合之要則加以說明。〔註 29〕

一、情文與質之結合要則

　　在賦的用法上，劉勰雖然強調直接鋪陳物象，情意即在物象中，但他更強調要體物「寫志」，亦即，無論賦的運用方式是如何地鋪飾誇張，情意的傳達仍是最基要的——才符合詩歌藝術感發的本質，所以，他總結立賦之大體是：

> 麗詞雅義，符采相勝，如組織之品朱紫，畫繪之差玄黃，文雖雜而
> 有質，色雖糅而有儀，此立賦之大體也。（〈詮賦篇〉）

文采雖然新穎卻又重「質」——情理之表達，因其藝術感染力必須「風歸麗則」（〈詮賦篇〉），才是賦這種藝術表現手法運用上之最高原則。

　　至於比，其特質是「寫物以附意」，所以對物象儘管可以：「圖狀山川，影寫雲物，莫不纖綜比義，以敷其華，驚聽回視，資此效績。」（〈比興篇〉）著力於物象、文采之刻畫，但劉勰更強調的是：「比類雖繁，以切至為貴，若刻鵠類鶩，則無所取焉。」（〈比興篇〉）「切至」一方面固指尋找物象間之類似關聯處，更指物象之切合作者之情志，否則一味繁文鋪比，便失去用比之意義。

　　至於興，其本質本在抒發內在悠隱之情，在用法上先質後文，重情志之表達，固不待言。要之，劉勰對比興之運用，立下一個大原則：

> 詩人比興，觸物圓覽。物雖胡越。合則肝膽。擬容取心，斷辭必敢。
>
> （〈比興篇〉）

〔註 29〕這裡，本書係從事細部分析工作；若從整體性的文體以論文質之彬彬，將有
　　　　不同的角度，但基本原理仍是共通的。

觸物圓覽即圓照玄覽物之神韻，細察其與情意之關聯。但更重要的是「擬容取心」，擬諸物之形貌而取其「心」——切合情意，先質後文。

在論及與比興有密切關聯的隱秀，劉勰則反對其運用上之刻意求巧，因為他深知藝術創作歷程中，從內容之營構到與文采結合之奧妙處，往往有非作者嘔心吐膽、經年苦慮所能獲得的，因此，他極力強調「自然會妙」：

> 篇章秀句，裁可百二：並思合而自逢，非研慮之所求也。或有晦塞為深，雖奧非隱，雕琢取巧，雖美非秀矣。故自然會妙，譬卉木之耀英華。（〈隱秀篇〉）

這種對創作和作品以「自然」為最上乘之深刻見解，和康德論及藝術與自然之微妙關係所說的：「它（藝術）必須顯得正是從人為的規律之限制中解脫出來，宛如它只是一純粹自然的產物。……而藝術，也只有當我們明知它是藝術，但看起來卻像自然時，才是美的。」〔註30〕實有異曲同工之妙。同樣地，劉勰論及夸飾時所說的：「夸飾在用，文豈循檢」，也正是指這種道理，這也是劉勰論文質彬彬問題之精采處。

二、形文運用與質之關係及其結合要則

情文（尤其是賦與比）牽涉到物象之鋪敘與描繪，形文則更直接地是專用來刻畫物象的文采（此指提供「視覺意象」之美的形文；另一種形文則指字形結構與對偶之美的文采）。這裡，我們要探討的是，在劉勰心目中，作為專用於刻畫物象之美的形文，其運用上是否也須要和作者之情意相結合（文附質，先質後文）？若須要，如何結合？這種結合有何美學效果？

首先，主要是牽涉到劉勰對文學語言性質之理解及其與物象描繪間的問題。我們再回顧〈神思篇〉所提出的問題：

> 物沿耳目，而辭令管其樞機，樞機方通，則物無隱貌。

劉勰認為，站在文學的立場，當作者以語言描繪其感官所感受到的物象時，顯然不能如寫實畫般地「僅僅」只是逼真的物象，物以貌求之後，「心以理應」（〈神思篇〉）才是更重要的。因此，語言作為描繪物象的工具，只有以藝術感發的本質（吟志）為前題，才能充分地展現其藝術價值。至此，我們可以肯定地論斷，依劉勰的觀點，作為刻畫物象之主要手法的形文，其運用上必

〔註30〕見 Immanuel kant: *The Critique of Judgement*, Part I 第 45 節，頁 166～167。譯文曾參酌蔣孔陽《德國古典美學》，前揭書，頁 125。

然也要緊緊地與作者之情意結合──文附質，先質後文。

　　從上述的觀點看，儘管劉勰並不排斥〈離騷〉中以巧妙的形文之運用，「耀艷而深華」（〈辨騷篇〉）地鋪敘感官所得的物象（因其情物相切合），但對於以語言精密刻畫物象的「巧構形似」〔註31〕之文學風氣卻又持何種看法呢？

　　　　自近代以來，文貴形似，……吟詠所發，志惟深遠；體物爲妙，功
　　　　在密附。故巧言切狀，如印之印泥，不加雕削，而曲寫毫芥，故能
　　　　瞻言而見貌，印字而知時也。（〈物色篇〉）

上述引文，乍看之下（尤其是：吟詠所發，志惟深遠）似乎劉勰所言是讚賞之語。而且，如果我們也如劉勰一樣主張物本身亦「形神合一」而有神韻，則以語言刻畫的巧構形似之物象，似亦可傳「神」而體物之「妙」。然而，劉勰卻緊接著指出：

　　　　然物有恆姿，而思無定檢，或率爾造極，或精思愈疏。（〈物色篇〉）

物既有神韻，何以又說「物有恆姿」？其實，劉勰在這裡要強調的是情物間之結合問題。因爲，創作者主體情思之興發沒有一定的規律可尋檢（思無定檢），所以，縱使以巧構形似的文學語言刻模出物之神韻，卻未必能與主體情思興發的本質（吟志）相互「契合」，在此情形下，對作者而言，依然是「物有恆姿」。再者，情物之契合方式，正如同思無定檢，依然是沒有機械似般的規律可尋，其奧妙處在於，有時刻意求卻「精思愈疏」，有時「無心」爲之卻「率爾造極」而得契合之妙。於是，可以肯定的說，上引這段話是劉勰站在情物必須相契合及藝術品應該渾然天成的立場上，對巧構形似之文學現象所予以之批判。

　　更進一步說，如何使形文之運用渾然天成地契合主體情思？劉勰的主張是：

　　　　四序紛迴，而入興貴閒，物色雖繁，而析辭尚簡。（〈物色篇〉）

「閒」即涵塑虛靜之心靈境界，使其心之發用能鑑明而闡發物象之精微，窺造化之靈秘，〔註32〕進而能「入興」──與主體情思之興發相契合。「物以貌求」固然是必須的，但更重要的是「心以理應」，所以，物色雖繁，也不須要雕蟲巧

〔註31〕有關「巧構形似」之理論，請參見廖蔚卿〈從文學現象與文學思想的關係談六朝巧構形似之言的詩〉一文，收入《中國古典文學論叢》冊一，《中外文學外目刊社叢書》，65年5月。

〔註32〕參見劉永濟，《文心雕龍校釋》，頁74。

構，只要能以閒靜之心入興，順情物相契之心發而爲文，則雖「析辭尚簡」，反而能獲致更高的藝術價值。要之，就形文與質之結合而言，劉勰強調的依然是一種「自然會妙」的創作原理。更具體地說，便是要能：「莫不因方以借巧，即勢以會奇，善於適要，則雖舊彌新矣。」（〈物色篇〉）即勢以會奇即順著「自然」之文勢而「會妙」新奇之文采（形文）；善於適要即指將質文（形文）之結合納入整個作品文體（之體要）中加以整體地考慮，不能只將形文孤立地用於刻形鏤狀、模山範水而導致形文與質關係之脫落。縱使在論及情文中用以誇張聲貌而與形文有極密切關係的〈夸飾篇〉，劉勰亦持這種原則：

> 然飾窮其要，則心聲鋒起，夸過其理，則名實兩乖……使夸而有節，
> 飾而不誣，亦可謂之懿也。

「飾窮其要」即指符合整個文體之「體要」，「夸過其理」即指違反這種體要之理；「夸而有節，飾而不誣」正是符合自然之文勢、體要而質文結合之誇飾，其運用上之原理。

至於另一種形文，劉勰說：「造化賦形，支體必雙，神理爲用，事不孤立。夫心生文辭，運裁百慮，高下相須，自然成對。」（〈麗辭篇〉）

這裡，劉勰是從宇宙自然之創生原理爲形文（對偶）之運用確立一形上的根源（文采亦爲道之文）：「造化賦形，支體必雙。」落實於文學創作則爲「高下相須，自然成對」之對偶的運用。然而，儘管對偶之運用主要是爲使文辭本身能具有某種形式上的美感，但運用上仍須以結合內容情理爲原則而發：「必使理圓事密，聯璧其章，迭用奇偶，節以雜佩，乃其貴耳。」（〈麗辭篇〉）。同時，對偶之運用原理及其所形成的美感效果，仍以「自然會妙」爲最高境界：「麗句與深采並流，偶意共逸韻俱發，……契機者入巧，浮假者無功。」（〈麗辭篇〉），所以，他極力讚揚經書及詩人對偶之「率然對耳」、「偶意」、「不勞經營」，而反對魏晉群才之「析句彌密，聯字合趣，剖毫析釐。」（上引文俱見〈麗辭篇〉）

三、聲文運用之本質及與質之結合要則

劉勰在論及樂音之起源時說：

> 夫音律所始，本於人聲者也。聲含宮商，肇自血氣，先王因之，以
> 制樂歌。故知器寫人聲，聲非學器者也。（〈聲律篇〉）

「音律所始，本於人聲」指出了樂音作爲人類表現情感的形式之一，其起源乃

本於人聲而依之以制樂音；而樂音之有宮、商、角、徵、羽等五音，乃順著人生理血氣自然所發之聲有高低起伏而來。因此，劉勰說樂音起源的本質是「器寫人聲，聲非學器者也」，這種觀點基本上是承《樂記》而來的。〔註33〕落實於文學上之聲律（聲文），劉勰則說：

> 故言語者，文章關鍵，神明樞機，吐納律呂，脣吻而已。（〈聲律篇〉）

以言語（語言之聲響效果）作爲「文章關鍵」實表示劉勰已深刻地認識到聲文是作品美感效果中極重要的部分：「是以聲畫研蚩，寄在吟詠，滋味流於字句。」（〈聲律篇〉）又以言語作爲「神明樞機」，則其所謂「聲萌我心」（〈聲律篇〉）乃極自然之事。所以，劉勰扼要地指出，聲文運用的基本原則在於「吐納律呂，脣吻而已」，順著內在情理之要求及其自然形成之節奏而自然地運用。順此觀點，劉勰點出了在美學上極有意義的「內聽」與「外聽」之區分：

> 響在彼絃，乃得克諧，聲萌我心，更失和律，其故何哉？良由外聽
> 易爲察，內聽難爲聰也。故外聽之易，絃以手定；內聽之難，聲與
> 心紛：可以數求，難以辭逐。（〈聲律篇〉）

上引文劉勰對內、外聽之意涵及其難易之區分，已清楚地作了說明。這裡，我們要進一步追問的是：既然「吐納律呂，脣吻而已」，何以在創作上，「內聽之難，聲與心紛」而「難以辭逐」？上文中，劉勰已指出「音律所始，本於人聲」，如果再逆源人類情感表現方式之最初起源，則其聲音之發出、語言之興發（意義之產生），及舞蹈之節奏，這三者是緊密地結合在一起的。〔註34〕但隨書面文學之精緻發展，語言聲律之發現或制定亦隨之而繁複。「內聽之難，聲與心紛」之原因，即在於創作中很難從既有聲律之限制中尋求其與內在情思之吻合，因此，如何順聲律運用之規則而又從此規律之束縛中解脫出來，以達到「脣吻而已」──自然會妙之境界，乃是聲文運用上之最高原則。

在這方面，劉勰反對「辭逐」：「夫吃文爲患，生於好詭，逐新趨異，故喉脣糾紛。」（〈聲律篇〉），聲文運用不純然是語音雕營之問題。同時，他也反對「隨意所遇」之棄術任心的態度。「折中」是他的主要原則，既要能「練才洞鑑，剖字鑽響」，又能「務在剛斷」，則能達致自然之境界。

〔註33〕《樂記・樂本篇》：「凡音之起，由人心生也。」、「凡音者，生人心者也。情動於中，故形於聲；聲成文，謂之音。」
〔註34〕陳世驤對此有深入的探討，參見《陳世驤文集・原興》一文，志文，民國61年7月初版。

　　本章已就實際創作歷程中之文質彬彬問題作了探討，這也等於是第二章所論文質關係，及第三章中思、意、言結構關係之進一步的細部探討。然而，若從整體性文體論加以探究，則文質彬彬問題將有不同的意涵，這也是本書下一章討論重心之一。

第五章　結　論

第一節　文質彬彬與文體品鑑之關係

　　前文指出劉勰文質彬彬論以理想的文體之建構爲終極目標。在這一節，我們將再以整體性的觀點，扼要地總結文質彬彬與作品文體形構之關係，以爲前文所述作一概略性之整理。其次，站者讀者觀點，應以何種方式品鑑文質彬彬之文體？文體又能提供何種美感效果？這正是劉勰文質彬彬論「終極關懷」之所在。

一、文質彬彬與文體形構之關係

　　劉勰說：

　　　夫去聖久遠，文體解散。（〈序志篇〉）

　　　若統緒失宗，辭味必亂，義脈不流，則偏枯文體。（〈附會篇〉）

　　　洞曉情變，曲昭文體，然後能莩甲新意，雕畫奇辭。（〈風骨篇〉）

　　　況文體多術，共相彌綸，一物攜貳，莫不解體。（〈定勢篇〉）

面對引文所言之「文體」，首先要注意的是，它和通常所謂的「文類」（即本書所言的體裁形式或體製）有所不同。後者相當於西方中之 "genre" 概念，文體則略似 "style" 概念。〔註1〕內在於《文心雕龍》系統看，文體是統合了

〔註1〕　一般而言，西方 Style（中譯爲文體或風格）概念較重語言形式及結構問題，參見《文體與文體論》，頁 1, Graham Hough 著，何欣譯，成文書局：1979 年。另本書以爲文體和風格二詞指稱同一美感對象，只是在意涵上，風格較側重

作品中之各重成素（質與文），及各成素間之互動關係所形成的作品之有機整體藝術形相，扼要地說，文質彬彬與文體之形成和結構有如下的關係：作者先有其「質」：主觀材料與客觀材料（情理事物），便因情以立體——選定體製，再由體以確立體要，並即體要而成體勢（文勢），「文采」之運用便順體要、體勢之原則而與質彬彬地結合。

經過這種有機、辨證地統合後，乃整體表現為作品之體貌，然後觀察、統合諸多作品之體貌而形成一具有普遍規範性的「體式」——作為審美價值判斷之普遍原理（此相當於本書所論文風上之文、質問題）。〔註2〕最後，整個文體之形構仍須以「結構性形式」為基礎，主要有兩大原則：（1）作品命意與文辭之緊密結合。（2）作品整體結構上部分與全體之和諧與統一。如此，作品之文質彬彬即等於其文體形構上之完整性。

二、文體品鑑之原理及方法

本書第二章曾指出，劉勰區分了兩種批評的態度：客觀的分析與主觀的品鑑。前者之目的在說明、鑑別文體之結構或作品質文之運用方式（先標六觀）；後者則以前者為基礎進而就整體文體之藝術形相整全地品鑑、欣賞之，此處，再度引用劉勰的話：

> 夫綴文者情動而辭發，觀文者披文以入情，沿波討源，雖幽必顯，
> 世遠莫見其面，覘文輒見其心。（〈知音篇〉）

從作者之創作歷程看，情動之「情」固指作為創作源動力之情感，但更廣義地說，「情者，實也」，〔註3〕情乃指作者內在主觀情志與外在客觀世界交感後所形成的整體生命存在之感受或覺知，或說是一整體的美感經驗或境界，「辭發」即指將此經驗或境界透過語言文字加以傳達。從讀者之閱讀（品鑑）歷程看，觀「文」，首先面對的只是一篇書面文字，由觀文以入「情」，這裡的情顯然有雙重意涵：一指前述作者之整體美感經驗或境界；而讀者為了「入情」，顯然也必須透過「觀文」而形成某種情感上之萌發或心靈境界之澄定、提升，以契入作者之心靈（情）。於是，觀文並不純然只是以被動的方式來領受作品，更重要

作者才性之特質，文體重作品之整體形相。相關研究參見賴麗蓉《從思維方式探究六朝文體論》，頁446，師大國研所碩士論文集刊（第32集）。
〔註2〕 上述有關文體結構之論述，曾參酌顏崑陽〈論文心雕龍辨證性的文體架構〉一文，見《文心雕龍綜論》，頁120～122。
〔註3〕 以「實」訓「情」乃中文訓詁上常見之情形。

的是心靈必須以某種主動的方式對作品加以積極的回應。〔註4〕更具體地說，劉勰認為必須「沿波討源」，波正指的是作品的語言文字，但作品所蘊藏的「情」並不只是在語言本身，而在波之「源」，因此，讀者必須入乎語言之內又超越其限制而進入更深一層的覺知或感受，使作品中之意蘊（作者之情志）得以被挖掘：「雖幽必顯，……覘文輒見其心。」如此，作者、作品、讀者三者之間乃形成一整體脈絡之關係。

　　對劉勰來說，這個脈絡的焦點乃在於作品之存在方式——文體。〔註5〕然而，劉勰也深刻地體察到這種品鑑方式（以文體覺知作者情志）是相當困難的，知音實千載難逢其一。〔註6〕對文體之品鑑，讀者要有一種「純粹無待」的心靈而與之相「照」會，然而問題在於讀者面對作品時，其心靈並不見得都是純粹無待的。〔註7〕因此，劉勰提出兩種文體品鑑之涵養方法：識（博觀）與照（圓照）。〔註8〕

　　「博觀」指的是鑑賞能力之培養，包括（1）不斷地研讀作品：「凡操千曲而後曉聲，觀千劍而後識器。」（〈知音篇〉）（2）批評識見之廣博：「閱喬岳以形培塿，酌滄波以喻畎澮。」（〈知音篇〉）圓照則是一種純粹無待之審美態度之涵養：「無私於輕重，不偏於憎愛。」（〈知音篇〉）心靈中沒有其他私慾、偏好等習氣之夾雜，自然能「平理若衡，照辭如鏡。」（〈知音篇〉）在這種藝術心靈之觀照下，文情便如鏡般地如實映現。〔註9〕

三、文質彬彬與文體美感價值之關係

　　劉勰說：

〔註4〕　殷格登（R. Ingarden）亦主張觀賞（批評）本身亦是帶「創造性」之活動，見其〈現象學美學：試界定其範圍〉一文，廖炳惠譯，鄭樹森編《現象學與文學批評》，東大，民國73年7月。

〔註5〕　有關作品文體之存在方式，請參見本書第三章第一節之討論。

〔註6〕　〈知音篇〉：「知音其難哉！音實難知，知實難逢，逢其知音，千載其一乎！」

〔註7〕　如〈知音篇〉論批評者之「多賤同而思古」、「崇己抑人」、「知多偏好，人莫圓該」等，即此心態之寫照。

〔註8〕　「豈成篇之足深，患識照之自淺耳！」、「故圓照之象，務先博觀。」（〈知音篇〉）

〔註9〕　休謨（Divid Hume）論批評素養上後天工夫之養成方面主張：（一）實際練習（Practice）。（二）心較。（三）沒有偏見。實和劉勰所言有異曲同工之妙。見其 On the Standard of Taste 一文，引自 S.O. Ross, ed, *Art And Its Significance*（New York: New York University: 1984）

是以賈生俊發，故文潔而體清。（〈體性篇〉）

故其論孔融，則云體氣高妙。（〈風骨篇〉）

趙壹之辭賦，意繁而體疏。（〈才略篇〉）

秦皇銘岱，文自李斯，法家辭氣，體乏弘潤。（〈封禪篇〉）

上引文即劉勰對作品文體所作的美感判斷。這裡的問題是，所謂的「體清」、「體氣高妙」等對文體美感價值之正面評價又是如何形成的？在〈體性篇〉，劉勰把文體風貌區分為八種基型而「輻輳相成」，變化無窮。〔註10〕他同時指出，文體風貌差異之形成乃根源於兩大要素：作者先天上情性所鑄之「才、氣」和後天上陶染所凝之「學、習」。當先、後天因素統合起來，便形成其藝術特質。賈生「俊發」指的是其藝術創作歷程中心靈運作及精神活動之特質（而非一般意義下的心靈狀態或道德人格之特質），〔註11〕當此才氣之特質透過文氣之流貫便呈現而為文體之氣的特質：文潔而體清。同樣地，當劉勰說：「子雲沈寂，故志隱而味深。」（〈體性篇〉），也是同樣的道理。讀者則透過前述「沿波討源」之鑑賞活動而察覺文體之特質以知作者之情志。

文體品鑑之主要重心在通過整全之文體風貌而追溯作者之心靈特質和情志，而不在文質之區分。〔註12〕這是就文體美感價值呈現的方式而言，但是，若讀者就此當下整全之感受，再予以「第二序」的反省判斷（即主觀鑑賞與客觀分析在批評過程中是交互為用的），則仍可分別就作品文質之美感價值予以評斷。如「公幹氣褊，故言壯而情駭」、「士衡矜重，故情繁而辭隱。」（〈體性篇〉）等，皆是這種判斷。即此，我們可以再問，作品美感價值，文質各有何地位？從上文之討論中，顯然文體之美感價值主要由作品之質（作者才氣、情性之特質）所決定，那文采呢？〈體性篇〉說「辭為肌膚，志實骨髓」，辭采作為文體之「肌膚」，正如人體般地有其重要性。〔註13〕作品有風骨（作者精神之氣之特質呈現於作品）並不見得有文采，〔註14〕前者正是有剛柔並濟

〔註10〕八種基型為：典雅、遠奧、精約、顯附、繁縟、壯麗、新奇、輕靡。

〔註11〕劉勰區分了道德人格與藝術性格特質間之差異，〈體性篇〉之「性」即指後者，亦即，劉勰不主張：好人便寫好文章，壞人便寫壞文章。

〔註12〕請參見本書第二章第一節論文質區分部分。

〔註13〕此係牽涉到人物品鑑與文體品鑑之關係。牟宗三先生有一段話，最足以說明二者之關聯：「每一『個體的人』，皆是生命的創造品、結晶品……這是直接就個體的人格，整全地，如其為人地品鑑之，這猶之乎品鑑一個藝術品一樣。」，見《才性與玄理》，頁44，學生；74年。

〔註14〕請參見本書第二章第二節論「質待文」概念部分。

之風格，足以顯現其特有之美感價值，但若無文采之潤飾，劉勰形容是「翰飛戾天，骨勁而氣猛也。」（〈風骨篇〉）。骨勁而氣猛，正即一股強烈激憤之情意，意氣恣意飛揚而高聳入天，其作品強力地「壓迫」、「震撼」著讀者之心靈，雖然較之於「采乏風骨」之作，其美感價值仍較高，但站在藝術的立場看，仍非上乘之境，「唯藻耀而高翔」（文質彬彬）的作品，「文章之鳴鳳也」。〔註15〕唐君毅先生在〈中國文學精神〉一文中有一段話最足以說明這種境界：「中國文學中之重形式，對創作者而言，即為收斂其情緒與想像，而使之趨於含蓄蘊藉者。而對欣賞者言，則為使讀者之心必須凹進於文字之中，反復涵泳吟味而藏休息游其中，乃能知其意者。」〔註16〕

　　所以，「聖文之雅麗，固銜華而佩實者也。」（〈徵聖篇〉），分開說，雅、實是質之典正，麗、華為文之豐盛。就文體整體風貌說：「典雅者，鎔式經誥，方軌儒門者也。」（〈體性篇〉）典雅即文質彬彬之文體風貌，也是一切文體審美價值之最上乘境界。

第二節　對劉勰文質彬彬論之評價

　　所謂「評價」，並不從劉勰美學之歷史定位及其對日後中國美學發展之影響著手，因為這麼大而嚴肅的問題，絕非本小節所能輕易論斷的。我們所謂評價，是從兩個方面言：（1）內在於《文心雕龍》之系統，論劉勰文質彬彬論系統是否具圓融、嚴密性？是否能有效而合理地解決自己所提出及其所面對之美學課題？（2）從劉勰美學「常」與「變」（通變）的觀點，看文質彬彬論是否能合理地解釋中國美學發展之某些特質？是否能提供某種典範性的準則？

一、文質彬彬論之系統性

　　本書之探討以指稱作品形式與內容之第一層次的文質彬彬論為主要進路，但是，本書第一章也指出，由此亦衍生出第二、三層語言形式及文風上之文質問題。內在於《文心雕龍》內部系統看，這三層次的文質論正自足而圓滿地形成一嚴密的理論系統，圓滿地兼顧並解決了文學本質論、創作論，

〔註15〕鍾嶸《詩品・序》，亦主張：「幹之以風力，潤之以丹采，使味之者無極，聞之者動心」，和劉勰此處論點實相同。

〔註16〕引自唐君毅先生《中國文化之精神價值》一書，頁236，正中，民國61年6月。

乃至批評論中之某些重要的美學課題。為行文之扼要起見，我們將從〈序志篇〉劉勰自己總結的話為說明的起點。在文學本質上，劉勰說：

> 蓋《文心》之作也，本乎道，師乎聖，體乎經，酌乎緯，變乎騷，
> 文之樞紐，亦云極矣！（〈序志篇〉）

「原道」概念之提出，為文學本質提供一形上根源，也肯認作品之文質皆源於道而生。徵聖、宗經則為文質彬彬之文體確立一理想的典範。酌乎緯、變乎騷，則為文學發展上之語言形式和文風「從質及文」之必然演變提供一理論上之根據，以作為作品形式與內容通變求新之探摭泉源。因此，整個文之樞紐論也便與這三層次的文質彬彬論緊密地結合。

同時，這三層次的文質彬彬論，在理論上也能合理地解決劉勰所面對的時代課題——文質關係之脫落。從理論之根源看，文質脫落主要表現在文風現象上，由此現象更可溯源於作家對文學本質及功能的基本觀念：或重質，或重文。重質者有見於文學之教化實用功能，卻忽視了在時間上文學演變之與時並進，文風及語言形式「從質及文」乃文學發展之必然現象，頑固地執著某一固定之「質」作為審美價值判斷之唯一標準，將使文學從歷史之流中掉落，只有傳統而沒有現代。重文者則有見於文學之藝術性功能，亦切中時間上文藝發展之特質，卻忽視了文藝的形式與內容是在一種互動而生之有機關係中辨證地形成的，一味地執定「文」為審美價值判斷之最高標準，將使文學作品之形式與內容脫離這種有機的關係，最後導至某種形式主義、唯美主義乃至頹廢、重官能享受之文風的出現。因此，只有統合這三層次的文質問題，以第一層形式與內容之彬彬關係為核心，將另兩層文質問題收攝入第一層內之有機整體中加以考慮，始能圓滿地解決文質脫落的問題，〔註17〕這也是劉勰三層次的文質彬彬論系統之圓融性。

在創作與批評問題上，劉勰說：

> 至於剖情析采，籠圈條貫，摛神、性，圖風、勢，苞會、通，閱聲、
> 字，崇替於〈時序〉，褒貶於〈才略〉，怊悵於〈知音〉，耿介於〈程
> 器〉。……下篇以下，毛目顯矣。（〈序志篇〉）

「剖情析采」、「摛神性」及「閱聲字」等，是一、二層次之文質問題；「圖風勢」、「崇替於時序」等是第二層文風代變上之質文問題。當這三層文質問題

〔註17〕上述論點曾參酌顏崑陽〈論魏晉南北朝文質觀念及其所衍生諸問題〉一文，見《古典文學》第九集，學生書局，民國76年4月，頁87～100。

「籠圈條貫」、「會通」之後所形成的文質彬彬論，實足以解決《文心雕龍》
內部所出現的創作上之各主要問題（才略、程器則屬人範疇上之文質問題）。
知音（批評）則先標六觀以明作品三層次文質之結構關係，後以整全之文體
爲品鑑方式。要之，三層文質彬彬論實已涵蓋創作與批評上之主要問題。

二、從「常」「變」觀看文質彬彬論與中國美學發展的特質之關係

　　正如儒學發展有其「常」與「變」之理，作爲美學代表作之一的《文心
雕龍》，亦對美學發展提出其常與變之理（通變論）。

　　就「變」而言，劉勰以「文律運周，日新其業，變則其久，通則不乏。」
（〈通變篇〉）爲其通變觀之理論依據。更具體的說，可變的是：「文辭氣力，
通變則久，此無方之數也。」（〈通變篇〉）文采、技巧及內容、風力必須創新
求變，且此新變亦無既定規律可尋，如此則文學上百花爭麗的盛況始可期待。
順此而下，作爲語言形式及文風上審美價值判斷標準的文與質，也不是一成
不變的：「斟酌乎質文之間，而櫽括乎雅俗之際，可與言通變矣！」（〈通變篇〉）
劉勰認爲，古代的作品是質、是雅，近代則爲文、爲俗，〔註18〕當由質而文，
乃至訛、淺時，便須求通變。

　　就「常」面言，劉勰指出：「夫設文之體有常，……凡詩賦書記，名理相
因，此有常之體也。」（〈通變篇〉）這裡，不變的體指因體裁而形成的體要，
所以說名（體裁之名）理（體要之理）相因爲有常之體。

　　落實於文質彬彬問題，不變之體即經適當的體要及自然的體勢結合而成
的經典之典範性文體：「故練青濯絳，必歸藍茜，矯訛翻淺，還宗經誥。」（〈通
變篇〉）可變的是文體中文質之創新求變，及二、三層質文之因時因文體而斟
酌通變。而通變之法在於「趨時必果，乘機無怯，望今制奇，參定古法。」（〈通
變篇〉）、「參伍以相變，因革以爲功。」（〈物色篇〉）在傳統與現代之間，劉
勰深刻地體認到把握現代思潮的重要性，所以強調「望今制奇」；然現代又非
傳統之斷層，它乃是由傳統不斷累積而成，所以又必須「參定古法」。這種通
變是在傳統與現代之複雜關係脈絡進行的，若能通變得宜，則不論因（襲）
或革（新）皆能獲得最大的功效。此中，最重要的是在傳統與現代之發展中，

〔註18〕　〈通變篇〉：「榷而論之，則黃唐淳而質，虞夏質而辨，商周麗而雅，……魏
　　　　　晉淺而綺，宋初訛而新。」即此論點。另質爲雅，文爲俗之解釋，參見徐復
　　　　　觀〈文心雕龍的文體論〉一文，《中國文學論集》，頁69。

掌握其常與變之理。下面將就此常與變的觀點，分兩個層面略述文質彬彬論
與中國美學發展的特質之關係。

（一）在藝術本質上，劉勰提出文之樞紐爲三層文質彬彬論之理論根
據。從其可變面看，酌緯、變騷正是美學發展中對藝術本質看法上之必然演變，
因爲一切藝術皆源於「道」而生——爲道之文，則文之不斷演變，正源於道
之不斷生化而成，以文學爲例，從《詩》之主溫柔敦厚，《楚辭》之耀豔深華，
到漢賦之鋪張排比，乃至駢文之重華麗對偶等，皆是源於對文學本質看法之
演變而形成。然而，從其不變面看，則一切藝術品之最終極目標皆在於「明
道」或「載道」（不論道的內容是以言志或緣情，乃至意境、情趣等方式呈現）。
同時，道爲既超越又內在的實體，既有「神也者，妙萬物而爲言也。」（《易‧
說卦》）之神妙性，又普遍地存在於整個人文世界，正切合儒家「爲人生而藝
術」的美學觀。〔註 19〕這方面，劉勰文質彬彬論繼承了儒家，也是許多美學
家一直奉行不渝的最高準則。〔註 20〕

（二）在藝術風格上，早在先秦時代，孔子便提出「關雎樂而不淫，哀
而不傷。」（《論語‧八佾篇》）作爲藝術審美之判準，這種判準之基本精神是
中與和。〔註21〕更進一步看，孔子說：「吾自衛反魯，然後樂正，雅頌各得其
所。」（〈子罕篇〉）樂「正」即是對音樂藝術審美風格性質上之區分，這種正
樂的判準即在於「扶雅放鄭」，雅爲正，鄭爲俗，粗略地區分，日後中國藝術
風格之演變，便是在雅與俗兩大趨勢中返復地循環著。〔註 22〕從這觀點看，
劉勰在〈時序篇〉所說的：「時運交移，質文代變，古今情理，如可言乎？」
（質是雅，文是俗），無疑是深刻地把握住這一歷史趨勢的評斷。

在〈體性篇〉，劉勰又把各種藝術風格之變化區分爲八種基型，雖然這種
區分法是否具圓融、嚴謹性仍可再商榷，但是他強調其「輻輳相成」而變化
無窮，從通變上說，這無疑也是符合中國藝術發展之實情的，因爲各時代，
各家藝術風格之差異確實是「各師成心，其異如面」（〈體性篇〉）的。面對眾
多複雜的風格形貌，劉勰的主張是「質文沿時，崇替在選。」（〈時序篇〉）選

〔註 19〕如孔子「興、觀、羣、怨」之論點，基本上便是「爲人生而藝術」的美學觀。
〔註 20〕如王充、揚雄、韓愈、白居易諸人便是此理論之信奉者。
〔註 21〕此論點參見徐復觀〈由音樂探索孔子的藝術精神〉一文，見《中國藝術精神》，
　　　　頁 22，學生，民國 77 年 1 月。
〔註 22〕對這種雅俗趨勢之相關論述，參見王夢鷗〈中國藝術風格試論〉一文，見《文
　　　　藝論談》一書，學英文化公司，民國 73 年 5 月 20 日。

即於質文間的斟酌，而斟酌的判準卻仍在於經典：「故童子雕琢，必先雅制，沿根討葉，思轉自圓，八體雖殊，會通合數，得其環中，則輻輳相成。」（〈體性篇〉）雅制指的正是儒家經典文體風格上之「典雅」（雅麗）。劉勰主張各種文體之「會通」求變，皆須以此「典雅」為核心而展開，所以說：「沿根討葉，思轉自圓，……故宜摹體以定習，因性以練才。」（摹體即摹此典雅體），這是在肯認了各家風格（變）之藝術價值後，又從「常」的觀點，以典雅（雅麗）作為一切藝術風格之核心、典範，如此，典雅實具有普遍性、恆久性之審美價值。這方面，劉勰正融合了前述孔子崇「雅」之風格觀及中和之藝術精神，也為中國藝術風格觀及美的共感之普遍對象立下一完美的典範。

要之，從歷史發展的觀點看，正如孔子之文質彬彬論是道德、人格上之普遍原理，劉勰的文質彬彬論亦堪為藝術範疇上之普遍法則。

參考書目

甲、中文書目

1. 《文心雕龍注釋》，周振甫注，里仁書局：民國 73 年 5 月。
2. 《文心雕龍注》，范文瀾注，開明書店，民國 63 年 6 月台十二版。
3. 《文心雕龍索引》，朱迎平編，學海出版社，民國 77 年 3 月台七版。
4. 《文心雕龍校釋》，劉永濟編著，正中書局，民國 71 年 3 月台七版。
5. 《文心雕龍文論術語析論》，王金凌著，華正書局，民國 70 年 6 月初版。
6. 《文心雕龍札記》，黃侃著，文史哲出版社，民國 62 年 6 月再版。
7. 《四書讀本》，朱熹集註，蔣伯潛廣解，啟明書局（未註年月）。
8. 《中國文學理論》，劉若愚著，杜國清譯，聯經出版公司，民國 70 年 9 月初版。
9. 《中國文學論集》，徐復觀著，學生書局，民國 79 年 3 月五版。
10. 《中國藝術精神》，徐復觀著，學生書局，民國 77 年 1 月。
11. 《中國美學史》第二卷，李澤厚、劉綱紀主編，谷風出版社，民國 76 年 12 月台一版。
12. 《中國美學史大綱》上冊，葉朗著，滄浪出版社，民國 75 年 9 月初版。
13. 《中國美學史資料選編》上冊，光美書局，民國 73 年 9 月初版。
14. 《中國文學批評史》，郭紹虞著，文史哲出版社，民國 77 年 4 月再版。
15. 《文心雕龍綜論》，中國古典文學研究會主編，學生書局，民國 77 年 5 月初版。
16. 《比興物色與情景交融》，蔡英俊著，大安出版社，民國 75 年 5 月初版。
17. 《六朝文論》，廖蔚卿著，聯經出版公司，民國 74 年 9 月。

18. 《詩品注》，汪中選注，正中書局，民國 58 年 7 月台初版。

19. 《古典文學》第九集，中國古典文學研究會主編，學生書局，民國 76 年 4 月初版。

20. 《政府遷臺以來文學研究理論及方法之探索》，李正治主編，學生書局，民國 77 年 11 月初版。

21. 《文學評論》第九集，黎明書局，民國 76 年 4 月初版。

22. 《文心雕龍研究論文選粹》，王更生編，育民出版社，民國 69 年 9 月初版。

23. 《儒學與現代世界》，謝仲明著，學生書局，民國 75 年 2 月初版。

24. 《才性與玄理》，牟宗三著，學生書局，民國 74 年 4 月台五版。

25. 《中國文化之精神價值》，唐君毅著，正中書局，民國 61 年 6 月台七版。

26. 《文學理論》，韋立克（R. Wellek）著，梁伯傑譯，大林出版社（未註年月）。

27. 《西方美學史導論》，劉昌元著，聯經出版公司，民國 75 年 8 月初版。

28. 《美的歷程》，李澤厚著，元山書局，民國 73 年 11 月。

29. 《哲學年刊》第二期，中華民國哲學會編，民國 73 年 7 月。

30. 《現象學與文學批評》，鄭樹森，東大圖書公司，民國 73 年 7 月初版。

31. 《西洋六大美學理念史》，W. Tatarkiewicz 著，劉文潭譯，聯經，民國 78 年 10 月初版。

32. 《德國古典美學》，蔣孔陽著，谷風出版社，民國 76 年 5 月。

33. 《文學概論》，王夢鷗著，帕米爾書店，民國 53 年 9 月初版。

34. 《當代文學理論》，伊格頓（T. Eagleton）著，鍾嘉文譯，南方出版社，民國 77 年 1 月。

35. 《從思維方式探究六朝文體論》，賴麗蓉著，師大國研所碩士論文集刊第 22 集。

36. 《六朝緣情觀念研究》，陳昌明著，台大中研所碩士論文，民國 76 年 5 月。

乙、英文書目

1. 劉勰著，施友忠英譯，*The Literary Mind Ane Thed Carving of Dragons*. 中華書局，民國 64 年 2 月三版。

2. Beardsley, C. *Aesthetics: Problems in the Philosophy of Crticism*, New York: Harcourt, Brace & World Press, 1958.

3. Rader, M., ed. *A Morden Book of Aesthetics*, New York: Holt, Rinchart and Winston Press, 1979.

4. Stolnitz, J., *Aesthetics and Philosophy of Art Criticism*. Massachusetts: Cambridge Press, 1960.

5. Ingarden, R. *The Literary Work of Art*, tran. By G. Grabowicz. Illionis: Northwestern University Press, 1973.

6. Langer, S.K. *Feeling and Form*. New York: Charles Scribner's Sons Press, 1953.

7. Kant, I. *The Critgque of Judgement*, tran. by J.C. Meredith. London: Oxford University Press, 1964.

8. 紀秋郎，*A Comparative Approach To Liu Hsieh's Literary Theory*,台大外研所博士論文，文鶴出版公司，民國 67 年 9 月初版。

9. 張靜二，*The Concept of Ch'i In Chinese Literary Criticism*（論劉勰部分），台大外研所博士論文，民國 65 年。

10. Ross, S.D. *Art And Its Significance*. New York: New York University Press, 1984.

丙、期刊及論文

1. 王國良編，〈劉勰《文心雕龍》研究論著目錄〉，《書目季刊》第二十一卷第三期。

2. 陳問梅，〈文心雕龍文本於道與文以載道〉，《中國文化月刊》，民國 69 年 7 月。

3. 張淑香，〈由辨騷篇看劉勰的文學創作觀〉，《幼獅月刊》，民國 62 年 1 月。

4. 張亨，〈陸機論文學的創作過程〉，《中外文學》，民國 65 年 5 月。

5. 鄭毓瑜，〈劉勰的原道觀〉，《中外文學》，民國 74 年 8 月。

6. 林金泉，〈文心雕龍作品分析論蠡測〉，《成功大學學報》19 期，民國 73 年。

7. 陳慧樺，〈從中西觀點看劉勰的批評論〉，《幼獅月刊》，民國 63 年 7 月。

附錄　從海德格的「時間」現象學解讀陶淵明「孤獨」之美學向度

摘　要

　　藉由海德格時間現象學的論述，本文的焦點問題是「孤獨」中之美學向度。在對比了陶淵明與海德格後，我們發現二者有許多相似的層面。本文將指出，孤獨不同於一般所謂的「寂寞」或「寂寥空虛」；反之，孤獨的情調乃顯示爲海德格所謂的此有開顯歷程之「本眞性抉斷」歷程，這也是陶淵明生命之根本性格。同時，本文也指出，陶淵明詩作中諸如自然、任眞、固窮、及時等特質也源自此本眞性抉斷之孤獨生命情調。

　　正如蘇東坡所謂的「陶淵明意不在詩，詩以寄其意耳」，本文也將力求突破傳統文藝美學之格局，而將陶詩美學提昇至存有論層次加以詮釋，以貼近其「此中有眞意，欲辯已忘言」式之獨特生命情懷與美學境界。

關鍵辭：陶淵明、海德格、孤獨、現象學、時間

引　言

　　若問「孤獨」（solitude）是什麼，可能到目前爲止都還沒有一種可被共同接受的定義方式；時間則又是讓許多哲學家和文學家們傷透腦筋的問題。可是，偏偏這兩個問題又是每個對生命具自覺性的人都要嚴肅面對的。

　　身爲「隱逸詩人之宗」的陶淵明，其詩中瀰漫著濃厚且豐富的孤獨哲思，此亦是歷來陶學研究者們流連忘返的重點之一；然則，此一主題仍遺留許多尚待深入開拓之空間。本文選擇與陶淵明氣質最相近的西哲海德格（M. Heidegger，1889-1976）作爲詮釋基礎，將海德格與陶淵明並置加以討論——學界已有些人嘗試過了。〔註1〕此亦足見二人之對比探究絕非無的放矢。

　　本文將先從海德格之論「寂寥」（boredom）與「空虛」（empty）之「時間」問題，聯繫早期「基礎存有論」（fundamental ontology）「此有」（Dasein）開顯之「怖慄感」（Angst; dread）與孤獨之本質性關聯，以檢視海德格之孤獨意蘊，及其與存有開顯之相關問題。

　　接著，我們將以海德格論孤獨之時間理論爲基礎，解讀陶淵明文本中寂寥與空虛，固窮，孤獨意識，怖慄感，孤獨之時間超越向度等問題，試圖從現象學角度建立陶淵明孤獨時間向度的圖像；這種詮釋主要是建立在存有論而非文藝美學層面的。

一、海德格現象學中之孤獨意蘊

（一）海德格論「寂寥」（Boredom）與「空虛」（empty）

　　在《形上學之基本概念》一書中，海德格曾對與孤獨關係密切之寂寥與空虛做過細密之分析，而寂寥與空虛又涉及此有之有限性、世界與個體化問題。基本上，海德格排斥使用主體性意味濃厚之意識哲學進路，沿用《存有與時間》之存在論分析進路，那此有又如何觸及寂寥與空虛問題呢？首先，他提出「情調」（attunement）一詞作爲分析之入手：

　　　　情調，正確地理解首先給予我們對人自身的此有可能性之掌握。情

〔註1〕例如呂炳強，〈從海德格的人本主義到陶淵明的自然說〉；見《現象學與人文科學：現象學與道家哲學》（臺北：邊城出版社，2005），頁359～378。徐惠珍、彭公亮，〈沉醉與心遠——陶淵明《飲酒》詩的哲學解讀〉；見《理論月刊》（湖北，2002第9期），頁43～49。

調並非活生生經驗之某一類屬，若然，經驗的次序與領域本身將變
成無法觸及……寂寥不僅僅是內在精神經驗問題，毋寧是有某物關
涉著它，亦即，寂寥和那讓寂寥升起向我們的，正是來自事物本身。
〔註2〕

在海德格的分析中，寂寥首先涉及的是「打發時間」（passing the time）問題。
他舉例說，在我們於火車站等車時，班車還沒到，我們有一段時間。這時，我
們不想也無法專心做什麼正事，我們能做的只有等待，於是我們會隨意做些事
來打發時間以驅除寂寥。依海德格，等待令人寂寥，但等待並不等於寂寥本身，
等待歷程中的不耐也不是。那所謂的寂寥到底又是什麼？問題在於「時間」本
身：「變成寂寥和寂寥一般來說因此明顯地全然根植於時間本質之謎團。更有甚
者……如果寂寥是一情調，那時間及其中作為時間之方式，亦即，在『時間化
自身』內，在此有之作為情調一般扮演著一特殊之部分。」〔註3〕

那時間化自身又如何連繫於寂寥呢？依海德格，那是因為時間之「拖曳」
（dagger）造成此有之一種特殊之「抑悶」（oppressing）；於是，我們「陷入
困境」（being held in limbo），因而形成空虛，再變成寂寥。從另一角度看，此
有之存有學結構是牽掛，在一般情況下，它總是忙著與世界事物打交道，而
世間萬物之存在亦各有其「時間」，此有與萬物之交通不可能全然地得其「時」
（除非它全然專注於時間本身），因此便有困境、空虛與寂寥。因此，這種空
虛寂寥來自於某種情調，也可以說來自事物本身。其結構形式是「被……所
寂寥」（being bored by）。

然則，海德格又提出另一種形式的空虛寂寥。他舉例說，我們參加一個
晚宴之邀請，原本不想去，因忙碌了整天且傍晚有空所以去了。晚宴一切良
好，賓主盡歡，但在回家後，我們猛然覺得晚宴之一切空虛寂寥。表面看來，
這無關於打發時間，但海德格說，這已轉換成另一種悄然進行之打發時間形
式——整個晚宴的行為舉止、談話等都是在打發時間。因此，相較於第一種
空虛寂寥形式之「被……所寂寥」，這裡的結構是「與……而寂寥」（being bored
with）——整個傍晚都是打發時間之寂寥。看起來我們找不到是什麼事物讓我
們空虛寂寥，而是我們本身就是那空虛寂寥——我們被融入那整個情境而變

〔註2〕 M.Heidegger, *The Fundamental concepts of Metaphysics*, tr. By W.McNeill and
　　　 N.Walker （Indiana University Press, 1995）, pp82～83.
〔註3〕 Ibid, p89.

得空虛寂寥。海德格總結這兩種之空虛寂寥說：

> 在第一種寂寥之事例中，所寂寥的明顯地是這或那造成的，這火車站，街道，區域。無庸置疑地，即使我們尚未正確地明瞭這如何可能，這就是在此寂寥中令人寂寥之物。被……所寂寥意指被……所停佇而困陷其中。在第二種寂寥中，我們找不到令人寂寥之物，這意謂什麼呢？不是說我們被這或那而變得寂寥；反之，我們甚至會發現確實是沒什麼東西寂寥著我們。更精確地說，不能說有什麼東西正寂寥著我們。據此，在第二種事例中，並「非」一點也沒有東西寂寥著我們，毋寧是，寂寥著的我們體現為「我不知道那是什麼」（I know not what）……在這情境中，我們本身就是寂寥。〔註4〕

這兩種類型之寂寥空虛都與「打發時間」有關——此有之存在奠基於時間之綻出，而寂寥源出於此有之時間化。〔註5〕在第一種類型中，我們被困陷在某種情境中，但我們並不想浪費時間，也不是時間催促著我們，而是時間之拖曳使我們抑悶，這種寂寥源於外在情境，無論如何「我們本身」仍在身旁而抑悶著，而所寂寥著我們的事物是確定的。而在第二種類型中，我們有的是時間，我們並不覺得有什麼東西使我們寂寥與空虛，但我們卻融入整個情境而浪費時間，作為寂寥著的事物是不確定的——我不知道那是什麼。我們並不想做什麼，我們委身於正在進行之事物中而全然地「失落自我」。在時間上，我們被設定於某一位置中而佇立於「現在」（now）——我們膠著於「現在」，看不到過去，也看不到未來之延展，我們本身就是那寂寥與空虛本身。相較於第一種形式之「因陷入困境而空虛」，這裡是「因空虛而陷入困境」。〔註6〕

但是，海德格又提出第三種更為根源性之空虛寂寥：此有之委身於那些拒絕自身成為整體的存有者而產生之空虛（Being left empty as Dasein's being delivered over to beings telling refusal themselves as a whole）。他指出這種根源性之寂寥無關乎打發時間，相較於第一二種空虛之呈現為「被……所寂寥」及「與……而寂寥」，它展現為「這對某人來說是寂寥的」（it is boring for one），這種寂寥超越某特殊情境或某人而是普遍性的。此時，存有者是淡漠的，此有便被這種存有者整體之淡漠所包圍，置身其中，此有好似被懸空而看不到

〔註4〕Ibid, p114.

〔註5〕Ibid, p127.

〔註6〕Ibid, pp119～131.

進一步之可能性而不得動彈並陷入困境。

就在這種困境之高張中,反而讓我們認識到寂寥空虛情調作用於此有之更根源形式。依海德格,在此極度擴張之寂寥空虛氣氛中,存有者的三種被觀看方式:注視(respect)、迴視(retrospect)、展望(prospect)──這屬於此有活動或行動之方式而非感官感知、理論思辯或沉思之領悟──皆一併撤離。然而,在此有持續之移動中,這種自發性的三種觀看方式整體係從屬於時間之三維度(現在、過去、未來)──這是時間視域之原初性統一:是一種超越平常時間之流,獨一且統一的「普遍性時間視域」(universal horizon of time);而存有者之所以能成為一「整體」(as a whole)便是源於它們被這種「獨一」(single)卻自發性的時間三向度所包圍。〔註7〕依海德格,此有正是因為被這種時間視域所「穿透」(entrance)才會無法找到進入存有者拒絕作為整體之門路,才有被空虛寂寥所擄獲;而所謂的空虛也正是通過時間才可能形成──在空虛中,此有被時間驅進入時間之穿透性中。〔註8〕

那被時間所穿透而處於空虛中之此有又如何可能開展其自身之可能性存有呢?海德格訴諸於一種「靈視的時刻」(moment of vision):

> 此有之被驅入其開啓自身可能性之極致,是通過穿透性之時間而被
> 驅入時間本身,進入時間之本質,也就是,邁向作為此有存在本身
> 之根本可能性之靈視的時刻。〔註9〕

依海德格,正因為這種被穿透所形成的困境之高張中,反而讓此有認識到寂寥空虛情調作用於此有之更根源形式──對一種「作為整體之空虛」的體認,反倒讓此有得以進入時間本身(本質)而進入所謂的「靈視的時刻」──一種對此有的「抉斷性開顯」之獨特的注視。

依海德格,寂寥之德文(langeweile)意指「當下」(weile)變「長」(lange)。而在一般性此有中,當下總是被隱藏或誤用著。在寂寥中,此有的當下是變長了──變長意指當下之視域延展其本身為此有時間性之全幅延展,而此當下之變長使此有在其「不決定性」(indeterminate)中展示此有之當下,而此

〔註7〕 Ibid, p145.
〔註8〕 依海德格:「寂寥是那時間視域之穿透性,此一穿透性讓從屬於時間之靈視時刻消失。在此讓其消失中,寂寥驅動被穿透之此有進入作為其存在之本真可能性自身──只有置身於作為整體之存有者中才可能之存在;而內在於具穿透性之時間視域中,存有者之拒絕作為整體也才可能。」Ibid, p153.
〔註9〕 Ibid, p149.

一不決定性又讓此有企向於此延展或為其所擄獲。此一延展非但無助於此有之自由，反倒是讓此有受到時間延展之壓制（oppressing）——這是一種特殊意義下的「短化」（shortness）。因此，真正所謂的「延長」（lengthening），非關量化意義下的時間，而是指這種特殊意義下的「短化」之去除——去除靈視時刻之鋒芒（sharpness）與極端高揚（extremity）。但這種對短化的去除又不是取消整個啟示時刻，反倒是強化了啟示時刻對此有可能性之「抉斷性開顯」。〔註10〕

在一般意義下，空虛寂寥總是被視為痛苦的、不快樂的、難以承受的，總是要找些繁忙的事情來克服它。但海德格反倒認為，雖然空虛並「尚未」為純粹的「無」（Not），但就空虛作為一種拒絕、自我撤退，而變成缺乏與褫奪時，「無」反而是我們所「需要」（Need）的——一種作為整體之需要——一種對「作為整體的空虛」之需要，也就是對此有之某種「本質性之抑制（持）」（essential oppressiveness）之需要：

> 這一成為空虛終究會在我們的此有中迴響著，這種空虛就是任何本質性抑制之闕如。在我們的此有裡，神秘（the mystery）一直是缺乏的，也因此，每一種伴隨著內在恐懼卻又可以使此有偉大之神秘也闕如。這種抑制之闕如就是一種「根源性之抑悶」（fundamental oppresses），導致我們最根本性之空虛，也就是讓我們寂寥之根本性空虛。〔註11〕

依海德格，能面對根本性空虛的，就是此有之抉斷性開顯了；而這種開顯又需要一種接近於「無」之本質性抑制。〔註12〕那種無或根本性抑制之情調可以說就是孤獨嗎？前文所述之怖慄感，可以是一個很好的切入點。

（二）海德格論怖慄感、「無」與孤獨之意蘊

在《存有與時間》一書中，海德格論及怖慄感時曾說：

> 在怖慄感中，我們感受到「無家感」（uncanny）。此有自身於怖慄中

〔註10〕 Ibid, pp152～3.
〔註11〕 Ibid, pp163～164.
〔註12〕 在晚期著作中，海德格說：「抉斷狀態意指一種以獨特方式鬆弛的意志狀態，是泰然任之地將自身交給基本情調，讓基本情調得以擺動開展和從而贈與此有於瞬間中締造歷史的行事力量」，見海德格，《哲學文集》，頁 14 以下，頁 21 以下。轉引自 klaus Held 著，孫周興編、倪梁康等譯，《世界現象學》（臺北：左岸文化，2004），頁 179。

所發現的那種特殊的不明確性，在此被大略地表達出來……當此有
沉淪時，怖慄會把它從「世界」的沉溺中帶回。日常的熟悉感遂崩
潰。此在被個體化，不過卻是作爲在世存有而被個體化——「在存
有」（Being-in）進入「不自在」（not-at-home）的存有論樣式。這就
是我們所說的「無家感」……怖慄將此有個體化，因而揭露其爲「獨
自一人」（itself alone）。〔註13〕

依海德格，此有之沉淪於日常性之熟悉或公眾意見中，由於「人人」的統治
而喪失其「個體性」，忘卻其自身之爲往死亡存有之可能性，同時也逃避著無
家感時，它是自在的；但當此有欲抗拒人人之宰制而回歸自己之存有時，怖
慄感即產生——一種「未指涉任何對象物」之概念而不同於因某一對象物而
產生之「害怕」（fear）。正如海德格所說的，這種無家感經常緊隨著此有，並
「威脅」著此有之沉淪於日常情狀：「怖慄可以在最無關痛養的狀態中升起，
也不需要有黑暗境界，雖然在黑暗中大概比較容易引起詭異感」。〔註14〕也就
是，不管願不願意，存有總是緊跟在此有；因而，在任何時候，怖慄感就會
隨著存有之光照而緊跟在後。在怖慄感中，日常熟悉之世界突然失去其意義，
此有呈現爲類似於身處異鄉之無家感。

　　從這裡的討論可以看出，儘管前文所述「作爲整體之空虛」還沒到達
「無」，卻是我們所需要的，且又關涉到伴隨著內在恐懼卻又可以使此有偉大
之神秘問題。其實，這種內在恐懼與神秘，已經相當接近怖慄感所帶出的情
調，海德格說：

我們飄浮在怖慄感（畏）中。更明確地講，怖慄感（畏）使我們飄
浮，因爲存有者整體脫落……怖慄感使我們無言。因爲存有者整體
脫落，從而恰恰無湧逼而來，故對無，任何存有之道說都沉默了……
當怖慄感已退卻，人本身就直接證實這樣一回事——怖慄感揭示著
「無」。〔註15〕

如前述，在「整體的空虛」中此有「需要」某種「本質性之抑制」（essential

〔註13〕參見 M. Heidegger, trans by John Macquarrie & Edward Robinson, ***Being and
Time***（臺北：唐山書局，1985），頁 228～239。譯文參閱海德格原著、陳映
嘉等譯，《存有與時間》（臺北：唐山書局，1989），頁 238～239。

〔註14〕cf. M. Heidegger, Ibid, 英文本，p190.

〔註15〕見海德格，〈形而上學是什麼〉；見孫周興譯，《路標》（臺北：時報出版公司，
1997），頁 111～112

oppressiveness）——無，因此，存有者整體之撤退（第三種寂寥空虛）、怖慄感與無這三者之間根本是息息相關的。

對照於海德格所謂的「孤獨把靈魂帶給個體，把靈魂聚集到「一」之中」，〔註16〕與前引文所謂的「怖慄將此有個體化」，說的正是此有在其孤獨之怖慄感中被個體化——海德格意義下的孤獨主要是此有在怖慄感中邁向個體化之動態歷程。又所謂的「孤獨的本質是一種自我隱蔽……自我克制」，〔註17〕就是前文「本質性抑制」的註解，孤獨就是這種「本質性抑制」之情調。這樣，我們可以先釐清空虛寂寥與孤獨間之分際。

當海德格說孤獨並不是在一「純粹的被遺棄狀態所經受的那種分散中成為零星個別的」〔註18〕時，或許可以對照於其所論寂寥之三種模式（尤其是第三種）：此有之委身於那些拒絕自身成為整體之存有者所產生之空虛，寂寥空虛不等於孤獨，反倒類似於一般所謂的「寂寞」的情調——通常所謂的寂寞不正是因為遭到存有者整體之拒絕而導致之困境嗎？在此困境中，此有呈顯為遭拒斥、零散、不完整而空虛之存在模式——一種四無依傍，與世界好似毫不搭嘎之處境。依海德格，空虛寂寞之意義即使不等於孤獨，對此有一般來說，若能不事先拒斥而真正面對如前所述之「根本性之空虛」，卻反而是邁向孤獨之契機。寂寞空虛與孤獨成為此有開顯歷程中相關連之生命存在模式。

可以理解的是，依海德格，在「非本真性存在」情調中，此有面對存有即將開啟時之怖慄感或無家感，採取的方式便是逃避或退縮到「人人」中去，而不敢真正或全心面對自己存有之開顯，只沉溺於實際存在的世界之物而越來越疏遠於自己的存有，因而它的內心是空虛的。如果說，這種因逃避或退縮而導致的空虛寂寞感也可被稱為「孤獨」的話，我們可以方便名之曰「非本真性的孤獨」，這是一種未歷經抉斷性開顯的孤獨；〔註19〕然則，「良心」

〔註16〕cf,. M. Heidegfger, *On The Way To Language* ,tr. byP.D.Hertz（Harper & Row,Publishers,1971）,P180 中譯本參見孫周興譯，《走向語言之途》（臺北：時報文化，1993），頁 50

〔註17〕同註 16，中文譯本，頁 33

〔註18〕同註 16，中文譯本，頁 50

〔註19〕如此，存在心理治療大師亞隆（Irvin. D. Yalom）所謂的「存在的孤獨」——其實是寂寥空虛或寂寞——起源於「內在的荒原」是可以理解的。這種寂寞，是此有面對怖慄感而退反於海德格所謂的「非本真性存在」，亦即此有呈現為不完全開顯或反開顯中之生命存在模式。若方便借用海德格式之語彙，如果也要把這種寂寥空虛稱為孤獨的話，那是一種「非本真性之孤獨」，是一種未

依然時時召喚著此有之勇於「抉斷」以開顯自己之存有，怖慄感依然時時升起而籠罩著空虛的此有。海德格所真正意謂的「孤獨」，便是此有邁向抉斷性開顯歷程中之孤獨，我們方便名之曰「本真性的孤獨」。於是，此有的存有之開顯與否便是擺盪於這兩種類型的孤獨之間。

　　要之，正如論者所指出的，由於關切此有本真的存在方式、可能性以及有限性，則邁向未來的抉斷以及對此有死亡之怖慄感便成為海德格時間觀中之關鍵因素，海德格正是以此一時間觀點突破胡塞爾（E.Husserl）以「視覺」和「知覺」為主的感官知覺現象學模式，而轉向以「意義」和「理解」為導向的現象學典範。〔註20〕這也是本文下面探討陶淵明孤獨美學向度的理論根據。

二、陶淵明之生命存在模式：「非本真性孤獨」與「本真性孤獨」

（一）陶淵明生命存在之寂寥空虛感

　　如前所述，對此有一般來說，其開顯與否常常擺盪於兩種孤獨——非本真性孤獨（寂寥空虛）與本真性孤獨之間。這是因為作為「在世存有」的此有的存有學結構是「牽掛」（care），而牽掛又可以從三個環節（存在性徵）加以理解：事實性，存在性與沉淪性。簡單地說，此有是被拋擲於世界的，它的存在總是了解著世界（事實性），而往前（存在性）到達世界中之物去（沉淪性）——此有自始即關聯於世界中之物。〔註21〕因而，此有所開顯出來的世界可以是本真性的，也可以是非本真性的。這裡，我們想用它們來詮釋陶淵明之生命存在模式：

> 嘗從人事，皆口復自役。於是悵然慷慨，身愧平生之志……既自以心為形役，奚惆悵而獨悲！悟以往之不諫，知來者之可追。實迷途其未遠，覺今是而昨非。（〈歸去來兮辭並序〉，頁460）〔註22〕

這裡我們看到的是作為「在世存有」的陶淵明之「沉淪性」：「愧」、「悲」、「迷途」、「昨非」等詞，正如前述海德格所謂的第二種形式之空虛寂寥：覺得過

歷經抉斷性開顯的孤獨。

〔註20〕參見孫雲平，〈前期海德格的時間觀〉，《揭諦》（嘉義：南華大學，2009），第17期，頁76。

〔註21〕這裡的敘述曾參考陳榮華著《海德格「存有與時間」闡釋》（台北：台大出版中心，2003），頁248

〔註22〕本文有關陶淵明引文具見袁行霈撰，《陶淵明集箋注》（北京：中華書局，2005，為方便行文，下文所引陶淵明詩作，將只標明篇名及該書頁碼而不另加註。

往時光之空虛，因而陷入困頓。另如：

> 余閒居寡歡，兼秋夜已長。偶有名酒，無夕不飲。顧影獨盡，忽焉復醉。既醉之後，則題數句自娛……。(〈飲酒詩二十首並序〉，頁235)

> 蕭索空宇中，了無一可悅。(〈癸卯歲十二月中與從弟敬遠一首〉，頁206)

> 負痾頹簷下，終日無一欣。(〈示周續之祖企謝景夷三郎一首〉，頁98)

> 被褐守長夜，晨雞不肯鳴。(〈飲酒二十首〉，頁271)

> 性剛才拙，與物多忤。(〈與子儼等疏〉，頁529)

這裡，「寡歡」、「長」、「獨」「復醉」、「自娛」、「蕭索」「無一欣」、「守長夜」、「忤」等，正如海德格所謂的第三種形式之寂寥空虛感：此有之委身於拒絕成爲整體之存有者而產生之空虛——存有者整體不再提供完整之意義，而讓此有找不到進入存有者整體之門路，因而陷入困頓。事實上，類似之書寫在陶淵明文本中實在多得不可勝數——或許，當陶淵明書寫這些話語時，已經自覺到這種困境需要被超越了。那陶淵明又如何超越這些困頓與寂寥空虛呢？若依海德格的思路，超越寂寥空虛（尤其是第三種形式）的方式並不是一開始就逃避或去除它，這種「無」（雖然此寂寥空虛整體尚未完全到「無」之境地）反倒是「需要」的——一種作爲整體之需要，一種對「作爲整體的空虛」之需要，也就是對此有之某種「根本性之抑制」之需要。我們認爲，陶淵明之「固窮」情操正是這種根本性抑制之具體形象化表現：

> 萬族各有託，孤雲獨無依。曖曖空中滅，何時見餘暉。朝霞開宿霧，眾鳥相與飛。遲遲出林翮，未夕復來歸。量力守故轍，豈不寒與飢？
> 知音苟不存，已矣何所悲！(〈詠貧士七首〉，頁364)

這裡以「孤雲」之「無依」、「空中滅」來象徵「貧窮」之生命處境，而「遲遲出林翮，未夕復來歸」則暗喻自身固窮之獨特情操。但是在固窮中，仍然企盼知音之出現。對陶淵明來說，知音主要來自於「過去」歷史上各個情操偉烈之貧士，例如：「閒居非陳厄，竊有慍見言。何以慰吾懷，賴古多此賢」(〈詠貧士七首〉，頁366)。實則，陶淵明也常在貧富之間交戰著：

> 貧富常交戰，道勝無戚顏。(〈詠貧士七首〉，頁373)

> 遙遙從羈役，一心處兩端。(〈雜詩十二首〉，頁356)

但對陶淵明來說，固窮並非故做清高之姿態，而是他體認到現實處境上之貧

富本身其實無關乎「道」，而生命中最重要的議題則是涉及到「體道」的問題：

> 豈不知其極，非道故無憂。朝與仁義生，夕死復何求？（〈詠貧士七
> 首〉，頁 371）

> 介焉安其業，所樂非窮通。人事固以拙，聊得長相從。（〈詠貧士七
> 首〉，頁 375）

> 是以植杖翁，悠然不復返。即理愧通識，所保詎乃淺。（〈癸卯歲始
> 春懷古田舍二首〉，頁 200）

這裡，「愧通識」意指不出仕而歸回田園。既然窮通貴賤只是時運問題而無關乎道，所以他寧可順其「人事固以拙」之自然本性，反而在固貧中獲得樂趣，也保住自然本性。所以，貧富本身不是問題，順其自然本性之「固」貧本身才是重點。然而，正是在這種固貧之生命存在模式中，道（存有之真理）反而被開顯了。海德格曾說：

> 人是存有的看護者。在這種「更少些」中，人並沒有什麼虧損，而
> 倒是有所收穫，因為人進入存有之真理中了。他獲得了看護者的根
> 本赤貧，而這種看護者的尊嚴就在於：他已經被存有召喚到對存有
> 之真理的保藏（die Wahrnis）中了。〔註23〕

或者，我們也可以這樣說。固貧是此有邁向本真性存在歷程之當下決斷；在這種當下決斷中，固貧作為一種根本性之抑制，使此有回歸其原初之生命存在模式，而此生命模式又使此有可以從其與世界事物功利和意欲的沉淪性關係中脫穎而出，並以一種素樸恬淡之心靈契入其所牽掛之世界事物，並開顯出一種新的可能性——由素樸之心所開顯之世界 。〔註24〕這種素樸恬淡之心就是陶淵明所謂的「抱樸守靜，君子之篤素」（〈感士不遇賦並序〉，頁 431），正是邁向道（存有真理）開顯歷程中之「孤獨」生命情調。

（二）陶淵明之孤獨意識與怖慄感

> 自我抱茲獨，僶俛四十年。（〈連雨獨飲一首〉，頁 125）

> 總髮抱孤念，奄出四十年。（〈戊申歲六月中遇火〉，頁 219）

據此，孤獨可以說是陶淵明自十五、六歲總髮少年起，而貫穿其一生之自覺

〔註23〕海德格著，孫周興譯〈關於人道主義的書信〉，見《路標》（台北：時報出版
　　　公司，1997），頁 343。

〔註24〕相關論述可參見那薇，《道家與海德格相互詮釋——在其心物一體成其人成其
　　　物》（北京：商務印書館，2004），頁 140。

意識追尋。這裡所謂的茲「獨」或「孤」念，就是前文所謂的「本眞性之孤獨」。陶淵明這種孤獨意識，當與莊子之哲學概念相關。依《莊子》文本，所謂的「見獨」與「遊心於物之初」都是一種體道境界的描述。〔註25〕這種境界，也可以名之爲「抱獨守一」；或者，用海德格的語彙說，就是此有在其孤獨之遮蔽中，邁向存有之澄明以成其個體化的開顯歷程。在此歷程中，怖慄感是主要的課題。如前文所述，在怖慄感中，此有呈現爲類似於身處異鄉之無家感；更進一步說，這種無家感之開顯，首先來自於此有對其所身處的世俗世界意義之根本性質疑：

> 容華難久居，盛衰不可期。（〈雜詩十二首〉，頁 344）

> 衰榮無定在，彼此更共之……寒暑有代謝，人道每如茲。（〈飲酒二十首〉，頁 239）

> 一世異朝市，此語眞不虛。人生似幻化，終當歸空無。（〈歸園田居五首〉，頁 86）

> 行止千萬端，誰知非與是。是非苟相形，雷同共毀譽。（〈飲酒二十首〉，頁 250）

> 去去當奚道，世俗久相欺。（〈飲酒二十首〉，頁 264）

> 義皇去我久，舉世少復眞……如何絕世下，六籍無一親！終日馳車走，不見所問津。（〈飲酒二十首〉，頁 282）

這裡，此有警覺到，日常熟悉之世界似乎都變得飄忽不定，無常，短暫，空無，是非不明，虛假及世人之汲汲營營等，在在顯示眼前世界之不再提供永恆之價值或意義結構，「人人」都沉溺於世界之事物中，看不到其存在之可能性——而這也正是此有在怖慄感中所開顯出來之世界。實則，對世俗世界整體之根本性質疑，在陶淵明文本中亦舉目可見。當然，這或許與陶淵明所處晉、宋之際之亂世有關，但我們更認爲這是他生命自覺尋求超越之道的表現。而這種尋求超越的道路，更表現在此有之置身於紛紜世俗中，對死亡本身之深刻自覺。正如海德格所說的，作爲「向死亡而存有」之此有——死亡也是包含在此有之存有

〔註25〕《莊子‧大宗師》：「……朝徹，而後能見獨；見獨，而後能無古今；無古今，而後能入於不生不死」。又《莊子‧田子方》：「孔子見老聃，老聃新沐，方將被髮而乾，慹然似非人。孔子便而待之，少焉見，曰：丘也眩與，其信然與？向者形體掘若槁木，似遺物離人，而立於獨也。老聃曰：吾遊心於物之初。」具見郭慶藩輯，《莊子集釋》（臺北：漢京文化，1983），頁 252，711。

結構中，其邁向個體化之開顯歷程，重要關鍵之一就在於體認到此有是「必有一死的」（immortal）。在這方面，陶淵明可以說是中國文學史上對此著墨最多也最深的詩人。我們不說死亡是最孤獨的事件，卻可以說，對此有必有一死之覺悟，卻最能喚起此有之孤獨生命情調而邁向超越之路：

> 采采榮木，結根于茲。晨耀其華，夕已喪之。人身若寄，顦顇有時。靜言孔念，中心悵而。（〈榮木一首並序〉，頁 13）
>
> 適見在世中，奄去靡歸期。奚覺無一人，親識豈相思？但餘平生物，舉目情淒洏。（〈形贈影一首〉，頁 59）
>
> 身沒名亦盡，念之五情熱。（〈〈影答神一首〉，頁 64）
>
> 開歲倏五十，吾生行歸休，念茲動中懷，及辰爲茲遊。（〈由斜川一首並序〉，頁 91）
>
> 氣力漸衰損，轉覺日不如。壑舟無須臾，引我不得住。前塗當幾許？未知止泊處。古人惜寸陰，念此使人懼。（〈雜詩十二首〉，頁 347）
>
> 嚴霜結野草，枯悴未遽央。日月有環周，我去不再陽。眷眷往昔時，憶此斷人腸。（〈雜詩十二首〉，頁 344）

面對不確定但也是最確定的死亡威脅而產生之生命情調：「悵而」、「五情熱」、「動中懷」、「懼」等——無論是對一般死亡的感慨，或陶淵明自身將臨死亡之畏懼，都已經相當接進海德格所說的「怖慄感」：

> 向這種持續的威嚇敞開的際遇感就是怖慄。怖慄使此有成爲徹底的此有，而且在這一過程中使此有確知它的整體能在，所以，怖慄感從此有的根柢處從屬於此有的自我理解。向死亡存有本質上就是怖慄感。〔註26〕

海德格更將死亡之存在分析隸屬於「牽掛」之三個存有學環節加以理解（1）沉淪性：「作爲依靠於——而存有」（Being aloneside）。（2）事實性或被拋性——「基於已經在——而存有」（in-already being-in）。（3）存在性（投射性）：「先行於自己」（Being-ahead-of-itself）。在一般處境裡，此有總是逃避著作爲可能性存有的自己的死亡（沉淪性），而多數之此有也隱藏了其往死亡而存有（事實性），唯獨在「先行於自己的存在性」環節中，會讓此有就其自己而被開顯著，而表現出此有往死亡存有中之最屬自己，（與他人及整個世界）不相關的

〔註26〕cf,. M. Heidegfger, ***Being and Time***，同註 13（英文本），p310。

及不能凌駕其上的等三個存在性徵之可能性。只要此有存有，就已被拋往此
死亡之可能性，而這種往死亡之可能性之更加原初而深入之開顯則有賴於此
有之「怖慄」，而可能的死亡不見得會將此有的可能性剝奪殆盡，反倒是此有
之可能性可被此有帶走。〔註27〕

　　這種因著怖慄感而產生之「此有成為徹底的此有，而且在這一過程中使
此有確知它的整體能在」──更加源初而深入的開顯，這種生命情調就是一
種「本真性孤獨」的生命模式。依海德格，在此孤獨之生命模式中，此有會
靜待良知之召喚，良知召喚此有進行前述之「抉斷性開顯」──生命超越向
度之開顯。

三、陶淵明孤獨情調中之時間超越向度

（一）陶淵明孤獨中之「靈視時刻」

　　如前所述，所謂「靈視的時刻」，就是對此有的「抉斷性的開顯」之獨特
的注視。在者種獨特注視中，此有的當下「延長」了──將此有從其「不決
定性」中帶到真正的「決定性」之抉斷性開顯。就時間性來說，此抉斷性開
顯就具體顯現在陶淵明之「及時」觀：

> 中觴縱遙情，忘彼千載憂。且極今朝樂，明日非所求。（〈遊斜川一
> 首並序〉，頁91）

> 櫚庭多落葉，慨然知已秋。今我不為樂，知有來歲否？命室攜童弱，
> 良日登遠遊。（〈酬劉柴桑一首〉，頁135）

> 得歡當作樂，斗酒聚比鄰。盛年不再來，一日難再晨。及時當勉勵，
> 歲月不待人。（〈雜詩十二首〉，頁338）

> 秉耒歡時務，解顏勸農人。（〈癸卯歲世春懷古田舍二首〉，頁203）

> 旬日以來，始念飢乏。歲云夕矣，慨然有懷。今我不述，後生何聞
> 哉？（〈有會而作一首並序〉，頁306）

如前所述，世間萬物之存在亦各有其「時間」，而一般情況此有與萬物之交通
不可能全然地得其「時」（除非它全然專注於時間本身），因此便有困境、空

〔註27〕這裡的論述參見汪文聖，〈自我超越與生死問題間的弔詭性：胡塞爾與海德格
　　　　對生死問題論述之比較〉；《國立政治大學哲學學報》（台北：政治大學，2002），
　　　　第九期，頁120。

虛與寂寥。因此，克服寂寥空虛的方式主要便落在「及時」上。在陶淵明文本中，這種有關孤獨情調中「及時」之敘述亦多得不勝枚舉，而且展現出多種向度：飲酒，遊於大自然，友朋相聚，昔時，務農，寫作等。〔註28〕實則，這些向度都各有其豐富的意義在，本文不暇一一敘述。這裡，我們想以〈戊申歲六月遇火一首〉爲例，來檢視其現實生活困頓之超越與這種「及時」之抉斷性開顯之關聯：

> 草盧寄窮巷，甘以辭華軒。正夏長風急，林室頓燒燔。一宅無餘宇，
> 舫舟蔭門前。迢迢新秋夕，亭亭月將圓，果菜始復生。驚鳥尚未還。
> 中宵佇遙念，一盼周九天。總髮抱孤念，奄出四十年。形迹憑化往，
> 靈府長獨閒。眞剛自有質，玉石乃非堅。仰想東戶時，餘糧宿中田。
> 鼓腹無所思，朝起暮歸眠。既已不遇茲，且遂灌我園。（頁219）

「草盧寄窮巷，甘以辭華軒」正表明其「固窮」的孤獨情操。而在無情大火燒盡僅有的幾間草屋後，生活之更加困頓可想而知。在此極度窘迫之生活情境中，詩人並沒有徹底地絕望，反倒是從仰望此無盡之蒼穹中更加堅信自己生命之原初抉擇：孤獨——即便現實一切皆已空蕩無存，此孤獨在其根源性之開顯中，仍自有一堅韌而遼闊之世界在：「形迹憑化往，靈府長獨閒。眞剛自有質，玉石乃非堅。」這個遼闊的世界同時也提供詩人一個「詩意夢想」的心靈時間——遙想堯舜時代那種人人無知無欲，鼓腹而游的桃花源世界。但是回歸到現實，詩人知道，「時」不我與，也只有順應此天命之造化而安居於此寂寥之大地了：「既已不遇茲，且遂灌我園。」

　　這種「及時」或「應時而動」的時間意識，就是此有得以進入時間本身（本質）而湧現的「靈視的時刻」——此有「抉斷性開顯」之獨特注視。對於這種獨特的靈視或注視，海德格在其晚期思想中曾說：

> 衡量靈魂之偉大的尺度是它能夠如何進行燃燒著的靈視——靈魂由
> 於這種靈視而在痛苦中變得遊刃有餘。痛苦的本質乃是自身逆返
> 的……靈視不是熄滅燃燒著的撕扯，而是把它接合回復（rejoin）到
> 看的歷程中之可駕馭處。靈視乃是痛苦中之回扯（backward sweep），
> 而痛苦則因此獲得緩解，達致其開顯和守護的力量中。〔註29〕

〔註28〕相關問題之進一步論述，參見李清筠，《時空情境中的自我影像——以阮籍、陸機，陶淵明詩爲例》（臺北：文津出版社，2000），第二章。

〔註29〕cf,. M. Heidegfger, *On The Way To Language*，同註16，中文本頁51，英文本頁181。

這裡，我們要再回到陶淵明文本，看他如何「靈視」其生命歷程中極度窘迫與痛苦：

> 天道憂且遠，鬼神茫昧然。結髮念善事，僶勉六九年。弱冠逢世阻，始室喪其偏。炎火屢焚如，螟蜮恣中田。風雨縱橫至，收斂不盈廛。夏日常抱飢。造夕思雞鳴，及晨願烏遷。在己何怨天，離憂悽目前。吁嗟身後名，於我若浮煙。慷慨獨悲歌，鍾期信為賢。（〈怨詩楚調示龐主簿鄧治中一首〉，頁 108）

詩中一開始即表明，天道鬼神與人間貧富禍福無關，而德福間亦無必然關聯。接著歷數自己從年少至耄耋之年中現實生活之悲慘景況：弱冠逢世阻，三十喪妻，天災、蟲災導致之收成不足，飢寒交迫中時間之難以渡過等，真的是「福無雙至，禍不單行」。然而，「在己何怨天」，表明即使從過去到現在都面臨現實生活窘迫的痛苦，也不願輕易地讓痛苦將自己徹底撕裂而「投向未知的天道鬼神」——即海德格所謂的「讓痛苦的力量把漫遊的靈魂標畫向天空的狂飆和尋索上帝的追逐之接合中」。〔註30〕過去的苦難自是無法抹滅，但他的時間維度並不耽溺於「過去」而自悲自憐，只是對「目前」感到悲悽——「離憂悽目前」；即便是眼前之悲悽，但詩人注視的時間維度馬上又轉移到「未來」——「吁嗟身後名，於我若浮煙」，不管詩人是否真的不在乎身後名，〔註31〕只是這未來似乎也是渺茫而不可靠的。也許我們可以用海德格的語彙來說，當詩人被作為其所游移注視之時間三維度統一之時間視域穿透後，確確實實地體認到這「作為整體之空虛」，反倒是能真正地開顯「靈視的時刻」。就在這種靈視中，痛苦被「回扯」——痛苦的本質乃是自身逆返的，而把它接合回復到「看」的歷程中之可駕馭處：「慷慨獨悲歌，鍾期信為賢」。眼前知音之相知相惜，似乎讓詩人之痛苦獲得緩解，也成為詩人繼續向未來開顯和護送動力的泉源。

（二）陶淵明之委運任自然

對此有來說，這種及時觀或獨特的注視，其進一步的開顯，就是陶淵明所謂的「委運」、「乘化」、「返自然」或「樂夫天命」：

> 甚念傷吾生，正宜委運去。縱身大化中，不喜亦不懼。應盡便須盡，

〔註30〕 cf,. M. Heidegfger, *On The Way To Language*，同註 16，中文本，頁 51。

〔註31〕 王國櫻曾據詩作文本探討陶淵明是否重視「身後名」問題，結論是陶淵明依然非常重視身後之聲名，見氏著〈陶淵明對聲名的重視〉；《中國文哲研究通訊》（臺北：中央研究院中國文哲所，1992），頁 49～65。

　　無復獨多慮。（〈神釋一首〉，67）

　　久在樊籠裏，復得反自然。（〈歸園田居五首〉，頁 76）

　　聊乘化以歸盡，樂夫天命復奚疑。（〈歸去來辭並序〉，頁 461）

如前所述，依海德格，對本眞性的「當下」（靈視時刻）之「延長」，是一種對特殊意義下的「短化」之去除——去除啓示時刻之鋒芒與極端高揚，如此，反而強化了啓示時刻對此有可能性之「抉斷性開顯」。所謂「甚念傷吾生」，或許可以視爲對此有主體性注視高揚或鋒芒之去除，以使此有得以「委運」或「乘化」以進一步開顯。那在哪種意義下，這種委運或乘化得以使此有進一開顯呢？

　　這裡，海德晚期思想中對「自然」（Ereignis）一詞之闡釋可以提供一個線索。他以「命定」（Schicken）這一概念來闡釋「自然」之「給出」（Giving）：

　　一種給出，當它給出時，便立即自身抑制和退隱，這樣的給出，我
　　們稱爲命定。〔註32〕

依海德格，存有即是一不斷地「命定」或「給出」之運動。而就存有之命定而言，他是想強調此有以言命定，並強調此有「順應」（Eingfuegung）與「因應」（Sichfuegung）之面向，「此有正是那於 Ereignis 中成爲其自己者」，反之，「Ereignis 只有在此有中方成爲其自己」，因此「於此方式上成爲自己，人隸屬於 Ereignis」。

　　回到陶淵明文本，所謂的「委運」、「乘化」、「樂夫天命」或「返自然」都可以視爲此有與造化自然或天命之徹底順應，也只有在這順應中，此有才達致最終的開顯。而這種開顯，也是「即開顯即遮蔽」的，也正符應前文所述，這是讓一切生命行止「即發即止與過而不留」的超越態度，也是作爲遮蔽之孤獨所開顯之時間或生命模式。陶淵明所謂的「俯仰終宇宙，不樂復如何」（〈讀山海經十二首〉，頁 393），或許便是這種超越境界之終極開顯。

小　結

　　本文從海德格對時代氛圍（寂寥、空虛感）與怖慄感之分析，以探討海德格之孤獨情調之時間向度；並以此理論基礎，分析了陶淵明之寂寥空虛感、

〔註32〕見海德格 Zur Sache Des Denkens，S8，轉引自陳榮灼，〈道家之「自然」與海德格之「Er-eignis」〉，《清華學報》（新竹：清華大學，2004），新 34 卷第 2 期，頁 260。又本段相關詮釋曾參考該文，頁 259～261。

固貧、怖慄感與靈視時刻等，來詮釋陶淵明孤獨的時間向度與生命超越之道。

本文指出，陶淵明的詩作中固然常充滿寂寥空虛或寂寞感──即所謂「非本眞性孤獨」，但由於他有相當強烈的「孤獨意識」，以及對生命短暫的怖慄感，以致常能顯示他「本眞性抉斷」之開顯歷程，從而在貧窮痛苦中顯示其「靈視時刻」，將生命的空虛寂寥自我轉化爲「本眞性孤獨」抉斷之超越向度，從而成就其自然、自在、任眞、隱逸等美學境界。

參考書目

（一）中　文

1. 袁行霈，《陶淵明集箋注》（北京：中華書局，2005）

2. 郭慶藩輯，《莊子集釋》（臺北：漢京文化，1983）

3. klaus Held 著，孫周興編、倪梁康等譯，《世界現象學》（臺北：左岸文化，2004）

4. 海德格著、陳映嘉等譯，《存有與時間》（臺北：唐山書局，1989）

5. 海德格着，見孫周興譯，《路標》（臺北：時報出版公司，1997）

6. 海德格着，孫周興譯，《走向語言之途》（臺北：時報文化，1993）

7. 陳榮華著《海德格「存有與時間」闡釋》（台北：台大出版中心，2003）

8. 那薇，《道家與海德格相互詮釋──在其心物一體成其人成其物》（北京：商務印書館，2004）

9. 李清筠，《時空情境中的自我影像──以阮籍、陸機，陶淵明詩爲例》（臺北：文津出版社，2000）

10. Irvin D. Yalom 著、易之新譯《存在心理治療》（臺北：張老師文化公司，2003）

11. 呂炳強，〈從海德格的人本主義到陶淵明的自然說〉，見《現象學與人文科學：現象學與道家哲學》（臺北：邊城出版社，2005）

12. 徐惠珍、彭公亮，〈沉醉與心遠──陶淵明《飲酒》詩的哲學解讀〉；見《理論月刊》（湖北，2002 第 9 期）

13. 汪文聖，〈自我超越與生死問題間的弔詭性：胡塞爾與海德格對生死問題論述之比較〉，《國立政治大學哲學學報》（台北：政治大學，2002）

14. 王國櫻，〈陶淵明對聲名的重視〉，《中國文哲研究通訊》（臺北：中央研究院中國文哲所，1992）

15. 陳榮灼，〈道家之「自然」與海德格之「Er-eignis」〉，《清華學報》（新竹：清華大學，2004）

16. 孫雲平，〈前期海德格的時間觀〉，《揭諦》（嘉義：南華大學，2009，7 月）

（二）英　文

1. Heidegger,M. *The Fundamental concepts of Metaphysics*, tr. By W.McNeill and N.Walker　（Indiana University Press, 1995）

2. Heidegger,M. *Being and Time*，trans by John Macquarrie & Edward Robinson，（臺北：唐山書局，1985）

3. Heidegger,M.*On The Way To Language* ,tr. byP.D.Hertz（Harper & Row, Publishers, 1971）From Heidegger's Phenomenology of Time to interpretative Taw-Ian Ming's Aesthetics Dimension in Solitude.